공포의 계곡

공포의 계곡

초판 1쇄 인쇄 2022년 11월 6일
초판 1쇄 발행 2022년 11월 11일

지은이 아서 코난 도일
옮긴이 김영진
펴낸이 남기성

펴낸곳 주식회사 자화상
인쇄,제작 데이타링크
출판사등록 신고번호 제 2016-000312호
주소 서울특별시 마포구 월드컵북로 400 서울산업진흥원 201호
대표전화 (070) 7555-9653
이메일 sung0278@naver.com

ISBN 979-11-91200-68-3 03840

공포의 계곡

아서 코난 도일 지음
김영진 옮김

자화상

| 차례 |

제1부 벌스톤의 비극

제2부 스코러즈

제 1부

벨스톤의 비극

경고

"내 생각에는 말이지…."

내가 말을 시작하자마자 홈즈가 끼어들었다.

"생각은 내가 해야겠어."

나는 누구보다 참을성이 많지만 이렇게 말머리를 자르면서 무시하고 들어올 때는 언성을 높일 수밖에 없다.

"이봐, 홈즈. 자네는 가끔 사람을 화나게 만드는군."

그러나 홈즈는 너무 깊은 생각에 빠진 나머지 내 항의에는 대꾸도 하지 않았다. 앞에 차려진 아침 식사도 거들떠보지 않은 채 오직 손에 있는 편지만 응시하고 있었다. 그러더니 이번에는 편지 봉투를 들어 불빛에 이리저리 비춰 보며 유심히 살피더니 신중히 입을 열었다.

"폴록의 필체야. 두 번밖에 못 봤지만, 그의 필체가 틀림없어. 알파벳 'e'를 그리스어처럼 흘려 쓰는 게 바로 특징이지. 그리고 이 편지가 정말로 폴록의 것이라면 분명히 대단한 내용을 담고 있을 걸세."

홈즈는 누구에게 말한다기보다는 자신에게 말하고 있는 것 같았다. 이에 흥미가 동한 나는 조금 전의 불쾌했던 기분을 이내 털어버리고 홈즈에게 물었다.

"대체 폴록이 누군데?"

"왓슨, 폴록은 일종의 필명이라고 보면 돼. 물론 평범하디 평범한 이름이지만, 그 이름 뒤에 숨어 있는 남자는 대단히 교활한 녀석이지. 그가 지난번에 내게 편지를 보냈는데, 폴록이라는 이름이 본명이 아니라고 시인했네. 그리고 인구 수백만 명의 대도시에서 자신을 추적할 수 있으면 해보라고 내게 도전해왔다네.

그렇다고 폴록이 중요한 인물이라는 건 아니네. 그와 관계된 인물이 어마어마한 거물이지. 상상해보게. 시시한 녀석이지만 무서운 존재와 함께 어울려 다니는 모습을 말이야. 마치 상어 앞으로 먹이를 안내하는 물고기 혹은 먹이가 있는 곳으로 사자를 이끄는 자칼을 연상하게 하지. 무서울 뿐만 아니라 불길하기까지 해. 그래, 대단히 불길한 예감이 들어. 자네는 전에 내가 모리아티 교수에 대해 얘기했던 것을 기억하고 있나?"

"과학을 범죄에 활용하는 유명한 범죄자, 범죄자들의

세계에서는 모르는 자가 없고….”

“그렇게까지 과찬할 필요는 없네.”

홈즈가 내 말을 끊고 중얼거렸다.

“나는 그가 대중에게 잘 알려지지 않았다고 얘기하려 했는데.”

“이런, 당했군.”

홈즈가 너스레를 떨며 이어 말했다.

“자네는 생각지도 못한 비틀린 유머 감각이 있군. 그 점에 대해서는 앞으로 내가 조심해야겠어, 왓슨. 하지만 모리아티를 범죄자라고 한다면 자네는 명예 훼손으로 고소당할 걸세. 그자는 정말로 위대하고 불가사의한 희대의 음모가, 온갖 권모술수의 배후자, 암흑계의 지배자, 한 나라의 운명을 마음대로 할 수 있을 정도의 두뇌를 가진 사람이 바로 모리아티야!

세상 사람들로부터 의혹의 눈길과 비판을 받지 않으면서 일을 처리하고 자신을 숨기는데도 천재적인 능력을 발휘하지. 아마 지금 자네가 한 말을 가지고 소송을 걸면 명예훼손에 대한 위자료로 자네의 한 해 연금을 빼앗아갈 수도 있을 거야. 또한 그는 『소행성의 역학』이라는 책을 쓴 유명 인사이기도 하지. 그 책은 전문적인 과학 잡지도 명함을 못 내밀 정도로 순수과학의 최고봉이라네.

이런 사람을 어찌 중상 모략할 수 있겠나? 이런 자를 잘못 건드렸다가는 아마 자네는 독설가 의사로, 모리아티는 명예를 훼손당한 교수로 찍힐 걸세. 그것은 천재만이 할 수 있는 일이지. 하지만 언젠가 내가 시시한 자들과의 일을 완전히 끝낸다면 그놈과 대결할 날이 꼭 올 거야."

"그날이 정말 기대되는군!"

나는 열띤 어조로 동조한 후 화제를 다시 제자리로 돌렸다.

"그런데 자네는 폴록에 대해서 말하고 있었어."

"참, 그렇지. 폴록은 모리아티를 둘러싼 쇠사슬 고리의 하나인데, 중요한 지점에서 약간 떨어져 있는 녀석이라네. 우리끼리 하는 얘기지만 폴록은 단단한 고리가 되지 못해. 내가 지금까지 알아본 바에 의하면 그는 그 견고한 쇠사슬 중에서 단 하나의 치명적인 약점이야."

"하지만 쇠사슬의 힘이란 가장 약한 고리가 끊어지면 끝 아닌가?"

"바로 그걸세, 왓슨. 그래서 폴록은 지극히 중요한 인물이 된다네. 아직 그의 마음에 남아 있는 일말의 양심과 내가 가끔 교묘한 방법으로 보내준 10파운드 지폐

덕택에 그는 한두 번 내게 가치 있는 정보를 알려줬다네. 그것은 이미 저질러진 범죄 행위에 대한 단순한 보복이 아니라 그것을 예측하고 예방하게 해줄 최상급 정보였어. 만일 이 암호문의 열쇠만 있다면 이 편지 역시 그러한 가치 있는 정보가 되기에 충분할 텐데."

홈즈는 빈 접시 위에 그 편지를 놓고 주름을 폈다. 나는 일어서서 그의 어깨 너머로 고개를 빼고 다음과 같이 난해한 글을 보았다.

534 C2 13 127 36 31 4 17 21 41
더글라스 109 293 5 37 벌스톤
26 벌스톤 9 47 171

"홈즈, 이걸 어떻게 생각하나?"

"어떤 비밀스러운 정보를 전하려는 게 분명하네."

"하지만 암호를 푸는 열쇠도 없이 암호문만 보내면 소용없지 않은가?"

"이 경우에는 그렇지."

"'이 경우'라고 못 박는 건 무슨 까닭이지?"

"왜냐하면 신문 광고란의 이상한 문장 따위 내가 손쉽게 해독할 수 있지. 그런 유치한 암호라면 머리를 즐겁게 할지언정 아프게 하지는 않거든. 하지만 이건 달라. 이 암호문의 숫자는 어느 책의 몇 페이지에 있는 몇 번째 단어를 가리키는 것이 분명해. 하지만 그게 어느 책의 몇 페이지라는 것을 모르는 이상 나는 꼼짝할 수가 없다네.

"그럼 '더글라스'와 '벌스톤'은 숫자가 아니라 왜 글자로 썼지?"

"그것은 문제의 책에 그 단어들이 없기 때문이라네."

"그럼 그 책이 어떤 책이라는 말은 왜 쓰지 않았나?"

"왓슨, 조금이라도 생각이 있는 사람이라면 암호문과 코드를 같은 봉투에 넣어서 보내지는 않지. 만일 편지에 무슨 문제가 생기면 끝장일 테니 말이야. 암호와 암호의 열쇠를 따로 보내면 봉투 두 개가 한꺼번에 잘못되지 않는 이상 피해는 없지 않겠어? 그나저나 지금쯤 두 번째 편지가 올 때가 되었는데, 그 편지에는 이 편지보다 더 상세한 설명이 적혀 있을 걸세. 아니 어쩌면 이 숫자에 관계된 책이름이 적혀 있을지도 몰라."

홈즈의 예측은 불과 몇 분 만에 사실로 드러났다. 급사 빌리가 기다리던 편지를 갖고 나타난 것이다.

"같은 필적이군."

홈즈는 봉투를 뜯으며 말했다.

"게다가 서명까지 되어 있어."

그는 편지를 펼치면서 들뜬 목소리로 덧붙였다.

"일이 잘 풀릴 것 같군."

그러나 편지 내용을 훑어보던 홈즈의 얼굴은 금세 흐려졌다.

"이럴 수가, 정말 실망스럽군! 왓슨, 우리의 기대는 모두 물거품이 되고 말았네. 하지만 폴록의 신변에 이상이 생긴 것은 아닐 거야."

홈즈가 편지를 읽었다.

홈즈 씨.

더 이상 일을 계속하지 못하겠습니다. 그가 나를 의심하고 있어 너무나 위험합니다. 의심하는 것이 눈에 보입니다. 암호의 열쇠를 당신에게 보내려고 봉투를 쓰고 있는데, 그가 갑자기 내게 다가왔습니다. 다행히 봉투를 감출 수는 있었습니다. 그가 이 편지를 보았다면 나는 매우 난처한 입장에 처했을 것입니다. 그의 눈에서 의심하는 빛을 읽었으니까요. 암호 편지는 이제 당신에게는 무용지물이 되었을 테니 제발 불태워 없애십시오.

프레드 폴록

잠시 동안 홈즈는 그 편지를 구겨 쥐고 얼굴을 찌푸린 채 장작불을 응시하다가 천천히 입을 열었다.

"어쨌든 별일은 아니었을 거야. 양심의 가책 때문이었겠지. 자신이 배신자라는 사실을 지나치게 의식한 나머지 상대방의 눈에 비난하는 빛이 있다고 착각하게 된 거야."

"상대방이란 모리아티 교수를 말하는 건가?"

"당연하지! 그 일당들 사이에서 '그'라고 하면 누구를 말하는 건지 단번에 알 수 있을걸. 그들 중에서 권력을 휘두르는 '그'라는 존재는 한 사람밖에 없으니까."

"하지만 대체 그는 무엇을 할 수 있나?"

"음, 중요한 질문이로군. 유럽 최고의 두뇌를 가진 자의 배후에 모든 범죄 세력이 도사리고 있다면, 그는 무슨 일이든지 할 수 있겠지. 어쨌든 폴록은 겁에 질려 있는 것이 틀림없어. 편지지의 글씨와 봉투의 편지를 비교해보게. 그의 말에 의하면 봉투를 쓴 후에 그가 나타났어. 봉투의 글씨는 똑바른데 비해 편지 안의 글씨는 거의 알아볼 수 없을 정도네."

"그렇다면 대체 이 편지는 왜 쓴 거지? 편지 봉투는 그냥 내버리면 되지 않나?"

"그렇게 되면 내가 그에 대해 조사를 할 테고, 그러면 자신에게 문제가 생길까 봐 그랬겠지."

"그렇겠군."

나는 먼저 배달된 암호가 적혀 있는 편지를 들고 유심히 들여다보았다.

"이 편지에 중요한 비밀이 숨겨져 있지만 지금 우리의 능력으로는 그것을 알아낼 수 없다고 생각하니 정말 미치겠군."

홈즈는 손도 대지 않은 식사를 옆으로 밀쳐놓고 깊은 생각을 할 때나 피우는 맛없는 파이프 담배에 불을 붙였다.

"글쎄, 그럴까?"

그는 의자에 등을 기대고 천장을 보았다.

"술수가 능한 자네의 머리로도 미처 발견하지 못한 점이 있을지도 몰라. 이 문제를 순수한 추리력만으로 생각해보세. 이 친구가 가리키는 것은 책이야. 그게 출발점이지."

"좀 애매한 출발이군."

"문제를 좀 더 좁힐 수 있는지 생각해볼까? 정신을 집중하면 그다지 어려울 것도 없을 거라네. 그 책의 제목을 암시하는 것이 뭐 없나?"

"아무것도 없어."

"아냐, 그렇게 단정하지는 말게. 암호문은 534라는 큰 숫자로 시작하고 있지 않은가? 534라는 암호가 담긴 페이지의 숫자라고 가정해도 좋다네. 그렇다면 우리가 찾고 있는 책은 적어도 534페이지 이상의 두꺼운 책이라는 말이 말이니까 그것만으로도 우리는 진전을 본 거지. 그렇다면 이 두꺼운 책이 무엇인지 다른 힌트는 없을까? 그다음 표시는 C2란 말이야. 이것은 무엇을 의미한다고 생각하나, 왓슨?"

"보나마나 제2장(Chapter 2)일 거야."

"왓슨, 그럴 리가 없네. 몇 페이지인가를 밝힌 상태에서 그것이 몇 장인가는 전혀 중요하지 않아. 만약 534페이지가 2장에 있다면 1장의 길이는 엄청나게 길단 얘긴데?"

"칼럼(Cdlumn)!" 하고 내가 소리쳤다.

"훌륭해, 왓슨. 오늘 아침엔 기지가 번득이는군. 그것은 칼럼이 분명해. 그럼 지금부터 두 개의 칼럼으로 인쇄된 두꺼운 책을 찾아보도록 하세. 이 칼럼 하나의 길이는 상당할 거야. 왜냐하면 그중 한 단어에 293이라는 숫자가 붙어 있으니까 말일세. 그런데 우리가 추리력을 통해 알아낼 수 있는 것은 이것이 전부일까?"

"그런 것 같군."

"자네는 너무 자신을 과소평가하고 있어. 자, 머리를 다시 한번 번득여보게, 왓슨. 한번 영감을 떠올리는 거야. 만일 그 책이 희귀한 것이라면 폴록은 내게 그 책을 보냈을 걸세. 그런데 폴록은 그러지 않고 암호문을 보냈고, 암호의 열쇠를 다시 편지로 보내려고 했단 말이야. 그러니 그는 내가 쉽게 그 책을 손에 넣을 수 있다고 생각한 게 분명해. 왓슨, 간단히 말하면 그 책은 아주 흔한 책이라는 결론이지."

"자네 말이 맞는 것 같군."

"따라서 우리가 찾는 책은 두 개의 칼럼으로 인쇄된, 흔히 볼 수 있는 두툼한 책으로 범위를 좁힐 수 있어."

"성경!"

나는 의기양양하게 소리쳤다.

"훌륭해, 왓슨. 아주 훌륭해! 하지만 충분치는 않아. 이런 말을 하면 나 자신을 칭찬하는 꼴이 되겠지만, 모리아티 일당에게 성경만큼 어울리지 않는 책도 없을 걸세. 게다가 성서에는 여러 가지 판이 있으니까 그가 갖고 있는 성경과 내가 갖고 있는 성경의 페이지가 일치할 거라고 생각하지는 않을 테지. 그 책은 표준화된 책이 분명할 걸세. 폴록은 자기 책의 534페이지가 내가 갖고 있는 책의 534페이지와 일치한다는 걸 분명히 알고 있네."

"하지만 그런 조건을 충족하는 책은 아주 드물 텐데."

"바로 그거야. 그것이 우리에게는 희망적인 조건이라네. 우리의 조사 대상은 누구에게나 다 있는 규격화된 책으로 압축될 수 있어."

"브래드쇼 철도 시간표!"

"왓슨, 그건 곤란해. 철도 시간표에 나오는 단어는 간결하지만 제한적일세. 그 안에서 말을 추려 일반적인 편지를 쓰기란 힘들다네. 철도 시간표는 제외해야 하네. 사전도 같은 이유 때문에 제외해야 할 것 같군. 그럼 남은 게 뭐지?"

"연감!"

"왓슨, 정말 훌륭하네! 자네가 꼭 짚어주지 않았다면 나는 한참 헤맸을 거야. 연감! 『휘태커 연감』의 특징을 생각해보세. 흔히 사용되고, 페이지가 매겨져 있으며, 두 개의 칼럼으로 인쇄돼 있어. 그리고 내 기억에 따르면 앞부분에는 어휘가 적지만 뒤로 갈수록 말이 많아지지."

홈즈는 책상 위에서 연감을 집어 들었다.

"여기 534페이지의 두 번째 칼럼이 있는데, 영국령 인도의 자원과 무역에 대해 다루고 있군. 단어들을 이어서 써보게, 왓슨. 13번째 단어는 '마라타'군. 시작이 좋지 않은 것 같은데, 12번째 단어는 '정부'야. 이것은 무엇인가 뜻이 통하는 것 같지만 우리나 모리아티 교수와는 관계가 없는 것 같군. 한 번만 더 해보자고, 마라타 정부가 어떻게 한다는 거지? 맙소사, 다음 단어는 '돼지털'이야. 이거 안 되겠는데, 왓슨! 다 틀렸어!"

그는 농담 비슷하게 지껄이고 있었지만, 굵은 눈썹을 꿈틀거리는 것으로 보아 실망감으로 불쾌해졌다는 것을 알 수 있었다. 나는 그에게 도움이 되지 못한다는 암담한 심정으로 난롯불만 바라보고 있다. 긴 침묵 끝에 홈즈가 갑자기 소리를 지르더니 벽장으로 뛰어가서 노란빛 표지의 책을 들고 나타났다.

"우리가 너무 새로운 것만을 찾고 있었네, 왓슨. 우리가 너무 시대에 앞서가고 있었기 때문에 그 대가를 치른 거야. 오늘이 1월 7일이니 새 연감을 사용해도 이상할 것이 없지만 폴록은 지난해 연감으로 암호문을 썼을 확률이 높아. 그가 암호문의 열쇠를 푸는 편지를 제대로 썼다면 분명 그 점을 말해주었을 것이네. 자, 그럼 이 책 534페이지에는 무엇이 있나 보세. 13번째 단어는 'There'이로군. 그래 아까보다는 희망이 보이는군. 127번째는 'is'야. 둘을 합하면 'There is'라는 말이 돼."

홈즈의 두 눈은 흥분으로 빛을 발하고 있었고, 글자를 더듬어가는 가느다란 손가락은 떨리고 있었다.

"다음은 'danger(위험)'야. 하하하, 멋지군! 왓슨, 받아 적게. 'There is danger-may-come-very-soon-dne(위험이 있다. 위험이 곧 닥칠 것이다)' 그다음에는 'Douglas(더글라스)'라는 이름이야. 'Douglas rich-country-now-at-Birlstone-House-Birlstone-congidence-is-pressing(벌스톤의 벌스톤 저택에 사는 시골의 돈 많은 더글라스-확신-임박했음)' 어떤가, 왓슨. 순수한 추리력으로 이룬 결실을 어떻게 생각하나? 식료품점에서 월계관을 판다면 빌리를 시켜서 사오게 하고 싶군. 내 머리에 쓰게 말이야."

나는 홈즈가 암호를 해독해 부르는 대로 쓴 이상한 메시지를 물끄러미 보며 말했다.

"정말 이상하게 뒤죽박죽으로 표현해놓았군."

"아니, 폴록은 대단히 잘했네."

홈즈가 말했다.

"하나의 칼럼에서 자신이 전하고자 하는 단어를 찾을 때, 원하는 단어들이 다 거기에 있다고 볼 수는 없을 거야. 일부는 상대방의 이해력에 맡겨야 하는 거지. 하지만 의미는 분명히 드러나 있군. '벌스톤이라는 곳에 거주하는 부유한 시골 신사 더글라스라는 사람을 상대로 어떤 잔인한 일이 계획되고 있다'라는 내용이야. 폴록은 그에게 틀림없이 위험이 닥칠 거라고 믿고 있는 거지. 암호에 'confidence(확신)'라고 쓴 것은 책에는 'confident(확신하는)'라는 단어가 없어서 그 단어와 가장 가까운 'confidence(확신)'를 쓴 거라고 보면 될 걸세. 이상이 우리가 알아낸 결과라네. 어떤가? 대단히 멋진 분석이 아닌가?"

홈즈는 자신이 원하는 결과를 얻지 못하면 우울해했지만 반대로 일을 성공적으로 끝냈을 때는 참다운 예술가처럼 순수한 기쁨을 느꼈다. 그가 여전히 성공의 기쁨에 젖어 있을 때 문이 열리고, 빌리가 런던경찰청의 맥도널드 경감을 방으로 안내했다.

당시는 1880년대의 마지막 무렵으로, 알렉 맥도널드는 지금과 같이 전국적인 명성을 얻지 못했다. 그는 젊은 나이였으나 동료 형사들의 깊은 신뢰를 받고 있었으며, 자신이 맡은 몇몇 사건에서 두각을 보이고 있었다. 큰 키와 다부진 체격은 힘이 있어 보였고 커다란 두개골과 숱이 많은 눈썹 밑으로 깊숙이 자리 잡은 번쩍이는 눈은 총명함이 엿보였다. 또한 그는 말수가 적고 빈틈없는 남자로 보였으며 스코틀랜드의 애버딘 사투리가 강한 말씨를 사용했다.

맥도널드 경감은 벌써 두 번이나 홈즈의 도움을 받아 사건을 해결한 바 있는데, 그로 인해 홈즈가 받은 유일한 보상은 해결 과정이 준 지적인 기쁨뿐이었다. 이런 까닭에 맥도널드 경감은 아마추어 동료인 홈즈에게 깊은 애정과 존경심을 갖게 되었고, 어려운 문제가 있을 때마다 홈즈를 찾아와 도움을 청했다. 평범한 사람은 자기보다 나은 사람을 알아보지 못하지만, 재능이 있는 사람은 금방 천재를 알아본다. 홈즈는 우정에 좌우되지 않는 성격이었으나 이 몸집이 큰 스코틀랜드 사람에게는 관대했다. 경감의 모습을 보고 홈즈는 미소 지었다.

"맥 경감, 당신은 일찍 일어나는 새로군요."

홈즈가 이어 말했다.

"벌레는 좀 잡았나요? 혹시 무슨 좋지 않은 일이라도 생겨서 이렇게 일찍 온 게 아닌지 걱정되는군요."

"홈즈 선생, 선생께선 무슨 좋지 않은 사건이 생겼을까 봐 걱정하는 게 아니라 오히려 기대하시는 것 같은데요."

경감은 다 알고 있다나는 듯 씩 웃으면서 말했다.

"이런 추운 날 아침에는 따뜻한 걸 한 잔 마시면 추위를 견디기가 수월하지요. 고맙지만 담배는 사양하겠습니다. 갈 길이 바빠서요. 사건이 발생했을 때 현장에 일찍 도착하는 것이 얼마나 중요한 일인지는 홈즈 선생이 누구보다도 더 잘 알고 계시지 않습니까. 그런데 이것이 도대체….”

경감은 갑자기 말을 멈추고 놀란 표정으로 테이블 위의 종이쪽지를 바라보았다. 그것은 수수께끼 같은 메시지를 휘갈겨 쓴 종이였다.

“아니, 더글라스라니?”

그는 말을 더듬었다.

“그리고 벌스톤! 어떻게 된 겁니까, 홈즈 씨? 마치 귀신에 홀린 기분이군요! 도대체 이 이름들을 어디서 들으셨습니까?”

“이것은 왓슨 박사와 내가 푼 암호입니다. 그런데 왜 그러십니까? 이 이름이 무슨 문제라도 있습니까?”

경감은 놀라서 멍해진 눈으로 우리를 번갈아 바라보았다.

“그렇습니다. 벌스톤 저택의 더글라스 씨가 어젯밤에 처참하게 살해되었습니다.”

셜록 홈즈, 이야기하다

맥도널드 경감에게서 그 소식을 들었을 때는, 내 친구 홈즈의 존재가 빛나는 극적인 순간 중 하나였다. 홈즈가 이 놀라운 소식에 충격을 받거나 흥분이라도 했다고 하면 지나친 비약이 될 것이다. 그것은 그의 성정이 잔혹하기 때문이 아니라, 지난 시간 동안 지나친 자극을 받아 와서 무감각해진 것이라 말할 수 있다.

감정이 무뎌졌다고 해도 그의 머릿속은 대단히 활발하게 움직였다. 내가 경감에게서 공포심 같은 것을 느낀 데 비해 홈즈에게서는 일체 그런 기색을 찾아볼 수 없었다. 오히려 그는 포화 상태의 용액에서 결정이 형성되는 것을 지켜보는 화학자처럼 조용하고 침착하게 흥미를 드러냈다.

"재미있군."

그가 말했다.

"정말로 재미있어."

"놀라지 않는 것 같군요."

"흥미로울 뿐 별로 놀라지는 않았소. 내가 왜 놀라야 합니까? 맥 경감, 나는 중요한 사람으로부터 어떤 사람이 위험하다는 은밀한 연락을 받았습니다. 그런데 그로부터 1시간도 채 지나지 않아 실제로 그가 언급한 사람이 죽었습니다. 나는 그 사실에 흥미를 느끼고 있지만 보다시피 놀라지는 않습니다."

홈즈는 경감에게 암호 편지를 해독한 경위에 대해 간단하게 설명했다. 맥도널드 경감은 턱을 괸 채 앉아 설명을 들었다. 그의 숱 많은 노란 눈썹이 놀란 듯 꿈틀거렸다.

"저는 아침 기차로 벌스톤으로 내려가는 길입니다."

그가 말했다.

"선생과 친구 분께서 같이 가실 수 있는지 알아보러 이곳에 들렀습니다. 하지만 선생님 말씀을 듣고 보니 내려가지 않고 런던에 계시는 편이 사건 해결에 더 큰 도움을 줄 수 있을 것 같군요."

"전 그렇게 생각하지 않습니다."

홈즈가 말했다.

"아니, 홈즈 선생!"

경감이 소리쳤다.

"하루 이틀 사이에 모든 신문이 벌스톤의 신비한 사건에 대해 법석을 떨 텐데, 범죄가 일어나기도 전에 그것을 예언한 사람이 런던에 있다고 하면 이번 사건이 미궁에 빠질 일도 없지 않겠습니까? 그 사람만 잡으면 모든 것이 풀릴 테니 말입니다."

"그도 그렇겠군요. 하지만 그 폴록이라는 자를 어떻게 찾아낼 거지요?"

맥도널드 경감은 홈즈가 준 편지를 뒤집어보았다.

"캠버웰에서 부친 편지군요. 하지만 그 점은 별로 도움이 되지 않습니다. 이름은 가명이라고 했고…. 흠, 쓸만한 단서가 없군요. 전에 그에게 돈을 보내셨다고 하지 않으셨습니까?"

"두 번 보냈지요."

"어떻게 보내셨습니까?"

"지폐를 편지 봉투에 넣어서 캠버웰 우체국으로 보냈소."

"그것을 누가 찾았는지는 확인하셨습니까?"

"아니요."

경감은 놀라고 약간 충격을 받은 것 같았다.

"왜요?"

"나는 언제나 신의를 지키니까요. 그가 맨 처음 편지를 보냈을 때 그를 추적하지 않겠다고 약속했습니다."

"그의 배후에 누군가가 있다고 생각하십니까?"

"누군지 압니다.

"선생이 전에 말한 그 교수입니까?"

"바로 그 사람입니다."

맥도널드 경감은 빙그레 웃었다. 그는 나를 흘끗 쳐다보며 눈을 찡긋했다.

"홈즈 선생, 솔직히 말씀드리자면 저희 런던 경찰청 수사과에서는 그 교수에 대해 선생님이 잘못 판단했다고 보고 있습니다. 저는 그 교수를 직접 조사해보았습니다. 그분은 학식과 재능이 뛰어날 뿐만 아니라 정말 존경스럽기 이를 데 없는 분으로 보였습니다."

"그의 재능을 인정하다니 다행입니다."

"인정하지 않을 수 없지요. 나는 그에 대한 당신의 말씀을 듣고 난 뒤에 일부러 그 교수를 관찰했습니다. 일식에 관한 이야기를 나눠본 적도 있지요. 이야기가 어쩌다 그렇게 발전했는지는 잘 모르겠지만 그분은 반사 전등과 공 하나로 순식간에 일식 현상의 원리를 명확하게 보여주시더군요. 그분은 저한테 책도 한 권 빌려주셨습니다. 하지만 제 머리로는 그 책의 내용을 이해하는 것이 역부족이었습니다. 저도 에버딘에서 고등 교육을 받은 놈인데 말입니다. 그 교수님의 여윈 얼굴과 회색 머리카락 그리고 근엄한 말투는 꼭 지위가 높은 성직자 같은 인상을 풍기더군요. 헤어질 때 그분이 제 어깨에 손을 얹었는데 꼭 험난한 세상으로 나가는 아들을 축복해주는 아버지의 모습과 같았습니다."

홈즈는 두 손을 비비며 낮게 웃었다.

"멋지군. 말해보시오, 맥 경감. 그 즐겁고도 감동적인 인터뷰는 교수의 서재에서 했나요?"

"그렇습니다."

"훌륭한 방이었겠지요?"

"아주 잘 꾸며놓은 훌륭한 방이었습니다."

"당신은 그의 책상 앞에 앉아 있었겠군요?"

"그렇습니다."

"당신은 빛을 마주 보고 있었고 모리아티는 그늘진 곳에 있었지요?"

"예. 밤이었는데 램프가 내 얼굴을 비추던 게 기억납니다."

"그랬을 겁니다. 교수의 머리 위에 그림이 하나 걸려 있는 것을 혹시 보셨습니까?"

"홈즈 선생, 저는 별로 놓치는 것이 없습니다. 선생의 가르침 덕분이지요. 예, 저는 그 그림을 보았습니다. 젊은 여자가 두 손으로 얼굴을 받치고 살짝 옆을 돌아보는 그림이었습니다."

"그 그림은 장 밥티스트 그뢰즈(Jean-Baptlste Greuze)의 작품입니다."

경감은 흥미를 보이려고 애쓰고 있었다.

"장 밥티스트 그뢰즈는 1750년부터 1800년까지 활약한 프랑스의 화가입니다. 물론 화가로서의 활약을 말하는 겁니다. 지금의 비평가들은 그리스의 동시대 사람들 못지않게 그를 높이 평가하고 있지요."

경감의 눈이 멍해지기 시작했다.

"그것보다는 사건 해결이나…."

"나도 그럴 생각이네."

홈즈가 경감의 말을 가로챘다.

"내가 지금 말하고 있는 것은 당신이 벌스톤의 수수께끼라고 부르는 사건과 직접적이고도 중대한 관련이 있어요. 사실 어떤 의미에서는 사건의 핵심이라고 볼 수도 있습니다."

맥도널드 경감은 힘없는 미소를 지으며 나를 보았다가 다시 홈즈를 향해 말했다.

"선생의 머리는 회전이 너무 빨라서 내가 따라가기 힘듭니다. 연결 고리를 한두 개씩 빠뜨리고 말씀하시니 도무지 무슨 말인지 알 수가 없습니다. 도대체 이 죽은 화가와 벌스톤 사건이 무슨 관계가 있다는 말이지요?"

"탐정에게는 어떤 지식이라도 도움이 됩니다."

홈즈가 말했다.

"1865년에 〈라뇨의 아가씨〉라는 그뢰즈의 그림이 포탈리스 경매에서 120만 프랑(4만 파운드 이상)에 팔렸다는 사소한 사실조차도 당신의 마음에 무수한 생각을 불러일으킬 거요."

홈즈가 말한 그대로였다. 경감은 정말로 흥미를 느끼는 듯했다.

"하나 말해둘 것이 있네."

"그 교수의 월급이 얼만지는 믿을 만한 참고 서적을 들춰보면 확인할 수 있지요. 연봉 700파운드였습니다."

"그러면 어떻게 그런 그림을 살 수가…."

"그렇습니다. 어떻게 샀을까요?"

"정말 이상하군요."

경감은 깊은 생각을 하며 말했다.

"계속하십시오, 홈즈 선생. 재미있군요. 정말 흥미롭습니다."

홈즈는 미소 지었다. 그는 진심에서 우러나오는 찬사를 들으면 언제나 좋아했다. 진짜 예술가들은 이렇다.

"벌스톤으로 출발하지 않아도 됩니까?"

홈즈가 물었다.

"아직 시간이 있습니다."

경감은 시계를 보고 말했다.

"문 앞에 마차를 대기시켜 놨고, 빅토리아 역까지 가는 데는 20분도 안 걸릴 겁니다. 그런데 그 그림 말입니다. 선생은 모리아티 교수를 만난 적이 없다고 내게 말한 것 같은데요."

"그렇습니다. 한 번도 만나지 않았습니다."

"그렇다면 그 방에 대해서 어떻게 알고 계십니까?"

"아, 그건 또 다른 문제입니다. 나는 그의 방에 세 번 들어가보았습니다. 그중 두 번은 각각 다른 이유로 갔는데, 그가 오기 전에 그곳에서 나왔습니다. 나머지 한 번은…. 그 일에 대해서는 현역 경찰 앞에서 말하기가 곤란하군요. 어쨌든 내가 그의 서류들을 마음대로 들여다본 것은 세 번째로 거기 갔을 때였소. 그런데 결과는 전혀 뜻밖이었습니다."

"뭔가 쓸 만한 것이라도 발견했습니까?"

"전혀 발견하지 못했습니다. 깜짝 놀랐습니다. 그건

그렇고 이제 그림 문제에 대한 요점은 이해가 가겠죠? 그것으로 그는 대단한 부자라는 것을 짐작할 수 있습니다. 그는 어떻게 부를 축적했을까요? 그는 미혼이고 그의 동생은 서부 잉글랜드의 한 역장에 지나지 않습니다. 그의 교수 연봉은 고작 700파운드인데, 그뢰즈의 그림을 가지고 있습니다."

"그래서요?"

"결론은 뻔하지 않습니까?"

"그가 불법으로 많은 돈을 번다는 말입니까?"

"그렇습니다. 물론 내가 그렇게 생각하는 데는 다른 이유도 있습니다. 수십 가닥의 가느다란 거미줄이 보일락 말락 하게 중앙을 향해 뻗어 있고, 그 중앙에는 독을 품은 거미가 도사리고 있습니다. 내가 그뢰즈의 그림을 언급한 것은 당신이 사태를 쉽게 파악할 수 있도록 하기 위해서입니다."

"홈즈 선생, 선생의 말이 흥미롭다는 것은 인정합니다. 아니, 그건 흥미로운 것 이상이지요. 하지만 가능하면 좀 더 명확하게 설명해주십시오. 그의 돈은 어디서 난 것입니까? 화폐 위조? 아니면 강도질을 해서 번 돈입니까?"

"당신은 조나단 와일드(1682~1725, 암흑가의 왕)에 대해 읽어본 적이 있나요?"

"흠, 어디서 많이 들어본 이름이군요. 소설 주인공 아닙니까? 저는 소설 속의 탐정들에게는 별 관심이 없습니다. 소설 속의 탐정들은 사건을 해결하기는 하지만 그 과정에 대해서는 알려주지 않지요. 그건 단순히 소설가의 영감을 표현할 뿐입니다. 현실성이 없으니까요."

"조나단 와일드는 탐정도 아니고 소설 속 인물도 아닙니다. 범죄계의 대부로 지난 세기, 1720년 무렵에 살았던 인물입니다."

"그런 사람을 내가 알 필요는 없지요. 나는 현실주의자니까요."

"맥 경감, 이 세상에서 가장 현실적인 일을 하려거든 석 달쯤 집 안에 틀어박혀 하루 12시간씩 범죄 기록을 읽으십시오. 모든 것은 돌고 돈다는 것을 알 수 있을 겁니다. 모리아티 교수도 포함해서요. 조나단 와일드는 런던 범죄자들 배후의 실력자였지요. 15%의 수수료를 받고 그의 두뇌와 조직력을 빌려주었어요. 그런데 수레바퀴가 한 바퀴 돌아서 지금 똑같은 인물이 등장한 거지. 그와 같은 작자는 전에도 존재했고, 앞으로도 존재할 겁니다. 내가 모리아티 교수에 대해 한두 가지 흥미있는 일을 알려드리지요."

"틀림없이 흥미로울 것 같군요."

"나는 우연히 그의 첫 번째 쇠사슬 연결 고리가 누군지 알게 되었습니다. 그 사슬의 한쪽 끝에는 사악한 황제가 있고 반대편 끝에는 백여 명의 폭력배, 소매치기, 공갈범, 사기 도박단 등이 도사리고 있는데, 그 틈에서 온갖 범죄가 다 일어나고 있습니다. 그리고 모리아티 교수의 참모인 세바스찬 모란 대령은 모리아티만큼이나 능수능란하게 법망을 빠져나갈 수 있는 인물입니다. 모리아티가 그에게 주는 연봉이 얼마인지 아십니까?

"궁금하군요."

"1년에 6천 파운드입니다. 그것이 두뇌를 빌려준 사람들에게 주는 보수지요. 당신도 알다시피 그것은 미국식 사업 원칙입니다. 나는 우연히 그런 내막을 알게 되었습니다. 그것은 영국 수상의 수입보다도 많은 돈입니다. 그러면 모리아티의 자산과 그의 사업 규모가 어느 정도인지 짐작할 수 있겠지요? 다른 것도 있습니다. 얼마 전에 나는 모리아티가 발행한 수표를 추적해보았습니다. 일상 경비로 지출한 수표였는데 수상한 데라곤 전혀 없었습니다. 그런데 그는 그 수표들은 여섯 곳의 각각 다른 은행에서 인출한 것이었어요. 어떻소? 들어보니 뭔가 이상하지요?"

"정말로 이상하군요. 그런데 홈즈 선생께서는 그것을 어떻게 해석하고 계십니까?"

"그는 자기 재산이 얼마인지 남들 입에 오르내리기를 원하지 않는다는 것이지요. 그의 재산이 얼마나 되는지 아무도 모릅니다. 틀림없이 거래하는 은행이 20군데쯤은 될 겁니다. 재산의 상당 부분은 아마도 독일의 은행이나 크레디 리옹 같은 외국 은행에 빼돌려 놓았을 테지요."

맥도널드 경감은 이야기를 들으면 들을수록 점점 더 강한 흥미를 느끼는 듯했다. 그는 홈즈가 하는 말을 넋 놓고 듣고 있었다. 그러나 스코틀랜드인다운 냉철한 감각이 그를 현실의 문제로 데려왔다.

"모리아티에 대한 이야기는 잠시 접어둡시다."

맥도널드 경감이 말했다.

"당신의 흥미 있는 일화 때문에 얘기가 옆길로 샜습니다, 홈즈 선생. 정말로 중요한 점은 모리아티 교수가 이 사건과 관계됐다는 것입니다. 그것은 당신이 폴록이라는 사람으로부터 받은 경고장으로 알 수 있습니다. 우리가 현재 당면한 문제를 해결할 수 있는 좀 더 실질적인 이야기는 없을까요?"

"범죄의 동기를 추측해볼 수 있지요. 당신이 맨 처음

말한 것을 근거로 생각하면 이 사건은 풀 수 없는, 아니 적어도 설명할 수 없는 사건입니다. 그런데 우리의 생각대로 모리아티가 범행을 저질렀다고 한다면 범행 동기는 두 개의 각각 다른 동기로 나눌 수 있습니다. 첫 번째 가정은 본보기성 처벌로서 저지른 범죄라는 것입니다. 모리아티는 엄격한 규율로 부하들을 다스리는데, 명령을 어기는 자는 큰 벌을 받습니다. 그가 내리는 형벌은 하나밖에 없습니다. 그것은 죽음입니다. 그리고 우리는 이 살해된 남자가 두목을 배신했다고 가정할 수 있습니다. 그래서 처벌이 가해졌고, 다른 부하들에게 본보기로 보여주기 위해 일부러 외부로 알린 것입니다."

"그것도 가능하겠군요. 홈즈 선생."

"또 다른 가정은 모리아티가 일련의 사업을 하다가 저지른 범죄라는 것입니다. 혹시 도둑맞은 물건은 없습니까?"

"그에 대한 얘기는 아직 듣지 못했습니다."

"도둑맞은 물건이 있다면, 그것은 첫 번째 가설보다는 두 번째 가설이 범죄 동기일 가능성이 훨씬 높다는 얘기입니다. 모리아티는 약탈품을 나누어 갖기로 약속하고 일을 저질렀거나 다른 대가를 받기로 하고 일을 저질렀을지도 모릅니다. 두 가지 다 가능하지요. 그러나 어느 쪽이든, 또는 제3의 이유든 그에 대한 답은 벌스톤에서 찾아야 합니다. 확언하건대, 그가 자신을 범죄자와 연결시킬 만한 단서를 이곳 런던에 남겨두었을 리가 없습니다."

"그럼 벌스톤으로 가야 합니다."

맥도널드 경감이 벌떡 일어나며 소리쳤다.

"이런! 생각보다 늦어졌군, 여러분, 5분 안으로 준비를 마치십시오. 가능합니까?"

"그 정도면 우리한테 충분하지."

홈즈는 의자에서 일어나 외출복으로 갈아입으며 말했다.

"맥 경감, 가는 도중에 수고스럽더라도 사건 경위를 전부 설명해주기 바라오."

이제부터 착수하는 사건이 전문가의 철저한 주의를 요한다는 것을 납득시키기에는 충분했다. 홈즈는 두 눈에 광채를 띠고 경감의 이야기를 들으며, 가끔씩 두 손을 비볐다. 비록 경감의 이야기는 빈약했지만 홈즈는 개의치 않았다. 몇 주 동안이나 아무 사건 없이 보냈던 홈즈에게 마침내 그의 비범함을 발휘할 알맞은 기회가 생겼기 때문이다. 비범함이란, 다른 특별한 재능도 마찬가지이지만 사용할 일이 없으면 당사자를 좀이 쑤시게 만든다. 면도날 같은 두뇌가 아무 일도 하지 않고 가만히 있으면 무디어져서 녹슬게 되는 것과 마찬가지다.

자신의 능력을 발휘할 기회를 만난 홈즈는 열정적으로 보였다. 두 눈은 빛났고, 창백한 두 뺨은 발갛게 달아올랐다. 마차를 타고 가는 동안 홈즈는 서섹스 주(州)에서 우리를 기다리고 있을 문제에 대한 맥도널드의 간단한 설명을 듣기 위해 몸을 앞으로 내밀면서까지 열심히 귀를 기울였다.

경감이 우리에게 설명한 바에 의하면 그가 알고 있는 것은 아침 일찍 우유 열차로 배달된 휘갈겨 쓴 보고서의 내용뿐이었다. 그 지방의 경찰관 화이트 메이슨이 맥도널드와 절친한 사이였기 때문에, 보통 때 지방 경찰청에서 경찰청으로 도움을 청하는 경우보다 훨씬 신속하게 사건이 전달된 것이다. 사실 런던의 민완 수사관이 수사 요청을 받고 달려가보면 이미 사건 현장이 어질러져 있는 경우가 좀 많은가.

맥도널드 경감이 화이트 메이슨한테 받은 편지를 읽었다.

친애하는 맥도널드 경감에게

공식적인 지원 요청서는 다른 봉투에 들어 있네. 이 것은 개인적인 서신일세. 아침에 벌스톤행 몇 시 기차를 탈 수 있는지 전보로 알려주게 마중 나가겠네. 혹시 내가 바쁘면 다른 사람이라도 내보내겠네. 이 사건은 대단히 난해하다네. 지체 없이 출발해주기 바라네. 만약 홈즈 선생을 모시고 올 수 있으면 그렇게 해주게나. 홈즈 선생이라면 뭔가 알아낼 수 있을 테니까. 상황 전체가 연극적인 효과를 내도록 꾸며진 것 같아. 그 한가운데 죽은 사람만 없다면 말이야. 거듭 말하지만 정말 난해한 사건일세.

"당신 친구는 바보는 아닌 것 같군요."

홈즈가 말했다.

"물론입니다. 내 판단이 틀림없다면 화이트 메이슨은 정말 똑똑한 사람입니다."

"알아야 할 또 다른 것이 있습니까?"

"그곳에 도착하면 메이슨이 자세히 설명해줄 것입니다."

"그렇다면 더글라스 씨가 끔찍하게 살해되었다는 사실은 어떻게 알았습니까?"

"그 사실은 동봉한 공문서를 보고 알았습니다. 하지

만 거기에 '끔직하게' 살해되었다는 말은 없었습니다. 그 말은 공식 용어로는 인정되지 않습니다. 존 더글라스라는 이름도 거기에 써 있었습니다. 더글라스라는 남자가 엽총으로 머리를 맞았다고 써 있었습니다. 사건이 발생한 시간도 적혀 있었는데, 어젯밤 자정 가까운 시간이라고 합니다. 추가로 이 사건은 틀림없는 살인사건으로 아직 용의자는 체포하지 못했으며, 대단히 복잡한 사건이고, 이상한 점이 많다고 했습니다. 현재 알고 있는 것은 이것이 전부입니다. 홈즈 선생."

"그렇다면 이 정도에서 얘기를 그치는 것이 어떻습니까. 불충분한 자료를 갖고 속단을 내리는 것은 우리의 직업상 금물입니다. 현재 내가 확실하게 알고 있는 것은 단 두 가지. 런던에는 뛰어난 두뇌의 소유자가 있고, 서섹스 주에서는 한 남자가 피살되었다는 사실입니다. 우리는 지금부터 이 두 가지를 연결하는 쇠사슬의 연결 고리를 추적해야 합니다."

벌스톤의 비극

이쯤에서 나는 잠시 변변찮은 주관을 빼고 나중에 알게 된 사실에 근거하여, 우리가 현장에 도착하기 전에 있었던 일에 관해 설명하려고 한다. 이런 식으로 해야 사건에 관계된 사람들과 그들의 운명이 연출한 이상한 무대를 독자들이 쉽게 이해할 수 있을 것이다.

벌스톤 마을은 서섹스 주의 북쪽 경계에 자리 잡은 오래된 작은 마을이다. 목재 골조의 시골집들은 수백 년 동안 변함없는 모습으로 서 있었다. 그러나 지난 몇 년 사이에, 그 그림 같은 풍경과 주변 환경을 보고 부자들이 몰려들었고, 이들은 숲속의 여기저기에 저택들을 세웠다. 이 숲은 위치상으로 월드 대삼림의 경계인데 여기서부터 숲은 점점 줄어들어 북부 지방의 백악질 구릉으로 이어진다. 인구가 늘어나자 작은 상점들이 우후죽순처럼 생겨났다. 그래서 벌스톤이 고색창연한 시골 마을에서 현대적 시가지로 탈바꿈하는 것은 시간문제라는 전망까지 나오는 형편이었다. 그 일대에서 가장 큰 도시 턴브리지 웰스는 켄트 주의 경계를 넘어 동쪽으로 16킬로미터에서 20킬로미터쯤 떨어진 곳에 있기 때문에 벌스톤은 상당히 넓은 지역의 중심이라 할 수 있다.

마을에서 반마일쯤 떨어진 곳에는 커다란 너도밤나무로 유명한 오래된 사냥터가 있었는데, 그 안에 유서 깊은 벌스톤 영주 저택이 자리 잡고 있었다. 이 유서 깊은 건물의 유래는 제1차 십자군 시절까지 거슬러 올라가는데, 휴고 드 카프스(Hugo de Capus)가 레드 킹(Red King)으로부터 하사받은 대지의 한복판에 지은 것이다. 이 건물은 1543년에 화재로 불탔고, 제임스 1세(1603~1625)에 이르러 다시 건물을 증축했는데 당시에 화재로 까맣게 탄 초석을 그대로 사용했다.

수많은 박공과 작은 마름모꼴 창틀의 영주 저택은 17세기 초에 세워진 저택의 모습을 거의 원형 그대로 유지하고 있었다. 중세 시대에 방어용으로 두 겹의 해자를 파놓았는데 사람들이 바깥쪽 호를 메운 다음에 이제는 텃밭이라는 소박한 용도로 쓰고 있었다. 안쪽

해자는 이제 깊이 1미터 정도에 지나지 않지만 폭은 12미터에 달해 여전히 집 전체를 둘러싸고 있었다. 작은 시내가 해자를 통해 흘러가게 되어 있어, 해자의 물은 탁하기는 하지만 도랑처럼 더럽지는 않았다. 저택의 1층 창문은 해자에서 20~30센티미터도 안 되는 높이에 있었다.

저택에 들어갈 수 있는 길은 오직 도개교를 지나는 것뿐인데, 원래 도개교의 사슬과 권양기는 녹슬고 고장 난 채 오랫동안 방치되어 있었다. 그러나 최근 영주권을 획득해 살고 있는 주인이 열심히 고친 덕분에 도개교는 이제 들어 올릴 수 있다. 실제로 매일, 밤에는 들어 올리고 아침에는 내려놓는 식으로 저택과 외부를 연결하는 다리가 되었다. 이렇게 낡은 봉건 시대의 풍습을 재현함으로써 영주 저택은 밤에는 섬으로 바뀌었는데, 이것은 곧 잉글랜드 지역 전체를 뒤흔들 수수께끼와 직접적인 관련을 갖게 된다.

더글라스 집안이 이 저택을 구입했을 때는 여러 해 동안 아무도 거주하지 않았기 때문에 마치 그림에서나 볼 수 있는 폐허 그 자체였다. 더글라스 집안이라고 해봤자 존 더글라스와 그의 아내 두 사람뿐이었다. 존 더글라스는 성격으로 보나 외모로 보나 대단히 특이한 사람이었다. 나이는 쉰 살가량이었는데 강인한 턱에 주름진 얼굴, 회색 턱수염, 부리부리한 회색 눈에, 단단하고 힘이 넘치는 체구가 젊은 시절의 힘과 활력을 고스란히 간직하고 있었다. 그는 누구에게나 밝고 친절하게 대했지만 약간 세련되지 못한 구석이 있어서, 서섹스 주의 사교계 사람들은 그가 하층민과 어울려 살았을 거라고 지레짐작했다.

비록 교양 있는 이웃들로부터는 호기심 반 비웃음 반의 눈길을 받고 서먹서먹한 대우를 받았지만, 마을 사람들에게는 쉽게 큰 인기를 얻었다. 지역에서 행하는 모든 일에 많은 기부금을 냈고, 음악회나 다른 모든 집회에도 적극적으로 참여했기 때문이다. 그는 또 아주 풍부한 성량의 테너 음성을 가지고 있어서 집회 같은 데서 요청이 들어오면 언제든 멋있는 노래를 불러주기도 했다. 그는 돈이 무척 많아 보였는데, 캘리포니아의 금광에서 그 돈을 벌었다는 소문이 나돌았다. 그가 한동안 미국에서 살았다는 것은 그와 그 아내의 말을 통해서 알 수 있었다.

사람들은 그의 관대하고 서민적인 태도를 보고 좋은 인상을 받았는데, 물불을 가리지 않는 그의 용감한 기질이 소문나면서 그에 대한 호의는 한층 강해졌다.

더글라스는 말을 썩 잘 타는 편은 아니었지만 그래도 사냥 대회마다 빠지지 않고 모습을 드러냈고 절대로 지지 않겠다는 결심으로 버티다가 가장 극적으로 낙마하곤 했다. 사제관에 불이 났을 때는 지역 소방대에서 포기한 다음에도 건물 안으로 다시 들어가 재산을 건져내는 불굴의 용기를 보여주었다. 이렇게 해서 영주 저택의 존 더글라스는 5년 만에 벌스톤에서 유명 인사가 되었다.

그의 아내도 가깝게 지내는 사람들 사이에서 평판이 좋았다. 영국인들의 습관에 따르면 아무런 연고도 없이 그 지역에 정착한 외지인을 방문하는 일은 별로 없었다. 그러나 원래 소극적인 성격의 그녀는 오로지 남편과 집안일에 몰두해 있었기 때문에 아무런 아쉬움을 느끼지 않고 지낼 수 있었다. 그녀는 검은 머리에 키가 컸으며, 날씬하고 아름다워서 남편보다 스무 살쯤 젊어 보였다. 실제로 상당한 나이 차가 있었으나 그 때문에 가정생활이 불만족스럽지는 않아 보였다.

그러나 두 사람을 잘 알고 있는 사람들의 눈에는 부부의 신뢰 관계가 완전하지 못한 것처럼 보일 때가 있었다. 왜냐하면 부인은 남편의 과거에 대해 말을 삼가는 모습을 보였는데, 어떻게 보면 그것은 남편의 과거에 대해 제대로 알지 못해 피하는 것으로 비쳤던 것이다.

또한 관찰력이 뛰어난 몇몇 사람들은 더글라스 부인에게 상당히 예민한 구석이 있다는 점, 남편의 귀가가 늦어지기라도 하면 부인이 몹시 불안해한다는 점을 지적하며 이러쿵저러쿵 입방아를 찧기도 했다. 그렇잖아도 화젯거리가 부족한 조용한 시골 마을에서 더글라스 부인의 이러한 나약함은 이런저런 말들을 만들어냈고, 그것에 각별한 의미를 부여하는 사건이 터졌을 때 그것은 사람들의 기억에서 눈덩이처럼 불어났다.

그 집에는 더글라스 부부 외에 한 인물이 더 있었다. 벌스톤 저택에는 가끔 와서 머무를 뿐이었지만 지금부터 말하려는 이상한 사건이 일어났을 때 그곳에 있었기 때문에 그의 이름이 크게 알려졌다. 그는 햄스테드의 헤일즈 저택에 사는 세실 제임스 바커라는 남자였다.

키가 크고 동작이 느린 세실 바커는 벌스톤 저택을 자주 방문했기 때문에 벌스톤 마을의 큰길에서 쉽게 볼 수 있었다. 그는 영국이라는 새로운 땅에서 살고 있는 데다 과거가 잘 알려지지 않은 더글라스의 단 한 명의 친구라서 더 큰 주목을 받았다. 바커는 틀림없는 영국 사람이었지만 그의 말에 따르면 그가 더글라스를 처음으로 알게 된 곳은 미국이며, 거기서부터 아주 친하게 지냈다고 한다.

바커는 상당한 재산이 있으며 아직 독신이라는 소문이 있었다. 나이로 따지자면 그는 더글라스보다 젊었다. 기껏해야 마흔다섯쯤 되었을까. 그는 기골이 장대하고 어깨가 떡 벌어진 사나이였다. 깨끗하게 면도한 싸움꾼 같은 얼굴에 굵고 강렬한 검은 눈썹, 위압적인 검은 눈동자를 가진 그는 적진 한가운데 떨어져도 혼자서 능히 헤치고 나올 수 있는 사람처럼 보였다. 그는 승마도 사냥도 하지 않았지만 입에 파이프를 물고 고풍스러운 마을 주위를 배회하며 시간을 보내거나 더글라스와 함께 또는 더글라스의 부인과 함께 아름다운 시골길을 마차를 타고 달리며 시간을 보냈다.

"느긋하고 인심 좋은 신사분이시지요."

집사 아메스는 그렇게 말했다.

"하지만 실수로라도 그분의 심기를 건드릴 만한 일은 하고 싶지 않습니다."

바커는 더글라스의 충실한 벗이었고 부인에게도 비할 바 없이 싹싹했는데, 부인에 대한 그런 태도가 더글라스의 심기를 건드린 적이 한두 번이 아닌 듯했다. 하인들조차 주인이 불쾌해하는 것을 느낄 수 있을 정도였다. 비극적인 사건이 벌어졌을 때 있던 제3의 인물은 이런 사람이었다.

오래된 저택에 기거하는 사용인들 중에는 점잖고 품위가 있으며 일 처리 능력이 뛰어난 아메스 집사와 안주인이 하인들을 지휘하는 일을 돕는 통통한 앨런 부인 정도를 언급하면 충분할 것이다. 다른 여섯 명의 하인들은 1월 6일 밤에 생긴 사건과는 아무런 관계가 없다.

서섹스 주 경찰 윌슨 경사의 관할 파출소에 급보가 처음으로 전해진 것은 밤 11시 45분이었다. 몹시 흥분한 세실 파커가 파출소로 달려와서 요란스럽게 벨을 눌렀다. 그리고 벌스톤 저택에 끔찍한 비극이 일어났으며 존 더글라스가 살해되었다고 숨이 넘어갈 듯이 말했다. 바커는 다시 영주 저택으로 허겁지겁 달려갔고, 윌슨 경사는 한걸음에 서섹스 주의 관리들에게 달려가 심각한 사태가 벌어졌음을 알리고 자정 조금 넘은 시각에 현장에 도착했다.

저택에 도착해보니 도개교는 내려져 있었고 창문마다 불이 켜져 있었으며 집 안은 온통 혼란의 도가니였다. 새파랗게 질린 하인들이 현관홀에 모여 앉아 있었고, 겁에 질린 집사는 현관문을 두 손으로 잡고 있었다. 자신을 억제하고 감정을 자제하고 있는 사람은 세실 파커뿐인 것 같았다. 그는 현관에서 가장 가까운 문을 열고 경사에게 따라오라는 손짓을 했다. 그때 마을의 일반 개업의인 민첩하고 유능한 우드 의사가 도착했다. 그는 비극이 발생한 서재 안으로 들어갔고, 공포에 질린 집사가 뒤따르며 뒤에서 문을 닫아 끔직한 광경을 하녀들이 보지 못하도록 했다.

죽은 사람은 방 한가운데에 대자로 누워 있었다. 그는 잠옷 위에 분홍색 실내복을 걸치고 있었고 맨발에 가정용 모직 슬리퍼를 신고 있었다. 의사는 죽은 사람 옆에 무릎을 꿇고 앉아 탁자 위의 램프를 집어 들었다. 그는 시신을 흘긋 보는 것만으로도 자신이 온 일이 헛일이라는 것을 알았다. 죽은 사람은 차마 볼 수 없을 정도로 깊은 상처를 입었다. 피해자의 가슴에는 이상한 무기가 놓여 있었는데, 총신을 30센티미터가량 잘라낸 산탄총이었다. 근거리에서 총을 발사하여 총알이 얼굴에 정통으로 맞은 것이 분명했다. 머리는 거의 산산조각이 난 상태였다. 방아쇠는 하나로 묶어놓았는데 그것은 동시 발사의 파괴력을 한층 높이기 위한 것이었다.

시골 경찰관은 갑자기 자신에게 맡겨진 무거운 책임 앞에서 곤혹스러움과 부담감을 감추지 못했다.

"상부에서 사람이 올 때까지 아무것도 건드리면 안 됩니다."

처참한 얼굴을 보며 경사가 조용히 말했다.

"지금까지는 아무것도 손대지 않았습니다."

세실 바커가 말했다.

"내가 보증하겠습니다. 내가 발견했을 때 모습 그대로 지금 보고 계십니다."

"사건이 난 게 언제였지요?"

경사가 수첩을 꺼내 들었다.

"꼭 11시 반이었습니다. 옷을 벗지 않고 침실 난로 옆에 앉아 있는데 총소리가 들렸습니다. 큰 소리는 아니었습니다. 일부러 소리를 죽인 듯했습니다. 나는 급히 아래로 뛰어 내려갔습니다. 방에 들어가기까지 30초도 채 걸리지 않았을 겁니다."

"방문은 열려 있었습니까?"

"네, 열려 있었습니다. 가엾은 더글라스는 경사님이 지금 보시는 그 상태로 쓰러져 있었습니다. 침실용 촛불이 테이블 위에서 타고 있었고, 램프는 몇 분 뒤에 내가 켰습니다."

"아무도 못 보셨습니까?"

"그렇습니다. 더글라스 부인이 계단을 내려오는 소리가 들려서 나는 부인이 끔찍한 광경을 못 보도록 하려고 밖으로 뛰어나갔습니다. 그때 가정부 앨런이 뛰어나와서 부인을 데려갔습니다. 그리고 아메스 집사가 나타나 그와 함께 이 방으로 다시 들어왔습니다."

"그런데 밤에는 도개교를 올려놓는다고 들었습니다만."

"그렇습니다. 올려져 있었는데 내가 다시 내렸습니다."

"그렇다면 범인은 어떻게 도망갔을까요? 말이 안 되는군요. 더글라스 씨는 자살한 것이 틀림없습니다."

"처음에는 우리도 그렇게 생각했지요. 하지만 이걸 보시오."

바커는 커튼을 젖혀, 다이아몬드 모양의 유리가 달린 긴 창문이 완전히 열려 있는 것을 보여주었다.

"여길 보시오."

그는 램프를 아래로 내려 나무 창틀에 묻어 있는 구두 발자국 모양의 핏자국을 비추었다.

"누군가가 이리로 달아나려고 창틀 위에 서 있었던 게 분명합니다."

"범인이 해자를 건너 달아났다는 건가요?"

"바로 그거요."

"하지만 사건이 일어난 지 30초 이내에 이 방으로 달려왔다면 그자는 그때 물속에 있었겠군요."

"그랬을 거요. 그때 창문을 열어봐야 했던 건데 정말 후회막급이오! 하지만 보다시피 커튼이 가리고 있어서 그런 생각은 전혀 떠오르지 않았소. 나는 그때 더글라스 부인의 발소리를 들었는데 부인을 이 방에 들여놓을 수는 없다는 생각뿐이었거든. 그건 너무 끔찍했을 테니까요."

"끔찍하고말고요."

의사는 산산조각이 난 머리와 주변의 소름 끼치는 흔적들을 바라보며 말했다.

"벌스톤 철도 충돌 사고 이후로 이런 상처는 처음 봅니다."

"그런데 말입니다."

경사가 말했다. 그는 여전히 열려 있는 창문에 대한 생각을 떨쳐버리지 못하고 있었다.

"범인이 해자를 건너 도망갔다는 것은 그렇다 치고, 내가 묻고 싶은 것은 다리가 올려져 있었다면 범인이 어떻게 집 안에 들어왔냐는 겁니다."

"아, 그게 문제군요."

바커가 말했다.

"다리는 몇 시에 올렸습니까?"

"거의 오후 6시 다 되어서였습니다."

집사 아메스가 말했다.

"내가 들은 얘기로는, 보통 해가 질 때 다리를 올린다고 하던데, 그렇다면 요즘 같은 절기에는 해가 오후 6시가 아니라 오후 4시 반쯤에 지지 않습니까?"

경사가 말했다.

"부인께서 오늘 손님들과 함께 차를 드셨습니다."

집사 아메스가 말했다.

"그분들이 가실 때까지 다리를 올릴 수가 없었습니다. 손님들이 가시고 나서 제가 직접 올렸습니다."

"그럼 이렇게 되겠군요."

경사가 정리해서 말했다.

"만에 하나 누군가 밖에서 침입했다면 오후 6시 전에 다리를 건너 들어와서 계속 숨어 있었겠군요. 더글라스 씨가 밤 11시가 지나서 이 방에 들어올 때까지 말입니다."

"그렇습니다. 더글라스 씨는 매일 밤 잠자리에 들기 전에 집 안 구석구석을 다니면서 불이 꺼졌는지 확인하는 습관이 있었습니다. 이 방에 들어온 것은 그 때문이었지요. 범인은 여기서 기다리고 있다가 총을 쏜 거요. 그리고 총을 버리고 창문을 넘어 달아난 거지요. 저는 그렇게 생각합니다. 다른 방법으로는 이 상황을 설명할 수 없으니까요."

경사는 시체 옆의 방바닥에 떨어져 있는 카드 한 장

을 집어 들었다. 'V. V.'라는 머리글자와 그 밑에 '341'이라는 숫자가 펜으로 조잡하게 쓰여 있었다.

"이게 뭡니까?"

경사가 카드를 들어 보이며 물었다. 바커는 호기심 어린 눈으로 그것을 바라보았다.

"그런 것이 있는 줄은 몰랐는데요. 범인이 떨어뜨린 게 틀림없습니다."

"V. V. 341이라…, 뭐가 뭔지 모르겠군."

경사는 카드를 굵은 손가락으로 계속해서 만지작거렸다.

"V. V.가 뭐지? 누구의 머리글자 같은데. 우드 선생, 그건 뭡니까?"

벽난로 앞 깔개 위에 큼직한 망치가 놓여 있었다. 그것은 작업할 때 쓰는 큰 망치였다. 세실 바커는 벽난로 선반 위에 놓인 청동 상자를 가리켰다.

"더글라스 씨는 어제 그림을 갈아 끼웠소. 나는 친구가 의자 위에 올라가서 커다란 그림을 고정시키는 걸 보았지요. 망치는 그때 썼을 겁니다."

"그건 원래 있던 자리에 놓아두는 게 좋겠습니다."

경사는 혼란스러운 듯 머리를 긁적거리며 이어 말했다.

"이 사건의 진상을 밝혀내기 위해서는 정예 수사 인

력이 필요할 겁니다. 사건을 종결지으려면 런던에서 수사를 맡아야 할 것 같군요."

그는 램프를 들고 천천히 방 안을 돌아다녔다.

"아니!"

그는 창문 커튼을 한쪽으로 밀면서 흥분하여 소리쳤다.

"이 커튼, 언제 닫았습니까?"

"램프를 켰을 때입니다."

집사가 말했다.

"오후 4시가 조금 지났을 무렵이었을 겁니다."

"틀림없이 누군가가 여기 숨어 있었어."

경사가 램프를 아래로 비추자 한쪽 구석에 찍힌 진흙투성이의 구두 발자국이 뚜렷하게 나타났다.

"이것으로 당신의 말이 입증되었다고 할 수 있겠군요, 바커 씨. 범인이 집에 들어온 것은 커튼을 친 오후 4시부터 다리를 들어올린 오후 6시 사이가 분명한 것 같습니다. 범인이 이 방으로 들어온 것은 이 방이 제일 먼저 눈에 띄었기 때문입니다. 그리고 숨을 만한 곳이 달리 없어 커튼 뒤로 뛰어든 겁니다. 그 점은 분명히 맞는 것 같습니다. 범인의 주된 목적은 물건을 훔치는 데 있었던 것 같은데, 우연히 더글라스 씨에게 들켰기 때문에 살해하고 도망간 것입니다."

"나도 그렇게 생각합니다."

바커가 말했다.

"그런데 우리는 지금 귀중한 시간을 낭비하고 있는 게 아닐까요? 범인이 도망가기 전에 당장 나가서 이 일대를 수색해봐야 하지 않겠습니까?"

경사는 잠시 생각에 잠겼다.

"아침 6시 전까지는 기차가 없습니다. 그러니까 기차로 도주하지는 못합니다. 또 흠뻑 젖은 채로 물을 뚝뚝 떨어뜨리며 도망친다면 누군가의 눈에 띌 가능성이 높지요. 어쨌든 나는 누가 올 때까지는 이곳을 떠날 수 없습니다. 여러분도 상황 파악이 좀 더 분명하게 될 때까지는 이곳에 계셔야 할 것 같군요."

의사는 램프를 들고 시신을 샅샅이 살펴보고 있었다.

"이건 무슨 표시지요?"

의사가 물었다.

"범죄와 관련이 있을까요?"

시체의 오른팔이 실내복으로부터 팔꿈치까지 훤히 드러나 있었다. 팔뚝 중간쯤에는 동그라미 안에 삼각형이 그려진 기묘한 그림이 있었는데, 창백한 피부와 대조되는 갈색이라 그것이 더욱 뚜렷하게 보였다.

"문신은 아니군."

의사가 안경을 통해 살피면서 말했다.

"이런 것은 처음 보는군. 마치 소에 낙인을 찍듯이 찍었습니다. 이게 무슨 뜻일까요?"

세실 바커가 말했다.

"하지만 저는 지난 10년간 더글라스의 몸에 새겨진 그것을 보았어요."

"저도 마찬가지입니다."

집사가 말했다.

"주인님이 소매를 걷어 올릴 때마다 그 그림을 여러 번 보았습니다. 저도 그것이 무엇인지 궁금했습니다."

"어쨌든 이 사건과는 아무런 관계가 없는 것이군요."

경사가 말했다.

"하지만 아무리 그래도 이상하군요. 이 사건 전체가 다 이상합니다. 어, 그건 또 뭡니까?"

아메스 집사가 깜짝 놀라 소리를 지르며 죽은 이의 손을 가리켰다.

"결혼반지를 빼어 갔습니다."

집사는 숨을 헐떡이며 말했다.

"뭐라고!"

"정말입니다. 주인님은 왼손 새끼손가락에 장식이 없

는 결혼반지를 항상 끼고 계셨습니다. 금반지였는데 그 반지 위에는 원석 반지를 끼고, 중지에는 뒤틀린 뱀 모양의 반지를 끼고 계셨습니다. 지금은 원석 반지와 뱀 모양의 반지뿐이고 결혼반지는 없어졌습니다."

"집사의 말이 옳소."

바커가 말했다.

"잠깐만, 결혼반지를 원석 반지 밑에 끼고 있었다고요?"

경사가 말했다.

"항상 그러셨지요."

"그러면 살인범은, 아니 그게 누구든 간에, 먼저 이 원석 반지를 빼고, 그다음에 결혼반지를 빼고 다시 원석 반지를 끼워놓았다는 거군요."

"그렇습니다."

시골 경찰관은 고개를 흔들었다.

"내 생각에는 이 사건을 한시라도 빨리 런던으로 알리는 게 나을 것 같군요."

그는 이어 말했다.

"이곳 경찰 화이트 메이슨은 똑똑한 사람입니다. 그는 자기에게 맡겨진 일은 뭐든지 거뜬히 해결해 왔으니 곧 여기로 달려와 우리를 도울 겁니다. 하지만 내 생각엔 런던 경찰청의 도움을 받아야 사건이 해결될 것 같군요. 어쨌든 이 사건이 내게는 너무 벅차다는 것을 솔직히 시인합니다."

암흑

새벽 3시, 서섹스 본서의 형사 반장 화이트 메이슨은 벌스톤 지서 윌슨 경사의 급한 호출을 받고 경장 마차를 타고 숨 가쁘게 달려왔다. 그는 오전 5시 40분 열차 편으로 런던 경찰청에 보고서를 보냈고, 정오에는 우리를 마중하러 벌스톤 역에 나와 있었다.

화이트 메이슨은 조용하고 편안한 느낌을 주는 사람으로, 불그레한 얼굴은 말끔히 면도했고, 헐렁한 트위드 차림을 하고 있었다. 약간 뚱뚱한 편이었으며, 힘이 있어 보이는 다부진 체격에 각반을 찬 모습은 조그만 농장의 주인이나 은퇴한 사냥터지기처럼 보였지, 지방의 범죄 수사관으로는 보이지 않았다.

"정말 난해한 사건입니다. 맥도널드 경감!"

화이트 메이슨은 되풀이해서 말했다."

"기자들이 냄새를 맡는 날이면 파리 떼처럼 이리로 몰려들 걸세. 그자들이 여기저기 들쑤시고 다니면서 현장을 다 망쳐놓기 전에 일을 끝냈으면 좋겠군. 여태까지 이런 일은 정말 처음이네. 홈즈 선생, 선생께서 보신다면 뭔가 알아챌 수 있는 부분이 있을 겁니다. 왓슨 박사님께서도 의사로서 사건에 대해 할 말이 있으실 겁니다. 두 분의 거처는 웨스트빌 암즈로 정했습니다. 여관이라곤 그곳뿐이니까요. 하지만 다들 깨끗하고 괜찮은 데라고 합니다. 가방은 저 사람이 날라다 줄 겁니다. 신사 여러분 이쪽으로 오시지요."

석세스의 형사 반장은 부산스러웠지만 몹시 친절했다. 10분 후에 우리는 여관에 도착했고, 다시 10분 후에는 여관의 휴게실에 앉아서 사건 경위를 대강 들었다. 맥도널드 경감은 가끔 메모를 했지만 홈즈는 식물학자가 귀한 꽃을 관찰하듯 놀라움과 존경심을 담은 표정으로 듣기만 했다.

"놀라운 사건이군요."

이야기가 끝나자 홈즈가 이어 말했다.

"수많은 사건을 접해보았지만 이렇게 기묘한 사건은 처음입니다."

"홈즈 선생, 그러실 줄 알았습니다."

화이트 메이슨은 크게 기뻐하며 이어 말했다.

"서섹스 경찰은 민첩하게 움직입니다. 오늘 새벽 3시에서 4시 사이에 윌슨 경사로부터 인계받은 상황은 지금 말씀 드린 바와 같습니다. 정말이지 늙은 말을 채찍질해서 정신없이 달려갔는데, 가서 상황을 보니 그렇게 급히 서두를 필요도 없었지 뭡니까? 내가 급히 처리할 일은 아무것도 없었으니까요. 윌슨 경사가 이미 모든 상황을 파악한 뒤였고, 나는 그것을 확인하고 단지 두세 가지만 더 파악해서 덧붙였을 뿐입니다."

"당신이 직접 파악했다는 것은 무엇입니까?"

홈즈가 날카롭게 물었다.

"나는 우선 망치를 조사했는데, 우드 선생이 옆에서 저를 도왔습니다. 하지만 망치를 폭력에 사용한 흔적은 없었습니다. 더글라스 씨가 망치로 자기를 방어했다면, 망치를 깔개 위로 떨어뜨리기 전에 범인에게 상처를 입혔을 겁니다. 하지만 유감스럽게도 망치에는 핏자국이 묻어 있지 않았습니다."

"그건 아무런 증명이 되지 못해."

맥도널드 경감이 말했다.

"망치로 사람을 죽여도 망치에 핏자국이 남지 않는 경우는 많이 있었으니까."

"그것은 사실입니다. 그렇다고 그 점이 망치를 사용하지 않았다는 증거도 되지 않습니다. 어쨌거나 핏자국이 묻어 있었으면 우리에게 도움이 되었을 텐데 실제로 핏자국은 전혀 없었습니다.

그다음에 나는 총을 조사했습니다. 총알은 사슴탄(알이 굵은 산탄)을 사용했는데 윌슨 경사가 지적한 것처럼 방아쇠를 철사로 한데 묶어놓았기 때문에 한쪽 방아쇠를 당기면 두 방이 한꺼번에 발사되도록 되어 있었습니다. 누가 그랬는지는 모르지만 상대를 못 맞히는 일이 없도록 조치를 취해놓았습니다. 이 짧게 자른 총은 길이가 60센티미터도 되지 않아서 웃옷 속에 쉽게 감추고 다닐 수 있을 정도입니다.

총에는 제조사의 알파벳이 일부밖에 남아 있지 않았습니다. 두 동선 사이의 홈에는 'P-E-N'이라는 글씨가 새겨져 있었고, 나머지 제조사 알파벳은 톱으로 잘려 나가고 없었습니다."

"P는 대문자로 글자 위에 장식 곡선이 있고 E와 N은 소문자였지요?"

"그렇습니다."

"펜실베이니아 소총회사 제품입니다. 미국의 유명한 총기 제조회사이지요."

화이트 메이슨은 마치 작은 마을의 개업의가, 난해한 병을 말 한마디로 해결하는 할리 스트리트(런던의 일류 의사들이 개업하고 있는 거리)의 의사를 바라보는 듯한 표정으로 멍하니 홈즈를 바라보고 있었다.

"이건 정말 큰 도움이 되겠습니다, 홈즈 선생. 훌륭하십니다! 정말 훌륭해요! 전 세계의 총기 제조회사 이름을 전부 머리에 담고 다니십니까?"

홈즈는 쓸데없는 질문은 사양이라는 듯 손을 홰홰 내저었다.

"그것은 확실히 미국산 엽총입니다."

화이트 메이슨은 말을 계속했다.

"나도 미국의 어느 지역에서는 총신을 짧게 자른 총을 사용한다는 얘기를 읽은 적이 있습니다. 총열에 있는 이름과는 상관없이 나도 그런 생각을 했었지요. 그리고 집에 침입해서 주인을 살해한 범인이 미국인이라는 증거도 있습니다."

맥도널드 경감은 머리를 흔들며 말했다.

"여보게, 자네 지금 지나치게 확대 해석하고 있군. 당신이 한 얘기 중에서 외부인이 집에 침입했다는 증거는 없네."

"열려 있는 창문, 창틀 위의 피, 괴상한 카드, 구석의 발자국, 총이 있지 않습니까?"

"그중에 조작하지 못할 것은 아무것도 없네. 더글라스 씨는 미국인이었거나 미국에서 오래 산 사람이야. 그건 바커 씨도 마찬가지야. 미국적인 행동을 설명하기 위해 외부에서 미국인을 수입해올 필요는 없지."

"아메스 집사는…."

"그 사람은 어떤가? 믿을 만한 사람인가?"

"찰스 산도스 경 댁에서 10년 동안 일했네. 바위처럼 우직한 사람이지. 5년 전 더글라스가 영주 저택에 들어온 이래 쭉 그곳에서 일했네. 집사는 집 안에서 그렇게 생긴 총은 본 적이 없다고 말했네."

"그 총은 감추기 위해서 만든 것이네. 총신을 잘라낸 이유가 바로 그것이지. 그것은 어떤 상자에라도 넣을 수 있어. 그런데 집에 그런 총이 없었다고 어떻게 장담할 수 있지?"

"그렇군. 어쨌든 집사는 그 총을 본 적이 없다고 했네."

고집 센 스코틀랜드인 맥도널드 경감은 고개를 저었다.

"외부인이 침입했다는 얘기는 믿을 수 없어."

그는 말했다.

"나는 자네가 다음과 같은 점에 대해서 생각해보기 바라네."

그가 열심히 의견을 개진하는 동안 스코틀랜드 사투리는 점점 더 심해졌다.

"그 총이 외부에서 집 안으로 반입되었고, 그 모든 기묘한 짓이 외부인의 소행이라고 보려면 어떤 전제가 필요한지 생각해보게. 여보게, 그건 불가능한 일이야. 상식적으로 생각해도 말이 안 되네. 홈즈 선생, 지금까지 들은 얘기에 대한 제 판단은 이렇습니다."

"흠, 맥 경감, 이 사건에 대한 당신의 주장을 한번 들어봅시다."

홈즈는 최대한 공정한 목소리로 말했다.

"범인이 있다면 그는 도둑은 아닙니다. 반지 사건과 카드는 그것이 어떤 사적인 동기로 인한 계획적 살인임을 나타내고 있지요. 좋습니다. 살인을 저지를 의도로 영주 저택에 침입해온 사람이 있다고 칩시다. 그자는 집이 물길로 둘러싸여 있기 때문에 도주가 어렵다는 걸 알았을 겁니다. 또 범인이 선택한 무기는 어떻습니까? 가장 좋은 것은 소리 나지 않는 총입니다. 그래야 범행을 저지른 뒤에 재빨리 창문을 빠져나가 해자를 건넌 다음 유유히 도망칠 수 있을 테니까요. 이 정도라면 이해할 만합니다. 하지만 세상에서 가장 시끄러운 무기를 택한다? 과연 이해가 가십니까? 온 집안사람들이 총소리를 듣자마자 범행 현장으로 달려올 게 뻔하고, 해자를 건너기도 전에 발각당할 위험이 높은 데 말입니다. 그게 믿을 수 있는 얘깁니까, 홈즈 선생?"

"흠, 대단히 설득력 있는 얘기로군요."

내 친구 홈즈는 생각에 잠겨 대답했다.

"많은 부분이 해명을 요하는 것은 사실입니다. 실례지만 화이트 메이슨 씨, 해자에서 올라온 사람의 흔적이 있는지 맞은편 언덕을 조사해보셨습니까?"

"아무런 흔적도 없었습니다. 그러나 바깥쪽은 둘레가 돌난간으로 되어 있어서 흔적이 남아 있기를 기대할 수는 없습니다."

"발자국이나 어떤 흔적도요?"

"예."

"그렇군요. 우리가 지금 저택으로 출발해도 될까요, 화이트 메이슨 씨? 무엇을 암시하는 사소한 단서가 아직 남아 있을지도 모르니까요."

"저도 가자고 말씀드릴 참이었습니다, 홈즈 선생. 하지만 가기 전에 모든 사실을 알리고 싶었습니다. 제 이야기를 들으시고 혹시 떠오르는 게 있으시면…."

화이트 메이슨은 미심쩍다는 듯이 홈즈를 바라보았다.

"내가 전에 홈즈 선생과 일한 적이 있다네."

맥도널드 경감이 말했다.

"이분은 혼자서 일을 하신다네."

"적어도 나는 내 방식대로 일합니다."

홈즈는 빙긋이 웃었다.

"나는 법과 경찰을 돕기 위해서 사건에 손을 댑니다. 만일 내가 공적인 수사력과 거리를 둔 일이 있다면, 그것은 경찰 쪽에서 먼저 나와 거리를 두었기 때문입니다. 나는 경찰을 이용해서 공을 세울 생각은 추호도 없습니다. 화이트 메이슨 씨, 나는 내 방식대로 일하며 내가 원할 때 그 결과를 완전한 단계에서 한 번에 알려줍니다. 단계적으로 알려주지는 않습니다."

"우리는 당신이 오신 것을 환영합니다. 알고 있는 것을 숨김없이 말씀드리겠습니다."

화이트 메이슨은 정중하게 말했다.

"같이 가시지요, 왓슨 박사님. 때가 되면 우리들도 박사님의 책에 이름이 오르길 바라니까요."

우리는 가지를 짧게 친 느릅나무가 양쪽으로 줄지어 있는 고풍스러운 마을의 큰길을 걸어갔다. 큰길 바로 맞은편에는 비바람으로 색이 바래고 이끼가 낀 오래된 돌기둥 두 개가 서 있었다. 기둥 위에는 뭔가 얹혀져 있었는데, 뒷발로 일어서 있는 카푸스가의 사자상이 초라한 모습으로 볼품없이 변해 있었다. 영국의 전원에서나 볼 수 있는 잔디와 그것을 둘러싸고 있는 떡갈나무 사이의 구불구불한 길을 조금 걸어가자, 길이 갑자기 꺾이며 벽돌로 지은 제임스 1세 풍의 거무죽죽한 길고 나지막한 저택이 나타났다. 저택 양쪽에는 잘 손질된 주목나무들이 늘어선 정원이 있었다. 가까이 다가가자 차가운 겨울 햇볕을 받은 수면이 수은처럼 빛나는, 폭이 넓고 아름다운 해자가 있었고 거기에 다리가 걸쳐져 있었다.

영주 저택이 세워진 지 300년이라는 세월이 흘렀다. 그동안 이 저택에서는 많은 사람이 태어나고 죽었다. 때로는 시골 무도회나 여우 사냥을 하는 장소로도 사용됐다. 이토록 유서 깊은 저택이 지금은 흉악한 사건의 그림자에 휩싸였다니 정말 알 수 없는 일이다. 그러나 뾰족하게 생긴 기이한 지붕이며, 돌출된 이상한 박공들은 음침한 음모를 꾸미는 데 안성맞춤으로 보이기도 했다. 깊숙이 들어가 있는 창문들이며 흐릿한 물이 찰랑거리는 길게 뻗은 저택의 정면을 보고 있으니 비극에 이렇게 잘 들어맞는 무대장치도 없겠다는 생각이 들었다.

"저 창문입니다."

화이트 메이슨이 말했다.

"도개교 오른쪽에 있는 창문 말입니다. 지난밤과 마찬가지로 열려 있군요."

"사람이 빠져나가기에는 너무 좁은 것 같은데요."

"분명 뚱보는 아니었을 겁니다. 그 문제에는 당신의 추리가 필요 없습니다, 홈즈 선생. 선생이나 나 정도의 몸이라면 빠져나갈 수 있습니다."

홈즈는 해자의 가장자리로 가서 해자를 살폈다. 그러고는 돌난간과 그 아래쪽의 풀밭을 살펴보았다.

"그것은 제가 자세히 살펴보았습니다, 홈즈 선생."

화이트 메이슨이 말했다.

"거기에 누가 밟고 지나간 흔적은 없었습니다. 하지만 침입자가 꼭 흔적을 남겼으리라는 법은 없잖습니까?"

"그래요. 남기지 않았을 수도 있지요. 그런데 해자의 물은 언제나 이렇게 탁한가요?"

"대개 이런 빛을 띠고 있습니다. 작은 냇물을 통해서 흙탕물이 흘러들어오니까요."

"깊이는 어느 정도지요?"

"양쪽 가장자리는 60센티미터, 가운데는 90센티미터 정도 됩니다."

"그러면 범인이 물을 건너다가 익사했을 가능성은

없겠군요."

"네, 어린애라도 빠져 죽지는 않을 겁니다."

도개교를 건넌 우리는, 바짝 마른 데다가 얼굴이 주름투성이인 아메스 집사의 영접을 받았다. 가엾은 노인은 충격을 받은 듯 하얗게 질린 채 떨고 있었다. 딱딱한 표정에 침울한 얼굴을 한 윌슨 경사는 여전히 운명의 방을 지키고 있었다. 의사는 이미 가고 없었다.

"윌슨 경사, 뭐 새로운 거라도?"

화이트 메이슨이 물었다.

"없습니다."

"그러면 자네는 가보게. 그동안 수고 많았네. 혹시 필요하면 부르도록 하지. 집사는 밖에서 기다리는 게 낫겠군. 그리고 세실 바커 씨와 더글라스 부인, 가정부에게 지금 조사가 시작될 거라고 전하게. 자, 신사 여러분, 우선 제가 현장에 처음 도착해서 느꼈던 바에 대해서 말씀드리겠습니다. 이론을 세우는 것은 제 얘기를 듣고 난 다음에 해주십시오."

나는 이 시골 형사로부터 깊은 감명을 받았다. 그는 냉철하고 명석한 두뇌의 소유자로 사태를 완전히 파악하고 있었다. 앞으로 형사로서 명성을 떨치고 능력을 인정받기에 충분할 것으로 보였다.

홈즈는 형사들이 설명할 때 자주 보이곤 했던 조급한 기색을 전혀 보이지 않고 열심히 그의 말을 들었다.

"첫 번째 질문은 더글라스 씨의 죽음이 자살이냐 타살이냐는 것입니다. 신사 여러분, 그렇지 않습니까? 만약 이것이 자살이라면 우리는 이렇게 추측해볼 수 있습니다. 즉 더글라스 씨는 먼저 결혼반지를 빼서 어딘가에 감춰둔 다음, 실내복 차림으로 이 방에 내려와서 누군가가 자신을 기다리고 있었다는 인상을 심어주기 위해 커튼 뒤에 흙발자국을 남겨놓고, 또 창문을 연 다음에 창틀에 피를 묻혀서…."

"아니, 그럴 가능성은 없네."

맥도널드 경감이 말했다.

"나도 그렇게 생각합니다. 도저히 자살로 볼 수는 없지요. 자, 그러면 살인이 난 거군요. 우리의 할 일은 그것이 외부인의 소행인지, 아니면 내부인의 소행인지를 가려내는 일입니다.

"좋아, 그럼 계속하게."

"어느 쪽이든 양쪽 다 상당한 어려움이 있습니다. 하지만 둘 중 하나임에 틀림없어요. 먼저 집 안 사람이 살인을 했다고 가정해보겠습니다. 범인은 사방이 쥐 죽은 듯 조용하지만 아직 잠든 사람은 아무도 없는 시간에 더글라스 씨를 이 방에서 만났습니다. 그리고 세상에서 가장 별나고 요란한 흉기로 범행을 저질렀지요. 온 저택이 다 그 소리를 듣고 무슨 일이 생겼는지 알 수 있도록 말입니다. 그것은 이 집 안에서 한 번도 발견된 적이 없는 무기였습니다. 그거참 이상하지 않습니까?"

"정말 이상하군."

"그리고 총성이 난 후 1분도 되지 않아 저택에 있던 모든 사람이 현장으로 달려왔다는 것에는 진술이 일치하고 있습니다. 세실 바커 씨뿐만 아니라—물론 이 사람은 자신이 제일 먼저 달려왔다고 하지만—아메스 집사를 포함한 모든 사람이 달려왔습니다. 그러면 1분도 안 되는 동안에 범인은 커튼 뒤에 발자국을 만들고, 창문을 열고, 창틀에 피를 묻히고, 죽은 사람의 손가락에서 결혼반지를 빼는, 그 모든 일을 했단 말입니까? 그것은 불가능합니다."

"논리가 정확하군요. 나도 당신의 말에 동의할 수밖에 없습니다."

홈즈가 말했다.

"좋습니다. 그렇다면 외부에서 들어온 사람의 짓으로 가정하는 수밖에 없습니다. 이 가정에도 역시 몇 가지 큰 문제점이 있기는 합니다. 그러나 그 문제들은 해결이 불가능하지는 않습니다. 범인은 오후 4시 30분에서 6시 사이, 즉 해가 진 다음부터 다리를 들어 올린 시간 사이에 저택으로 숨어들었습니다. 저택에 손님이 와 있었기 때문에 문이 열려 있는 상태라 방해물은 없었습니다.

범인이 흔해빠진 강도가 아니라면 더글라스 씨에게 뭔가 개인적인 원한을 갖고 있던 놈일 겁니다. 더글라스 씨는 인생의 대부분을 미국에서 보냈고, 흉기인 엽총도 미국제인 것으로 보아 개인적인 원한이 분명할 테지요.

범인이 이 서재로 숨어든 것은 이 방이 제일 먼저 눈에 띄었기 때문이고, 그는 방에 들어서자마자 커튼 뒤로 숨었습니다. 그는 커튼 뒤에서 밤 11시가 지날 때까지 기다렸습니다. 그때 더글라스 씨가 방 안으로 들어왔습니다. 더글라스 씨가 범인과 이야기를 나누었다고 하다라도 아주 짧은 시간이었을 겁니다. 더글라스 부인은 남편이 서재로 향한 지 2~3분도 되지 않아서 총소리가 들렸다고 했으니까요."

"촛불을 보면 알 수 있지요."

홈즈가 말했다.

"바로 그겁니다. 더글라스 씨는 새 양초를 들고 나왔

는데 그것은 1센티미터도 타지 않았습니다. 고인은 공격당하기 전에 양초를 탁자 위에 올려놓았을 겁니다. 그렇지 않았다면 고인이 쓰러질 때 양초도 같이 떨어졌을 테니까요. 이것은 고인이 방에 들어오자마자 공격받지는 않았다는 것을 보여줍니다. 바커 씨가 이 방에 들어왔을 때 양초는 켜져 있었고 램프는 꺼져 있었습니다."

"그럴듯하군."

"그러면 이런 전제를 바탕으로 사실을 재구성해보겠습니다. 더글라스 씨가 방에 들어와서 촛불을 내려놓습니다. 한 사나이가 커튼 뒤에서 나타납니다. 사나이는 총을 들고 있으며, 결혼반지를 요구합니다. 그자가 왜 그랬는지는 하늘만이 아시겠지만 어쨌든 그는 그렇게 행동한 것이 틀림없습니다. 더글라스 씨는 할 수 없이 반지를 건네줍니다. 그리고 격투를 벌이던 중이었는지 아니었는지는 알 수 없지만 고인은 깔개 위의 저 망치를 집어 들었을 겁니다. 그리고 범인은 고인을 이 지경이 되도록 끔찍하게 쏘았습니다. 그리고 총과 도대체 무엇을 의미하는지는 모르겠지만 기묘한 카드 'V. V. 341'을 떨어뜨리고 창문으로 도망쳤습니다. 그리고 세실 바커가 현장을 발견한 바로 그 순간에 해자를 건너 달아났지요. 홈즈 선생, 어떻습니까?"

"대단히 흥미롭지만 조금 납득이 가지 않습니다."

"이봐, 그 말은 정말 난센스야, 그 밖의 가정은 더욱 나쁘고."

맥도널드 경감이 소리쳐 끼어들며 말을 이었다.

"누군가 더글라스 씨를 살해했어. 하지만 그가 누구든 나는 그가 그런 방법으로 살해하지 않았다는 점은 확실하게 증명할 수 있네, 범인이 도주로가 마땅치 않은 집 안으로 들어온 것은 무엇 때문이지? 조용히 일을 처리하는 것만이 살길인데도 시끄러운 산탄총을 쏜 것은 또 무엇 때문이고? 홈즈 선생, 화이트 메이슨의 이론이 설득력이 없다고 좀 전에 말씀하셨으니, 이제 선생이 실마리를 제공할 차례입니다."

홈즈는 토의가 길게 진행되는 동안 남들이 하는 말을 한마디도 빠뜨리지 않았다. 날카로운 시선을 이리저리 던지며, 이마에 깊은 주름이 파일 정도로 집중하면서 주의 깊게 듣고 있었다.

"내 의견을 말하기 전에 몇 가지 사실들을 더 파악하고 싶습니다. 맥도널드 경감."

홈즈는 시체 옆에 무릎을 꿇으며 이어 말했다.

"이럴 수가! 상처가 정말 소름 끼칠 정도로군. 아메스 씨, 당신은 더글라스 씨의 팔뚝에서 이 예사롭지 않은 기호를 자주 보았다고 했지요? 동그라미 안에 삼각형 낙인 말입니다."

"그렇습니다. 선생님."

"이게 무슨 뜻인지에 관해서 들은 적은 없나요?"

"없습니다."

"이 낙인을 찍을 때 굉장히 아팠을 텐데…. 틀림없이 피부를 태운 낙인이군. 아메스 씨, 더글라스 씨의 턱 밑에 작은 반창고가 붙어 있는 게 보이는데, 주인이 살아 있을 때도 붙이고 있었습니까?"

"네. 어제 아침에 면도할 때 베인 것입니다."

"전에도 면도할 때 베인 것을 본 적이 있나요?"

"한동안 없었습니다."

"암시야! 우연의 일치일 수도 있지만 위험이 닥쳐온다는 것을 본능적으로 알고 마음이 동요해 베었을 수도 있어. 어제 더글라스 씨의 행동에 뭔가 이상한 점은 없었나요? 아메스 씨?"

"어딘지 차분해 보이지 않았고 흥분한 상태였습니다."

"음! 그럼, 전혀 뜻밖의 일을 당한 건 아니군. 수사가 조금은 진전된 것 같지 않습니까? 당신이 직접 질문하시겠습니까? 맥도널드 경감?"

"아닙니다, 홈즈 씨. 저보다 잘하고 계십니다."

"그렇다면 'V. V. 341'이라고 써 있는 이 카드 얘기를 해볼까? 싸구려 종이로군. 집에 이런 종이가 있습니까?"

"없는 것 같습니다."

홈즈는 책상으로 다가가 각각의 잉크병에서 잉크를 조금씩 찍어 압지에 묻혀보았다.

"이 방에서 쓴 것은 아니로군. 카드의 잉크는 검은색이고 다른 것은 자주색이야. 그리고 이것은 심이 굵은 펜으로 썼는데 여기 있는 펜들은 심이 가는 것밖에 없어. 이것은 분명 다른 곳에서 썼다는 결론인데, 여기 적힌 글에 대해 아는 게 있습니까, 아메스 씨?"

"아무것도 없습니다."

"어떻게 생각합니까? 맥도널드 경감?"

"어떤 비밀 결사대가 관계되었다는 느낌이 듭니다. 팔뚝에 있는 표시도 그렇고요."

"제 생각도 그렇습니다."

화이트 메이슨이 말했다. 고심하던 홈즈가 입을 열었다.

"흠, 그러면 그럴듯한 가설을 하나 세워놓고 아까의 문제점이 얼마나 해소되었는지를 보도록 하지요. 모종의 비밀 단체에서 나온 요원이 집 안에 침입해서 잠복해 있다가 이 무기로 더글라스 씨의 머리통을 날려버리고 해자를 건너 도주한다. 시신 곁에는 한 장의 카드를 남겨 나중에 신문에 보도되었을 때 그 단체의 회원들이 복수가 이루어졌다는 것을 알게 한다. 이렇게 되면 말이 되긴 하는데 하고 많은 무기 중에 하필이면 왜 이 총을 택했을까요?"

"바로 그겁니다."

"그리고 왜 결혼반지를 빼어 갔을까요?"

"그렇지요."

"그리고 왜 지금까지 범인이 체포되지 않고 있지요? 벌써 오후 2시가 지났습니다. 날이 밝자마자 당연히 전 경찰력이 동원되어 젖은 옷을 입고 있는 외부인을 찾아서 반경 60킬로미터 이내를 샅샅이 뒤졌을 텐데 말입니다."

"그렇습니다, 홈즈 선생."

"근처에 은신처가 있거나 범인이 갈아입을 옷을 준비한 게 아니라면 경찰이 놈을 놓쳤을 리가 없소. 그런데 경찰은 놈을 놓친 것이 틀림없소."

홈즈는 창가로 다가가 확대경으로 창틀의 핏자국을 살펴보았다.

"이것은 분명 구두 발자국입니다. 이상하게도 폭이 넓은데, 평발이라고 말할 수 있을 정도군요. 하지만 이상한 점은 커튼 뒤의 진흙 발자국은 이것보다 훨씬 폭이

좁다는 겁니다. 하기야 그다지 똑바로 찍히지는 않았지만…. 그런데 이 사이드 테이블 밑에 있는 건 뭐지?"

"더글라스 씨의 아령입니다."

아메스가 말했다.

"아령이라, 그런데 하나밖에 없군. 다른 하나는 어디 있습니까?"

"모르겠습니다, 홈즈 선생. 원래 하나밖에 없는지도 모르겠습니다. 저도 아령이 있다는 사실을 여러 달 동안 모르고 있었으니까요."

"아령 한 개라…."

홈즈는 무겁게 입을 열었지만 그의 말은 갑자기 문을 두드리는 소리 때문에 중단되었다.

가무잡잡한 얼굴을 깨끗이 면도하고 있는, 키 크고 날렵해 뵈는 사나이가 우리를 바라보고 있었다. 나는 그가 말로만 듣던 세실 바커라는 사실을 쉽게 짐작할 수 있었다. 그는 묻는 듯한 눈으로 우리를 재빨리 둘러보았다. 그의 눈빛은 강력했다.

"회의를 방해해서 미안합니다만 방금 들어온 정보를 알려드려야 할 것 같습니다."

"누가 체포됐습니까?"

"그런 행운은 일어나지 않았습니다. 하지만 범인의

자전거를 발견했습니다. 놈이 자전거를 남기고 떠났더군요. 와서 보시지요. 현관문에서 100미터도 안 되는 곳에 있습니다."

마부 서너 명과 몇몇 사람들이 길에서 상록수 숲으로부터 끌어다 놓은 자전거를 구경하고 있었다. 그것은 오래된 것으로 보이는 '러지 휘트워스'라는 상표의 자전거였는데, 너무 더러워서 꽤 멀리서 타고 온 것처럼 보였다. 스패너와 기름통이 든 가방이 달려 있었으나 소유자에 대한 단서는 아무것도 없었다.

"자전거에 번호가 있고 등록이 되어 있다면 경찰에서 수사하는 데 도움이 될 텐데."

경감이 말했다.

"하지만 이것을 발견한 것만이라도 고맙게 생각해야겠지. 이 자전거로 그가 어디로 갔는지 알 수 없다면 적어도 어디서 왔는지는 알 수 있을 테니. 하지만 놈은 도대체 왜 이것을 버리고 갔을까? 그리고 이것도 없이 어떻게 도망쳤을까? 홈즈 선생, 이 사건은 앞이 도무지 보이지 않는 것 같습니다."

"그래요?"

홈즈는 생각에 잠기며 말했다.

"글쎄요."

등장인물

"서재에서의 볼일은 다 끝난 겁니까?"

우리가 저택으로 돌아오자 화이트 메이슨이 물었다.

"일단은 그렇소."

경감이 대답하고 홈즈도 고개를 끄덕였다.

"그럼 저택에 있던 사람들의 증언을 들을까요? 식당에서 듣겠소. 아메스 씨, 우선 당신부터 알고 있는 것을 말해주시오."

집사의 설명은 간단명료했다. 그는 보면 볼수록 대단히 성실한 사람 같았다. 아메스는 5년 전, 더글라스가 처음 벌스톤에 왔을 때 채용되었다. 그는 주인을 미국에서 돈을 모은 부유한 신사로 알고 있었다. 더글라스는 친절하고 이해심이 풍부한 주인이었다. 아메스에게 그런 주인은 처음이었는데, 이런 비극이 생기고 만 것이다.

평소 주인에게는 불안해하는 기색이 전혀 없었다. 오히려 그는 용감무쌍한 사람이었다. 주인은 매일 밤 도개교를 올리도록 명령했다. 왜냐하면 그것은 오래된 저택의 유구한 관습이었고, 주인은 옛 방식을 따르는 것을 좋아했기 때문이다.

더글라스는 런던에 간다거나 마을을 떠나는 일이 좀체 없었다. 그러나 사건이 일어나기 전날, 주인은 턴브리지 웰스에 물건을 사러 나갔다. 그리고 사건 당일, 주인이 어쩐지 불안해하는 눈치였다고 한다. 주인이 조바심을 내며 짜증을 부렸는데 그런 일은 좀처럼 없었기 때문이다.

그날 밤 아메스는 일찍 잠자리에 들지 않고 집 뒤쪽에 있는 식기실에서 은식기를 정리하고 있었다. 그가 요란한 벨소리를 들은 것은 바로 그때였다. 총소리는 듣지 못했다. 그도 그럴 것이, 식기실과 주방은 집의 맨 뒤쪽에 있는데 그 사이에 있는 긴 통로가 문으로 겹겹이 막혀 있었기 때문이다. 가정부도 요란한 벨소리를 듣고 방을 나왔다. 두 사람은 함께 집 앞쪽으로 달려갔다.

홀 안의 계단 밑에 다다르자 더글라스 부인이 내려오는 것이 보였다. 부인은 서두르는 것 같지는 않았고 특별히 동요하는 것 같지도 않았다. 부인이 계단을 다 내려왔을 때 바커가 서재에서 달려 나왔다. 그는 더글라스 부인을 가로막으며 제발 돌아가라고 사정했다

"제발 방에 가 계십시오."

바커는 이어 외쳤다.

"부인이 할 수 있는 일은 아무것도 없습니다. 제발 방으로 올라가세요."

계단에서 잠시 옥신각신하다가 더글라스 부인은 다시 방으로 올라갔다. 부인은 통곡하지 않았으며 소리를 지르지도 않았다. 가정부가 부인을 모시고 2층 침실로 올라갔다.

아메스는 바커와 함께 서재로 들어갔는데, 경찰이 올 때까지 손댄 것은 아무것도 없었다. 그때 촛불은 꺼져 있었고 램프는 켜져 있었다. 두 사람은 창밖을 내다보았지만 칠흑같이 어두운 밤이라 아무것도 보이지 않았고 아무 소리도 들리지 않았다. 두 사람은 다시 홀로 뛰어나왔는데, 아메스는 윈치를 돌려서 도개교를 내렸고 바커는 경찰서로 뛰어갔다.

아메스 집사의 증언이 끝나고 가정부 앨런 부인의 증언이 이어졌다. 앨런 부인의 증언은 집사의 증언을 확인해주는 선에서 그쳤다.

가정부의 방은 집사가 일하고 있던 식기실보다는 비교적 집 앞쪽에 가까웠다. 시끄러운 벨소리가 들렸을 때 앨런 부인은 잠자리에 들 준비를 하고 있었다. 그녀는 약간 귀가 어두웠다. 총성을 듣지 못한 것은 그 때문이었을 것이다. 게다가 서재는 앨런 부인의 방과 멀리 떨어져 있기도 하다.

앨런 부인은 또 문이 쾅 닫히는 듯한 소리를 들었던 일을 기억해냈다. 그것은 한참 전의 일이었다. 적어도 벨소리가 나기 30분 전은 되었을 것이다. 아메스 씨가 홀을 향해 달려갈 때 그녀는 같이 뛰어갔다. 그때 바커 씨가 하얗게 질린 얼굴로 서재에서 뛰쳐나왔다. 몹시 흥분한 바커 씨는 계단을 내려오는 더글라스 부인의 앞을 막아섰다. 그리고 더글라스 부인에게 방에 올라가 있으라고 사정했고 더글라스 부인이 바커 씨에게 뭐라고 말했는데 무슨 말인지는 들리지 않았다.

"부인을 모시고 올라가시오! 그리고 옆에 있어 주시오."

바커 씨는 앨런 부인에게 이렇게 말했다.

앨런 부인은 더글라스 부인을 침실로 데리고 가서 진정시키려고 애썼다. 더글라스 부인은 몹시 놀라서 몸을 떨고 있었으나 아래층으로 내려가려고 하지는 않았다. 침실 난로 옆에 실내복 차림으로 앉아 두 손에 얼굴을 묻고 있을 뿐이었다. 앨런 부인은 거의 하룻밤 내내 부인 옆에 붙어 있었었다.

다른 하인들에 관해서 말하자면, 그들은 모두 잠자리에 든 상태였고 경찰이 도착하기 직전에야 사건에 관해 알게 되었다. 하인들의 방은 집의 맨 뒤쪽에 있기 때문에 애당초 무슨 소리를 듣는 것은 불가능했다. 증인 신문을 더 진행한대도 가정부 앨런 부인에게 이 이상 얻을 수 있는 것은 비탄과 놀라움뿐이리라.

가정부 앨런 부인 다음에는 세실 바커가 증인으로 등장했다. 전날 밤의 사건에 관해, 그는 이미 경찰에 말한 것 말고는 거의 할 말이 없었다. 개인적으로 그는 살인범이 창문을 통해 도망쳤다고 확신하고 있었다. 창틀의 핏자국이 결정적인 증거이며, 다리가 올라가 있는 상태에서 도망칠 수 있는 길이 없다는 것이다. 그는 살인범이 이 집에서 도망친 다음 어떻게 됐는지, 자전거가 범인의 것이라면 왜 타고 가지 않았는지 알 수 없지만, 해자의 깊이는 어느 곳이나 90센티미터를 넘지 않기 때문에 범인이 빠져 죽었을 리는 없다고 말했다.

바커는 더글라스가 살해당한 것에 대해서도 짚이는 데가 있다고 했다. 더글라스는 과묵한 사람이었고 자신의 삶에 대해 솔직히 털어놓지 않은 부분이 있었다.

더글라스는 어렸을 때 미국으로 이주했으며 미국 땅에서 성공을 거두었다. 바커는 캘리포니아에서 그를 처음으로 만나 베니토 협곡이라는 곳에서 동업으로 광산을 개발했다. 광산에서는 노다지가 쏟아져 나왔다. 그런데 더글라스는 어느 날 갑자기 자신의 지분을 팔아서 영국으로 떠나버렸는데, 그는 당시 홀아비의 몸이었다. 바커는 나중에 재산을 정리하여 런던으로 돌아왔고 더글라스와 다시 절친한 친구 사이로 돌아가게 되었다.

이번 사건과 관계 있는 부분을 얘기하자면, 바커는 더글라스의 머리 위에 어떤 위험이 도사리고 있다는 인상을 받았다고 한다. 더글라스가 갑자기 캘리포니아를 떠난 것도 그렇고, 영국의 이런 한적한 곳에 집을 산 것도 그것을 뒷받침한다고 여겼다. 바커는 어떤 비밀 결사대나 앙심을 품은 단체가 더글라스를 뒤쫓고 있고, 더글라스를 죽이기 전에는 그 추적을 멈추지 않을 것이라고 생각했다. 어떤 비밀 결사대인지, 무슨 일이 그들을 화나게 만들었는지 더글라스가 말한 적은 없으나 그의 이야기를 통해서 그런 느낌을 받았다며, 카드에 써 있는 글도 이 비밀 결사대와 어떤 관계가 있을 거라고 추측했다.

"캘리포니아에서 더글라스와 함께 지낸 기간이 얼마

나 됩니까?"

맥도널드 경감이 물었다.

"한 5년쯤."

"그분이 총각이었다고 하셨지요?"

"아내와 사별해 혼자가 된 홀아비였소."

"그분의 전 부인이 어디 출신인지는 들으셨나요?"

"아니요. 하지만 더글라스가 자신의 전처가 독일계라고 했던 기억이 납니다. 나는 전 부인의 초상화를 본 적도 있소. 아주 아름다운 여성이었지요. 전 부인은 우리가 만나기 1년 전에 장티프스로 세상을 떠났다고 했소."

"그분의 과거가 미국의 특정 지역과 관련되어 있습니까?"

"더글라스는 시카고 얘기를 했지요. 그는 그곳에 대해 잘 알았고 또 거기서 일한 적도 있다고 했소. 또 광산촌에 대한 이야기를 한 적도 있지요. 그는 안 가본 곳이 없을 정도로 여행을 많이 한 사람이었소."

"더글라스 씨는 정치가였습니까? 그 비밀 조직이 무슨 정치와 관련되어 있었습니까?"

"아니요. 더글라스는 정치에는 관심이 없었습니다."

"범죄에 연루됐다고 생각한 적은 없었습니까?"

"전혀 없었습니다. 저는 더글라스보다 더 정직한 사

람은 지금껏 보지 못했습니다."

"캘리포니아에 사는 동안 이상한 일은 없었습니까?"

"그는 광산에 틀어박혀 일하는 것을 무엇보다도 좋아했습니다. 그리고 될 수 있으면 다른 사람들이 있는 곳으로 가지 않으려고 했어요. 그래서 저는 그때부터 더글라스가 누군가에게 쫓기고 있을지도 모른다고 의심을 품게 됐습니다. 그런데 더글라스가 갑자기 유럽으로 떠난 겁니다. 그래서 나는 내 추측이 틀림없다고 확신하게 됐습니다. 위험을 알리는 어떤 경고를 받았던 거지요. 그가 떠나고 1주일도 지나지 않아서 대여섯 명의 남자가 더글라스에 대해서 물으러 왔습니다."

"어떤 사람들이었습니까?"

"대단히 험상궂은 사람들이었습니다. 그들은 광산으로 와서 더글라스가 어디 있느냐고 물었습니다. 나는 그가 유럽으로 떠났는데 구체적으로 어디로 갔는지는 모른다고 말해줬지요. 그들은 더글라스에게 호의적인 사람들이 아니었어요. 그런 건 꼭 말하지 않아도 알 수 있는 거니까."

"그 미국인들은 캘리포니아 사람들이었습니까?"

"캘리포니아 사람인지 어쩐지는 모르겠지만 미국 사람임에는 틀림없었습니다. 그러나 광부는 아니었습니다. 정체는 알 수 없었지만 일단 나는 그들이 돌아가는 것이 반가웠습니다."

"그게 6년 전 일이라고요?"

"거의 7년이나 된 것 같습니다."

"더글라스 씨와는 캘리포니아에서 5년 동안 같이 있었다고 하셨으니 적어도 11년 전이라는 말이군요."

"그렇습니다."

"그렇게 오랫동안 복수의 칼을 갈아왔다니 깊은 원한이 있었던 모양이군요. 사소한 일은 아닌 것 같습니다."

"그는 일생 동안 그 그늘에서 벗어나지 못했습니다. 한시도 그 일을 떨쳐버리지 못하고 괴로워했습니다."

"하지만 신변에 위험을 느꼈다면 왜 경찰에 보호를 요청하지 않았을까요?"

"자기가 보호를 받을 수 없다고 생각했겠지요. 한 가지 알고 계셔야 할 게 있는데, 그는 언제나 권총을 소지하고 다녔습니다. 하지만 운이 나쁘게도 어젯밤에는 실내복 차림이었기 때문에 권총을 침실에 놔두었던 것입니다. 도개교를 올려놓았으니 안전할 거라고 생각했던 모양입니다."

"시간 순서를 확실히 해두고 싶습니다."

맥도널드 경감이 말했다.

"더글라스 씨가 캘리포니아를 떠난 것은 6년 전 일인데, 당신은 그다음 해에 미국을 떠나 영국으로 왔습니다. 맞습니까?"

"그렇습니다."

"그리고 더글라스 씨는 5년 전에 결혼했습니다. 당신은 그가 결혼할 때쯤에 돌아왔겠군요."

"결혼하기 한 달쯤 전이었지요. 나는 그의 둘도 없는 친구였으니까요."

"더글라스 부인을 결혼 전부터 알고 계셨습니까?"

"아니오. 나는 10년 동안이나 영국을 떠나 있었습니다."

"하지만 결혼한 후에는 부인을 많이 만났겠군요."

바커는 정색을 하고 경감을 차갑게 노려보았다.

"결혼한 후에는 더글라스를 아주 자주 만났습니다. 부인을 본 것은 남편을 방문할 때마다 함께 만난 것이 전부입니다. 한자리에 있으니 더글라스만 볼 수는 없지 않습니까? 만일 우리 사이에 무슨 관계가 있다고 상상하신다면…."

"나는 아무것도 상상하지 않습니다, 바커 씨. 사건과 관계있는 것은 무엇이든 물어봐야 합니다. 기분을 상하게 할 생각은 없었습니다."

"그런 질문은 불쾌합니다."

바커는 화를 내며 말했다.

"우리가 알고 싶어 하는 것은 사실뿐입니다. 당신을 위해서나 다른 여러 사람을 위해서나 분명히 하는 것이 좋습니다. 더글라스 씨는 당신과 부인과의 교제를 완전히 인정하셨습니까?"

바커의 얼굴은 파랗게 질려 경련을 일으킬 것만 같았는데, 억세고 큰 두 주먹을 불끈 쥐며 소리쳤다.

"당신은 그런 질문을 할 권리가 없습니다! 그게 지금 사건 수사와 무슨 연관이 있다는 거요?"

"질문을 되풀이해야겠습니다."

"대답하지 않겠습니다."

"대답하지 않아도 좋지만, 대답을 회피하는 것도 하나의 대답이라는 것을 알아야 합니다. 아무것도 숨길 것이 없다면 대답을 거부할 이유가 없으니까요."

바커는 잠시 동안 굵고 진한 눈썹을 잔뜩 찌푸린 채 무서운 얼굴로 골똘히 생각하더니 이윽고 고개를 들며 미소 지어 보였다.

"좋습니다. 당신들이 임무를 수행중이라고 하니 내가 수사를 방해할 수는 없지요. 다만 이 일이 더글라스 부인에게 알려져 걱정을 끼치지 않았으면 합니다. 부인은 지금 너무 큰 충격을 받은 상태이니 말이오. 더글라스에게는 한 가지 결점이 있었는데, 그것은 질투심이 강하다는 것이었소. 그는 나를 좋아했습니다. 세상의 어떤 누구도 친구를 그보다 더 좋아하는 사람은 없을 겁니다. 그는 내가 이곳에 오는 것을 좋아했고 항상 나를 이곳으로 불렀습니다. 그런데 부인과 내가 이야기를 하거나, 둘 사이에 뭔가 교감이라도 있는 것 같으면 질투의 화신으로 변해 금방 자제력을 잃고 심한 말을 내뱉곤 했습니다. 나는 그 때문에 다시는 이 집에 오지 않겠다고 맹세한 적도 있었습니다.

하지만 그러고 나면 더글라스는 후회의 마음이 가득한 편지를 보내 제발 다시 오라고 간청하곤 했습니다. 그러나 여러분, 이것만은 믿어주십시오. 더글라스처럼 애정이 깊고 정숙한 아내를 가진 남자는 없을 겁니다. 또 나처럼 친구에게 성실한 사람도 없을 것입니다."

바커는 열과 성을 다해 자신의 입장을 설명했으나 맥도널드 경감은 물러설 줄 몰랐다.

"죽은 사람의 손가락에서 결혼반지가 없어졌다는 사실은 알고 계시지요?"

"그런 것 같군요."

"아니 '그런 것 같다'는 게 무슨 말입니까? 당신은 없어졌다는 사실을 이미 알고 있지 않습니까?"

바커는 무척 혼란스러워 보였다. 아직 그 문제에 대해서는 마음의 결정을 내리지 못한 모양이었다.

"내가 '그런 것 같다'고 말한 것은 더글라스가 스스로 결혼반지를 뺐을 수도 있다는 말입니다."

"누가 뺐든 결혼반지가 없어졌다는 사실만으로도 이번 비극이 결혼과 연관됐다는 것은 누구나 짐작할 수 있습니다."

바커는 넓은 어깨를 으쓱해 보였다.

"결혼반지가 없어졌다는 사실이 무엇을 의미하는지 나는 잘 모르겠습니다. 그러나 그것이 부인의 정숙함과 어떤 관계가 있다는 뜻이라면…."

한순간 바커의 눈빛이 험악해졌지만 그는 간신히 감정을 자제했다.

"그것은 잘못 생각한 겁니다."

"지금으로서는 더 물어볼 것이 없습니다."

맥도널드 경감이 차갑게 말했다.

"사소한 것이지만 한 가지 짚고 넘어갈 것이 있습니다."

홈즈가 말했다.

"당신이 방에 들어갔을 때 테이블 위에는 촛불만 켜져 있었지요?"

"그렇습니다."

"그 촛불로 무서운 일이 일어난 것을 아셨겠군요."

"그렇습니다."

"그다음에 곧 벨을 누르러 뛰어나갔다고요?"

"네."

"사람들이 즉시 도착했습니까?"

"1분도 채 안 되어서 도착했습니다."

"하지만 그들이 와서 보니 촛불은 꺼져 있고 램프가 켜져 있었습니다. 이상한 일이라고 생각되는데요."

바커는 다시 갈피를 못 잡는 듯한 얼굴이었다.

"나는 이상하다고 생각하지 않습니다."

바커는 잠시 후에 이어 대답했다.

"촛불은 어두웠습니다. 그래서 좀 더 밝은 불을 켜야겠다고 생각했습니다. 테이블 위에 램프가 있기에 그것을 켰습니다."

"그러고는 촛불을 껐습니까?"

"그렇습니다."

홈즈는 그 이상 묻지 않았다. 바커는 태연자약한 얼굴에, 내가 보기에는 도전적인 기색을 띠고 우리를 차례로 둘러본 다음 방을 나갔다.

맥도널드 경감은 더글라스 부인에게 방으로 찾아가

서 만나 뵙고 싶다는 뜻의 편지를 보냈으나 부인은 식당에서 우리를 만나겠다고 했다. 부인은 서른 살쯤 되는 큰 키의 미인으로 무척이나 얌전하고 침착해 보였다. 내가 상상했던 비극적이고 흐트러진 모습은 전혀 찾아볼 수 없었다. 얼굴은 커다란 충격을 받은 사람처럼 창백하게 일그러져 있었으나 침착한 자세만은 유지하고 있었다. 테이블 위에 올려놓은 손이 내 손만큼이나 흔들리지 않았다. 부인의 슬픈 눈은 어떻게 된 거냐고 묻는 듯 우리들을 한 사람씩 번갈아 바라보았다. 갑자기 그 눈길이 말로 바뀌었다.

"뭔가 알아내셨나요?"

부인이 물었다. 그 질문에는 희망이 아니라 두려움이 서려 있는 듯 들렸는데 나만의 상상이었을까?

"필요한 모든 조치를 취하고 있습니다, 더글라스 부인."

경감이 말했다.

"비용은 아끼지 마세요."

부인은 생기 없는 단조로운 목소리로 말했다.

"최선을 다해주세요."

"혹시 사건 해결에 도움이 될 만한 단서를 알고 계십니까? 있다면 알려주십시오."

"도움이 될 만한 것은 아무것도 없어요. 하지만 제가

알고 있는 것은 전부 말씀드리지요."

"우리는 세실 바커 씨에게서 부인이 직접 보지 못했다고, 부인이 비극이 일어난 방에 들어가시지 않았다고 들었습니다만."

"예. 제가 계단을 내려오는데 바커 씨가 저를 말렸어요. 방에 올라가 있으라고 자꾸 말씀하시더군요."

"그렇군요. 부인은 총성을 듣자마자 바로 내려오셨지요?"

"실내복을 걸치고 아래로 내려갔어요."

"총성을 듣고 계단에서 바커 씨를 만나기까지 시간이 얼마나 걸렸습니까?"

"한 2분 정도 걸렸을 거예요. 그런 순간에 대해서 시간 계산을 한다는 것은 정말이지 힘들어요. 바커 씨는 제게 올라가 있으라고 간곡히 말씀하셨지요. 제가 할 수 있는 일이 아무것도 없다고요. 가정부 앨런 부인이 나와서 날 붙들고 다시 2층으로 올라갔어요. 정말 무서운 꿈을 꾸고 있는 기분이었지요."

"남편이 아래층으로 내려간 지 얼마 후에 총소리가 났는지 말씀해주시겠습니까?

"잘 모르겠군요. 남편은 옷 갈아입는 방에서 아래층으로 내려갔기 때문에 나는 남편이 내려가는 소리는 듣지 못했어요. 남편은 화재를 두려워했기 때문에 매일 밤 집 안을 한 바퀴씩 돌아봤어요. 남편이 불안해했던 일은 화재밖에 없었어요."

"더글라스 부인, 제가 알고 싶은 것이 바로 그것입니다. 부인이 남편을 알게 된 것은 영국에서였습니다. 그렇지요?"

"예. 우리는 5년간 결혼생활을 했습니다."

"부군께서 미국에서 있었던 어떤 일 때문에 신변에 위험이 닥칠지 모른다는 얘기를 한 적이 있습니까?"

더글라스 부인은 골똘히 생각하다가 입을 열었다.

"예."

그리고 그녀가 마침내 말했다.

"저는 항상 남편에게 어떤 위험이 닥칠지 모른다고 생각했어요. 남편은 저한테는 그런 얘기를 하지 않으려고 했지요. 그것은 저에 대한 믿음이 부족해서가 아니었어요. 우리 사이에는 비할 데 없이 큰 사랑과 신뢰가 있으니까요. 그건 저를 걱정시키지 않으려는 마음에서였지요. 남편은 제가 모든 걸 알게 되면 걱정할 거라고 생각했고 그래서 아예 말을 하지 않았어요."

"그러면 어떻게 하다 알게 됐습니까?"

더글라스 부인의 얼굴에 언뜻 미소가 번졌다.

"아내에게 한평생 비밀을 간직할 수 있는 남편이 있을까요? 남편은 미국 생활의 어느 부분에 대해서 말하지 않으려고 했습니다. 저는 남편이 경계하는 모습을 보고 또 남편이 무심코 흘린 이야기를 듣고 알게 됐지요. 그리고 낯선 사람이 불쑥 나타났을 때 남편이 그를 쳐다보는 눈길을 보고 저는 남편에게 어떤 무서운 적이 있다고 확신하게 됐어요. 남편은 그들이 자신을 찾고 있다고 생각했고 항상 대비 태세를 갖추고 있었지요. 저는 그래서 결혼한 뒤 남편의 귀가 시간이 예정보다 늦어지면 겁부터 덜컥 나곤 했습니다."

"하나 묻겠습니다."

홈즈가 말했다.

"남편에게 들은 말 중에서 특별히 주의를 끈 말이 있습니까?"

"'공포의 계곡'요."

부인이 대답했다.

"남편은 이렇게 말한 적이 있어요. '나는 공포의 계곡에 있소. 나는 아직도 그곳을 빠져나오지 못했다오.' 남편이 유난히 심각해 보였기에 나는 이렇게 물었지요. '우리가 그곳을 벗어날 길은 없을까요?' 그러자 남편은 이렇게 대답했어요. '가끔씩 그런 생각을 한다오. 나는 절대로 그곳에서 벗어나지 못할 거라고 말이오.'"

"공포의 계곡이 무엇을 뜻하는지도 물어보셨겠지요?"

"물었어요. 하지만 남편은 근심 어린 표정으로 고개를 저었어요. 그리고 '그 그늘에서 벗어나지 못하는 것은 나 혼자만으로도 충분하오, 하느님! 제발 당신은 그 그림자에 들지 않았으면 좋겠소'라고 말했어요. 하지만 그곳은 실재하는 계곡이고, 남편은 그곳에서 지낸 적이 있어요. 그곳에서 뭔가 무서운 일이 일어났던 게 분명해요. 그 이상은 나도 몰라요."

"남편이 어떤 이름을 말하지는 않았습니까?'

"말한 적이 있어요. 3년 전쯤 남편이 사냥하다가 사고를 당했는데 열이 무척 심해 잠자리에서 자주 헛소리를 했었어요. 그때 계속해서 이름을 부르며 중얼거리던 기억이 나요. 그 이름을 화난 듯이, 그리고 무서운 듯이 불렀어요. 맥긴티라는 이름이었는데, '몸 주인(Bodymaster) 맥긴티'라고 했어요. 남편의 몸이 회복된 후에 몸 주인 맥긴티가 누구며, 그가 도대체 누구의 보디(Bddy) 마스터(Master)냐고 물었어요. 그랬더니 남편은 웃으며 그런 것은 잊으라고 대답했어요. 그래서 더 이상은 들을 수 없었어요. 하지만 '보디마스터 맥긴티'와 '공포의 계곡' 사이에는 어떤 관계가 있는 것이 분명해요."

"다른 부분에 대해서 질문을 드리겠습니다."

맥도널드 경감이 말했다.

"부인은 런던의 하숙집에서 더글라스 씨를 만나 결혼까지 하게 되었다고 하셨지요? 두 분은 연애를 하셨습니까? 두 분의 결혼에 어떤 비밀스러운 요소는 없었나요?"

"우린 연애결혼을 했습니다. 우리는 항상 서로를 사랑했지요. 비밀 같은 건 전혀 없었습니다."

"당시 더글라스 씨에게 경쟁자는 없었습니까?"

"아뇨. 저는 그때 자유로운 몸이었어요."

"부인께서는 남편의 결혼반지가 없어졌다는 얘기를 들으셨지요? 그 얘기를 듣고 뭔가 생각나는 것이 없습니까? 과거의 연적이 부군의 뒤를 쫓다가 이런 범죄를 저질렀다고 가정할 때, 범인이 결혼반지를 빼어 갈 만한 이유가 있었을까요?"

나는 짧은 순간이지만 부인의 입 언저리에 희미한 미소 같은 것이 번지는 것을 보았다.

"그건 전혀 모르겠군요."

부인이 대답했다.

"정말로 이상한 일이군요."

"그럼 더 이상 부인을 붙잡고 있지 않겠습니다. 경황이 없으실 텐데 이렇게 귀찮게 해드려서 죄송합니다."

맥도널드 경감이 이어 말했다.

"더 알아봐야 할 것들이 있겠지만 앞으로 여쭤볼 일이 있을 때 부인을 찾아뵙겠습니다."

부인은 자리에서 일어났다. 나는 여자의 재빠른, 캐묻는 듯한 시선이 다시 한번 우리를 탐색하는 것을 의식했다.

'나의 증언을 듣고 어떤 인상을 받으셨습니까?'

그녀의 시선을 굳이 말로 옮기자면 이렇게 될 것이다. 부인은 목례를 하고 서둘러 방에서 나갔다.

"미인이야, 대단한 미인이야!"

맥도널드 경감은 문이 닫히자 생각에 잠기며 말했다.

"그 바커라는 자는 여기서 살다시피 했습니다. 그자가 여자에게 반할 수도 있었을 것입니다. 그는 죽은 더글라스가 자신을 질투했다는 사실을 인정했지요. 더글라스가 어떤 이유로 질투했는지는 바커 자신이 누구보다 잘 알고 있을 테고요. 그리고 결혼반지가 있습니다. 그건 간과할 수 없는 것입니다. 죽은 사람의 손가락에서 결혼반지를 빼낸 사내라…. 홈즈 선생, 어떻게 생각하십니까?"

홈즈는 두 손을 깍지 껴서 턱을 괸 채 깊은 생각에 잠겨 있었다. 이내 그는 일어서서 벨을 눌렀다.

"아메스 씨, 세실 바커 씨는 지금 어디 있지요?"

집사가 들어오자 홈즈가 물었다.

"찾아보고 오겠습니다."

그는 잠시 후에 들어와서 바커가 정원에 있다고 말했다.

"아메스 씨, 지난밤에 바커 씨와 함께 서재에 들어왔을 때 그분이 무엇을 신고 있었는지 기억납니까?"

"예, 홈즈 선생님. 바커 씨는 침실용 슬리퍼를 신고 계셨습니다. 그분이 경찰서로 출발할 때 제가 구두를 가져다드렸지요."

"지금 그 슬리퍼는 어디에 있지요?"

"홀의 의자 밑에 있습니다."

"좋소. 우리한테는 어떤 것이 바커 씨의 발자국이고 어떤 것이 범인의 것인지 구별하는 게 아주 중요하거든요."

"예, 선생님. 그때 바커 씨의 슬리퍼는 피투성였습니다. 물론 제 슬리퍼도 마찬가지였고요."

"방 안의 상태를 생각하면 그건 당연한 일이지요. 알겠습니다, 아메스 씨. 당신이 필요하다면 벨을 울리도록 하겠소."

몇 분 뒤 우리는 서재에 가 있었다. 홈즈는 홀에서 바커의 슬리퍼를 들고 왔다. 집사가 말한 대로, 슬리퍼 바닥에는 피가 묻어 검게 보였다.

"이상하군!"

홈즈는 빛이 들어오는 창가에서 슬리퍼를 꼼꼼히 살펴보며 중얼거렸다.

"정말 이상해!"

홈즈는 갑자기 고양이가 덮치듯이 재빠른 동작으로 몸을 굽히고 슬리퍼를 창턱의 핏자국에 올려놓았다. 그것은 정확히 일치했다. 그는 우리를 바라보며 씩 웃었다.

맥도널드 경감은 흥분한 기색이 역력했다. 그리고 그의 고향 억양이 몽둥이로 난간을 때리듯이 한순간에 튀어나왔다.

"틀림없습니다! 창문의 발자국은 바커가 찍은 겁니다. 발자국이 상당히 넓군요. 이제야 설명이 되는군요. 하지만 어떻게 된 것일까요?"

"글쎄, 어떻게 된 일일까요?"

홈즈는 맥도널드 경감의 말을 되풀이해서 말하고는 깊은 생각에 잠겼다. 화이트 메이슨은 낮게 웃으며 만족스럽다는 듯이 두 손을 비볐다.

"그래서 내가 난해한 사건이라고 했던 겁니다."

그는 소리쳤다.

"이건 정말로 난해한 사건입니다."

한 가닥의 빛

두 형사와 홈즈는 세부적으로 조사해야 할 문제가 많았기 때문에 나는 혼자서 수사본부로 쓰고 있는 여관으로 돌아가기로 했다. 여관으로 가기 전에 저택 옆에 있는 옛 모습 그대로의 신비한 정원을 산책했다. 정원은 이상한 모양으로 다듬은 주목 나무들로 둘러싸여 있었다. 아름다운 잔디밭 중앙에는 오래된 해시계가 있었는데, 전체적인 분위기가 정말로 조용하고 평온해서 날카로워진 내 신경을 달래주기에 충분했다.

그토록 평화로운 분위기에서라면 피투성이로 바닥에 누워 있는 인물에 대한 음울한 수사에 대해서 까맣게 잊어버리거나 한바탕의 악몽으로 치부해버릴 수 있을 것 같았다. 그러나 내가 정원을 돌아다니며 그 은은한 향기에 영혼을 적시기 위해 노력하는 동안 어떤 사건이 일어났다. 그 사건은 나에게 그 저택에서 일어난 비극을 생생하게 떠오르게 한 동시에 내 마음에 칙칙한 인상을 남겼다.

아까 말했듯이 정원은 주목 나무들로 둘러싸여 있었는데, 저택의 가장 먼 끝 쪽은 나무들이 빽빽이 들어차서 하나의 울타리를 이루고 있었다. 이 울타리 건너편에는 집 쪽에서 오는 사람들에게 보이지 않도록 돌의자가 숨겨져 있었다. 내가 돌의자 가까이로 가자 말소리가 들려왔다. 남자의 굵은 목소리가 뭐라고 말을 하자 여자가 나지막한 웃음소리로 대답했다.

나는 울타리 끝부분을 돌아서 가고 있었기 때문에 그들이 나를 발견하기 전에 두 사람을 볼 수 있었다. 그들은 바로 더글라스 부인과 바커였다. 부인의 모습을 보고 나는 깜짝 놀랐다. 아까 식당에서 얌전하고 신중했던 부인의 모습은 도무지 찾아볼 수 없었다. 슬퍼하기는커녕 부인의 두 눈은 삶의 기쁨으로 빛나고 있었고, 얼굴에는 상대의 말에 진심으로 기뻐하는 빛이 역력했다. 바커는 몸을 앞으로 내밀고, 마주잡은 두 손을 무릎에 얹고 있었는데, 잘생긴 얼굴에는 뻔뻔스럽게도 미소를 띠고 있었다. 내 모습을 발견한 두 사람은 즉시 진지한 모습의 가면을 다시 썼지만 이미 늦은 일이었다. 두 사람은 몇 마디 말을 급히 나누었다. 그리고 버커가 일어서서 내게 다가왔다.

"실례지만 왓슨 박사님 아니십니까?"

나는 차갑게 바라보며 고개를 숙였다. 내 태도에는 조금 전에 받은 인상이 그대로 나타났을 것이다.

"당신과 셜록 홈즈의 관계가 잘 알려져 있어서 우리는 당신이 왓슨 박사님일 것이라고 생각했습니다. 이리로 오셔서 더글라스 부인과 잠시 이야기를 나누시겠습니까?"

나는 씁쓸한 표정으로 그의 뒤를 따랐다. 내 마음속엔 머리가 산산이 부서져 방바닥에 쓰러져 있는 사내의 모습이 선명하게 떠올랐다. 비극이 일어난 지 몇 시간도 지나지 않은 지금, 피살된 사람의 아내와 그의 둘도 없는 친구가 피살자의 소유인 정원 뒤에서 같이 웃고 있었던 것이다. 나는 서먹한 기분으로 부인과 인사했다. 식당에서는 부인의 슬픔을 동정했으나, 지금은 부인의 호소하는 듯한 눈길을 냉정한 시선으로 받았다.

"나를 무정하고 차가운 여자라고 생각하시겠지요?"

부인이 말했다.

"그건 내가 상관할 바가 아닙니다."

나는 어깨를 으쓱해 보이며 말했다.

"하지만 언젠가는 나를 좋은 여자라고 생각하실 거예요. 당신이 그것만 알아주신다면…."

"왓슨 박사님이 알아야 할 필요는 없소."

버커가 재빨리 말했다.

"박사님도 말했다시피 박사님이 상관할 일은 아니니까."

"그렇습니다. 그러니까 나는 이만 실례하고 산책이나 계속하겠습니다."

나는 말하고 자리를 뜨려 했다.

"잠깐만 기다리세요. 왓슨 박사님."

부인은 애원하는 목소리로 외쳤다.

"박사님께서 세상의 어느 누구보다 정확하게 대답해주실 수 있는 질문이 하나 있습니다. 저한테는 아주 중요한 것이지요. 박사님은 홈즈 씨에 대해, 그러니까 홈즈 씨와 경찰과의 관계에 대해 누구보다 잘 알고 계십니다. 누가 어떤 문제를 개인적으로 홈즈 씨에게 상의한다면 그분은 그것을 반드시 경찰에 알려야 하나요?"

"그렇소. 바로 그겁니다."

바커가 뜨거운 목소리로 말했다.

"홈즈 선생은 독자적으로 일하고 있는 겁니까? 아니면 경찰과 함께 일하고 있는 겁니까?"

"제가 그런 점에 대해 대답할 자격이 있는지 잘 모르겠군요."

"부탁드려요. 이렇게 간곡히 부탁드립니다. 왓슨 박사님! 저는 박사님이 우리를 도와주실 거라고 믿습니다. 제 질문에 대답해주신다면 그것은 저를 크게 도와주시는 것이 될 겁니다."

여자의 목소리에는 어떤 절실함이 배어 있어서 순간적으로 나는 그녀의 경박함을 까맣게 잊어버리고 순순히 그녀의 소원을 들어주고 말았다.

"홈즈는 독자적으로 일하는 탐정입니다. 그는 누구의 지배도 받지 않고 자기의 판단대로 움직입니다. 하지만 같은 사건을 조사하는 경찰에게 충실한 것도 사실입니다. 다시 말해 범인을 법의 심판대에 세우는 데 도움이 되는 일이라면 경찰에게 아무것도 숨기지 않을 겁니다. 제가 말씀드릴 수 있는 부분은 여기까지입니다. 더 자세히 알고 싶으면 홈즈에게 부인의 의향을 전하도록 하겠습니다."

그렇게 말하고 나서 나는 모자를 들어 인사한 뒤 그들을 돌의자에 남겨둔 채 일어났다. 울타리 맨 끝 쪽으로 돌아가면서 뒤돌아보니 두 사람은 아직도 열심히 이야기하고 있었다. 그들의 시선이 내 뒤를 쫓고 있는 것을 보면 내 대답을 두고 논의하는 것이 분명했다.

홈즈에게 그 얘기를 하자 그가 말했다.

"나는 그들의 신임 따위는 받고 싶지 않아."

그는 오후 내내 자택에서 두 경찰과 협의한 후 5시쯤 여관에 들어와 내가 주문한 고기와 차를 게걸스럽게 먹었다.

"비밀 이야기는 듣고 싶지 않네, 왓슨. 살인과 공모죄로 체포되는 일이 생기면 내 입장이 곤란해지니까."

"일이 그렇게 될 것 같은가?"

그는 대단히 기분이 좋은 듯 쾌활하게 말했다.

"왓슨, 이 네 번째 달걀을 다 먹고 나서 전부 얘기해주겠네. 상황을 완전히 파악했다고 말할 수는 없지만 사라진 아령의 행방만 찾으면…."

"아령이라니?"

"왓슨, 자네는 이 사건의 열쇠가 없어진 아령에 있다는 것을 아직 몰랐단 말인가? 뭐, 풀이 죽을 것까지는 없네. 우리끼리 하는 이야기지만, 맥도널드 경감이나 그 뛰어난 지방 수사관까지도 아령이 굉장히 중요한 단서라는 것을 모르고 있으니까. 왓슨! 아령을 하나만 가지고 운동하는 사람을 생각해보게. 신체의 한쪽만 발달해서 척추가 뒤틀린다고 생각해봐. 소름끼치는 일이야. 안 그런가?"

그는 입에 토스트를 가득 문 채 장난스럽게 반짝이는 눈으로 내가 쩔쩔매는 모습을 바라보았다. 그의 식욕이 왕성한 것만 봐도 문제 해결에 성공한 것은 분명했다. 내가 이렇게 확신하는 것은 어떤 난관에 부딪히면 홈즈는 식사를 입에 대지도 않고 밤낮으로 머리를 싸매고 초조해했기 때문이다. 여윈 얼굴이 더욱 여위는 것은 당연했다. 이윽고 식사를 끝낸 그는 파이프를 입에 물고 시골 여관방의 벽난로 가에 앉아 생각나는 대로 사건 경위에 대해 이야기하기 시작했다. 그것은 상대방에게 말을 한다기보다는 혼자서 중얼거리는 것 같았다.

"거짓말, 엄청나고 터무니없으면서 뻔뻔스럽고 완전한 거짓말! 왓슨, 이것이 우리가 가장 먼저 봉착한 문제야. 거기에 우리의 출발점이 있지. 바커의 이야기는 전부 거짓말이야. 그런데 바커의 이야기를 더글라스 부인이 뒷받침하고 있어. 따라서 부인 역시 거짓말을 하고 있는 거지. 그들은 거짓말을 하고 있고, 서로 짜고 있어. 그러니까 이제 문제는 확실해진 셈이지.

그들은 왜 거짓말을 할까? 그들이 그렇게 감추는 것은 무엇일까? 왓슨, 자네와 내가 그 거짓말을 꿰뚫고 진실을 재구성해보지 않겠나? 그들이 거짓말을 하고 있다는 것을 어떻게 아냐고? 진실이라고는 도저히 생각할 수 없을 정도로 서투르게 꾸몄기 때문이야. 생각해보게!

그들이 진술한 바에 의하면 살인을 한 후 1분도 안 되는 동안에 죽은 사람의 손가락에 끼어 있는 반지를, 그것도 다른 반지 안쪽에 있는 반지를 뺐네. 그것도 모자라 다른 반지를 다시 죽은 사람 손가락에 끼우고 시체 옆에다 카드를 놓았어. 범인은 그런 짓을 했을 리가 없네. 나는 이런 일을 하는 건 분명히 불가능하다고 생각해. 자네는 이런 반론을 제기할지도 모르지. 나는 자네의 판단력을 높이 사고 있으니까 그럴 리는 없다고 생각하지만 말이네. 즉, 피살자가 죽기 전에 반지가 이미 뽑혀 있을 수도 있다는 거지.

촛불이 짧은 시간 켜져 있었다는 사실로 짐작해보면 범인과 더글라스는 오랫동안 마주하고 있지는 않았을 걸세. 우리가 들은 바대로라면 더글라스는 두려움을 모르는 사람인데, 그렇게 짧은 시간에 반지를 포기했겠나? 아니야, 왓슨. 범인은 램프가 켜진 상태에서 죽은 사람과 혼자서 오랫동안 함께 있었어. 그 점은 의심할 여지가 없네. 그런데 사인은 분명히 총상이지. 그러니까 총은 우리에게 말한 시간보다 전에 발사되었을 거야. 하지만 총소리를 들은 시간이 틀렸을 리가 없지. 그러니까 결국 총소리를 들은 두 사람, 바커와 더글라스 부인이 꾸민 공모라는 결론에 도달하게 되는 거라네.

게다가 바커는 경찰에 거짓 단서를 제공하기 위해 창틀에 핏자국을 묻혀 놓았네. 이것만 증명할 수 있다면 좋으련만, 여기서 우리는 살인이 실제로 몇 시에 일어났는지 생각해볼 필요가 있네. 10시 반까지는 하인들이 집 안을 돌아다니고 있었으니 확실히 그 이전은 아니고, 10시 45분 전에는 식기실에 있던 집사 아메스를 제외하고는 하인 모두가 방으로 돌아갔지. 아까 자네가 돌아가고 나서 실험해보았는데, 문을 전부 닫아두면 식기실에서는 서재에서 나는 소리를 전혀 들을 수가 없었지.

그러나 가정부의 방은 달랐어. 그 방은 복도에서 그다지 멀지 않기 때문에 서재에서 큰 소리를 내면 어렴풋이 들을 수 있었지. 엽총 소리는 바짝 대고 쏘면 소리를 어느 정도 줄일 수 있지. 하지만 아주 고요한 밤중이었기 때문에 작은 소리였더라도 앨런 부인의 방에서 들렸을 거야. 가정부도 말했듯이 그녀는 귀가 약간 어두웠지만 그래도 벨이 울리고 30분 전에 문이 쾅 하고 닫히는 소리를 들었다고 증언했네. 가정부가 들은 그 소리가 바로 총소리야. 나는 바로 그 시각에 살인이 일어났다고 봐.

그렇다면 바커와 더글라스 부인이 살인을 한 사람들이 아니라고 가정한다면 총소리를 듣고 달려온 시간부터 벨을 눌러 하인들을 부르기 전까지 무엇을 했을까? 두 사람은 그동안 무엇을 하고 있었으며, 왜 즉시 알리지 않았을까? 이것이 우리가 당면한 문제고, 그 해답을 찾으면 사건 해결에 한층 더 가까이 다가가게 될 걸세."

"그 두 사람 사이에 뭔가 있는 게 틀림없어. 남편이 살해된 지 몇 시간도 지나지 않아서 웃고 떠들다니…. 부인은 냉혹한 여자임에 틀림없어."

내가 말했다.

"바로 그걸세. 더글라스 부인이 증언할 때도 그녀는 그렇게 남편을 잃은 아내 같아 보이지 않았어. 왓슨, 자네도 알다시피 나는 여자는 여자다워야 한다고 여기는 축에는 들지 않네. 하지만 인생 경험상, 눈곱만큼이라도 남편을 존중하는 마음이 있는 여자라면 남편의 시체를 눈앞에 두고 외간 남자의 말 때문에 돌아서지 않을 거라는 걸 알고 있네. 아무튼 연출이 대단히 서툴렀어. 경험이 없는 수사관한테도 남편의 죽음을 슬퍼하지 않는 여자의 모습은 눈에 띄었을 거야. 다른 이상한 점이 없었더라도 나는 이 사실 하나만으로도 계획된 무슨 음모가 있다고 생각했을 거라네."

"그렇다면 바커와 부인이 살인을 저지른 것이 틀림없다고 생각하나?"

"자네의 질문은 단도직입적인 데가 있어, 왓슨."

홈즈는 나를 향해 파이프를 흔들며 말했다.

"너무 직선적이라 마치 총알을 맞은 것 같군. 자네가 바커와 더글라스 부인이 범행의 진실을 알면서도 서로 짜고 그 사실을 숨기는 거냐고 묻는다면, 나는 솔직히 '그렇다'라고 대답하겠네. 그러나 그들이 살인을 저질렀느냐는 물음에 대해서는 확실한 대답을 할 수 없네. 바커와 부인이 살인을 저질렀다는 전제하에 파생되는 문제점들을 생각해보세. 두 사람이 부정한 사랑으로 맺어졌고, 방해가 되는 남자를 없앴다고 가정해봐. 이 가정은 너무나 지나쳐. 하인들과 다른 사람들을 신문해도 그것을 확증할 수는 없었으니까. 오히려 더글라스 부부가 서로 진심으로 사랑하고 있었다는 진술이 많았어."

"나는 그렇지 않다고 생각하네."

나는 정원에서 본 부인의 미소 띤 아름다운 얼굴을 생각하며 말했다.

"적어도 그런 인상을 주었을 거야."

홈즈는 계속 말을 이었다.

"그러나 그들이 교활하게도 그 점을 용케 숨기고 남편을 살해하기로 공모했다고 가정해봐. 남편은 마치 어떤 위험의 그림자에 떨고 있고…."

"그건 그 두 사람이 해준 말일 뿐이야."

"알았어, 왓슨. 그러니까 자네의 의견은 두 사람의 말은 처음부터 거짓이라는 거로군. 자네 생각은 숨겨진 협박도, 비밀 결사대도, 공포의 계곡도, 맥 뭐라고 하는 우두머리도, 그 밖의 모든 것도 전부 없었다는 뜻인데…. 그럴듯한 생각이야. 그 생각대로 추리해 나가면서 어떻게 되는지 보자고.

두 사람은 범행을 감추기 위해 그런 얘기들을 지어냈어. 그리고 그걸 뒷받침하기 위해 자전거를 공원에 버린 뒤 외부 사람이 침입한 것처럼 꾸몄어. 창틀에 핏자국을 묻힌 것도 같은 생각에서 나왔겠지. 시체 옆에 있었던 카드도 미리 집 안에서 준비한 것인지도 몰라. 이런 모든 것은 자네의 가설에 꼭 들어맞는군, 왓슨.

그러나 지금부터는 제대로 아귀가 맞지 않는 귀찮고 까다로운 문제와 맞닥뜨리게 되네. 하고 많은 무기 중에 왜 하필이면 총신을 자른 엽총을 썼을까? 그것도 미국제 총을? 총소리를 듣고 아무도 달려오지 않는다고 그들은 어떻게 확신할 수 있었을까? 앨런 부인이 쾅 하고 닫히는 문소리를 듣고 무슨 일인가 조사하러 나오지 않은 것은 정말로 우연이었어. 자네가 혐의를 두고 있는 두 사람이 그런 우연까지 미리 알고 있었을까?"

"솔직히 말해서 설명하기 힘들군."

"그리고 또 한 가지, 여자가 정부와 공모해서 남편을 살해했다면 그들이 범행 뒤에 여봐란 듯이 결혼반지를 없앴겠나? 의심받을 줄 빤히 알면서도 그런 짓을 했다고 생각하나, 왓슨?"

"그럴 수는 없을 것 같군."

"그리고 또 하나, 집 밖에 자전거를 숨겨놓자는 아이디어가 떠올랐다고 했을 때 그걸 실행할 만한 가치가 정말 있어 보였을까? 범인이 도주하는 데 가장 먼저 필요한 것이 자전거 아닌가, 아무리 둔한 형사라도 당연히 그것을 뻔한 눈속임이라고 할 텐데."

"정말 설명이 안 되는군."

"사람이 설명할 수 없는 일들이 한꺼번에 몇 가지나 겹쳐서 일어나지는 않아. 단순한 두뇌운동이라고 생각하고, 그것은 사실이 아니라는 전제하에 생각해볼 수 있는 한 가지를 내가 제시해보겠네. 이것은 물론 하나의 상상에 지나지 않지만, 상상이 진실의 어머니가 되는 경우가 얼마나 많은가?

이 더글라스라는 남자에게 죄가 되는 비밀, 참으로 부끄러운 비밀이 있었다고 가정해보세. 이 비밀로 인해 더글라스와 그의 전 부인은 복수를 하려는 자에 의해 살해됐다고 우리는 생각할 수 있지. 그런데 이 복수를 하려는 자는, 죽은 사람의 결혼반지를 가지고 갔어. 솔직히 말해서 그가 왜 결혼반지를 갖고 갔는지는 아직 설명할 수 없어. 상상컨대 이 복수의 원인을 더듬어보면 그의 첫 번째 결혼으로 거슬러 올라갈 수도 있을 것 같아. 그런 이유 때문에 반지를 갖고 갔다고 생각할 수도 있지.

어쨌든 서재에서 더글라스를 살해하고 도망가려는 순간에 바커와 더글라스 부인이 서재에 도착한 거야. 범인은 자기를 체포하려고 한다면 끔찍한 스캔들이 퍼지게 될 것이라며 두 사람을 납득시켰어. 두 사람은 살인범에게 설득당하고 범인을 놓아주었지. 그래서 범인에게 달아날 틈을 주려고 두 사람은 저택의 다리를 내렸다가 다시 올렸어. 다리는 소리 없이 올렸다 내렸다 할 수 있지. 범인은 도망갔고, 무슨 이유 때문인지 자전거를 타고 도망가는 것보다 걸어서 도망가는 것이 더 안전하다고 생각했어. 그래서 자기가 안전하게 도망간 다음에야 발견될 곳에 자전거를 숨겼어. 여기까지는 가능한 영역의 일이 아닌가?"

"그래…. 틀림없이 가능할 것 같군."

나는 약간 망설이며 말했다.

"왓슨, 우리가 기억해야 할 것은 무슨 일이 일어났건 대단히 기이하다는 점이야. 그럼, 계속해보겠네. 두 사람은 이들이 꼭 죄를 지었다고 할 수는 없지만, 범인이 간 다음에 자신들이 범행을 저지르지 않았다는 점 혹은 살인을 묵과하지 않았다는 점을 증명하기 어려운 입장에 놓인 것을 알게 되었어. 그래서 급하게 대책을 세우기는 했는데 너무 서둘렀어. 특히 바커가 피 묻은 슬리퍼로 창틀에 흔적을 남겨서 범인이 창문을 통해 도망간 것처럼 꾸미려고 한 것은 어리석기까지 했네. 아무튼 그 두 사람이 총소리를 들은 건 틀림없어. 그리고 그들은 벨을 울리기는 했지만 범행이 일어나고 30분이나 지난 뒤였어."

"자네는 이것을 어떻게 증명하려고 하나?"

"만일 외부에서 침입한 사람이 있었다면 그는 추적을 피하지 못하고 체포될 거야. 그 이상 좋은 증거는 없지. 그러나 그렇지 않다고 한다면…. 서재에서 하루 저녁을 지내본다면 많은 도움이 될 수 있을 텐데."

"혼자서 하루 저녁을 보낸다고?"

"나는 곧 영주 저택의 서재로 가겠어. 이미 수완이 좋은 아메스 집사가 조치를 취해놨다네. 그는 버커를 진심으로 좋아하지는 않거든. 서재에 앉아서 어떤 영감이 떠오를지 지켜볼 거야. 나는 각 장소에 수호신이 깃들어 있다고 믿는 사람이야. 웃고 있군, 왓슨. 두고 봐. 그런데 자네, 커다란 우산을 갖고 왔나?"

"갖고 왔어."

"그럼. 빌려주겠나?"

"물론이지. 하지만 무기로는 빈약해. 만일 위험한 일이라도 생긴다면…."

"별일 없을 거야, 왓슨. 위험하다고 생각했으면 벌써 자네에게 도움을 청했을 걸세. 우산은 내가 갖고 가겠네. 나는 지금 맥도널드 경감 일행이 턴브리지 웰스에서 돌아오기를 기다리고 있는 중이야. 그들은 자전거 주인일 가능성이 있는 사람을 찾고 있다네."

맥도널드 경감과 화이트 메이슨은 해가 지고 나서야 조사를 마치고 돌아왔는데, 무척 기쁜 표정으로 수사가 많이 진전되었다고 말했다.

"솔직히 말해서 나는 애당초 제3의 인물은 없을 거라

고 생각했습니다."

맥도널드 경감이 말했다.

"하지만 이제는 그렇지 않습니다. 우리는 자전거가 누구의 것인지 확인했고, 자전거 주인의 인상도 알아냈습니다."

"사건의 막바지에 거의 다다른 것 같군요. 진심으로 축하합니다."

홈즈가 말했다.

"나는 더글라스 씨가 어제, 턴브리지 웰스에 갔다 온 다음부터 불안해하기 시작했다는 사실에 착안했습니다. 그러면 더글라스 씨는 턴브리지 웰스에서 어떤 불안을 느꼈다는 결론이 나옵니다. 자전거를 타고 온 사람이 있다면 그도 턴브리지 웰스에서 왔을지도 모른다는 생각에 우리는 자전거를 여러 호텔에 가지고 가서 보여주었습니다.

그러자 곧 이글 커머셜 호텔 지배인이 이틀 전부터 그 호텔에 묵고 있는 하그레이브라는 사람의 것이라고 확인해주었습니다. 지배인은 그 자전거와 작은 손가방이 그 손님이 갖고 온 물건의 전부라고 했고, 숙박부에는 런던에서 왔다고 기재했을 뿐 주소는 적지 않았다고 하더군요. 손가방은 런던에서 만든 것이었고, 안에 들어 있는 물건들도 영국에서 만든 것이었지만 그는 틀림없는 미국인이었답니다."

"저런!"

홈즈는 기분 좋은 듯이 말했다.

"내가 앉아서 친구와 탁상공론에 빠져 있는 동안 당신들은 정말 확실한 일을 했군요. 실천적이 돼라는 교훈 그대로입니다, 맥도널드 경감."

"그렇습니다. 그 말이 맞습니다. 홈즈 선생."

맥도널드 경감은 만족스러운 듯이 말했다.

"하지만 이것은 자네의 이론과 들어맞을 수도 있어."

나는 홈즈에게 말했다.

"그럴 수도 있고 그렇지 않을 수도 있어. 우선 얘기를 끝까지 해보시지요, 맥도널드 경감. 그 사람의 신원을 확인할 만한 것은 아무것도 없었습니까?"

"증거가 너무 적어서…. 그가 자신의 신분을 노출시키지 않으려고 조치를 취한 것이 분명했습니다. 서류나 편지는 물론 옷에 어떠한 표시도 없었습니다. 침실 테이블 위에는 이 지방의 자전거 여행용 지도가 놓여 있었습니다. 어제 아침 식사 후 자전거를 타고 나간 뒤로 전혀 소식이 없었답니다."

"나는 그게 이상하다고 생각합니다, 홈즈 선생."

화이트 메이슨이 말했다.

"만일 그자가 추적을 피하고 싶었다면 당연히 호텔에 돌아와서 보통 관광객들처럼 행동해야 했던 게 아닐까요? 안 돌아오면 호텔 지배인이 경찰에 신고할 것이고, 그의 행방이 살인과 결부될 것이라는 것을 지배인도 뻔히 알 테니까요."

"그렇게 생각할 수도 있겠지요. 하지만 그 사람이 아직도 잡히지 않고 있으니 지금까지는 현명하게 행동해야겠다고 봐야겠습니다. 그건 그렇고 그의 인상은 어떠하다고 하던가요, 맥도널드 경감?"

맥도널드 경감은 자신의 수첩을 뒤적였다.

"그곳 사람들이 말한 것은 모두 적어두었습니다. 그를 특별히 눈여겨보지는 않았지만, 그래도 급사, 사무원, 하녀가 동일하게 말하는 점은 다음과 같습니다. 키는 180센티미터, 나이는 쉰 살가량, 머리는 약간 희끗희끗하고 회색 턱수염을 기르고 있습니다. 매부리코에 험악한 표정이 특징입니다."

"흠, 얼굴 표정만 빼면 더글라스와 흡사하군."

홈즈가 말했다.

"더글라스 씨도 쉰을 막 넘었고, 머리카락과 콧수염도 잿빛이며 키도 그 정도입니다. 그 밖에 무얼 더 알아냈습니까?"

"두꺼운 회색 양복바지에 리퍼 재킷을 입고, 짧고 노란 오버코트를 걸치고 모자를 쓰고 있었답니다."

"엽총에 대한 것도 그곳에서 알아봤습니까?"

"엽총은 길이가 60센티미터도 채 안 됩니다. 손가방에도 쉽게 들어갈 겁니다. 외투 밑에 감추고도 문제없이 걸을 수 있습니다."

"왜 그런 것들이 전부 이 사건과 관계가 있다고 생각하지요?"

"홈즈 선생!"

홈즈를 불러 주의를 상기한 맥도널드 경감이 말했다.

"이자를 붙잡기만 하면 좀 더 자세히 알 수 있을 겁니다. 그의 인상착의를 듣고 바로 전보를 쳐서 모든 곳에 알렸습니다. 지금도 수사는 많은 진척을 보았습니다. 우리는 범인이 하그레이브라는 미국인으로 자전거와 손가방을 가지고 이틀 전에 턴브리지 웰스에 왔다는 것을 알고 있습니다. 가방 안에는 총신을 짧게 만든 엽총이 들어 있었을 겁니다. 당연히 범행을 저지르려는 목적을 가지고 왔겠지요.

어제 아침에 그는 외투 밑에 엽총을 감추고 자전거를 타고 저택을 향해 떠났습니다. 우리가 지금까지 알아본 바에 의하면 그가 이곳에 도착하는 것을 본 사람은 없지만, 마을을 통과하지 않고 공원으로 갈 수도 있고, 길에는 자전거를 탄 사람들이 많으니 가능한 일입니다.

아마도 그는 곧장 자전거를 월계수 덤불 속에 감추고 자기도 거기에 숨어서 저택을 감시하며 더글라스 씨가 나오기를 기다리고 있었을 겁니다. 엽총은 집 안에서 사용하기에는 이상한 무기입니다. 그는 그것을 집 밖에서 사용할 생각이었겠지요. 엽총은 우선 조준해서 맞추기가 쉽고, 영국의 사냥터 근처에서는 총소리가 흔히 들리니까 특별히 이상하게 생각할 사람도 없을 테고요."

"모든 것이 대단히 명백하군요."

홈즈가 말했다. 맥도널드 경감이 말을 이었다.

"그런데 더글라스 씨는 집 밖으로 나오지 않았습니다. 그러자 그는 어떻게 했을까요? 우선 자전거를 숨겨 놓고 땅거미가 진 어둠을 틈타서 저택으로 다가갔습니다. 도개교는 내려져 있었고, 주위에는 아무도 없었습니다. 누구를 만나면 무슨 핑계를 대기로 마음먹고 다리를 건넜습니다. 다행히 아무도 만나지 않았습니다. 저택으로 들어간 그는 처음으로 눈에 띈 방으로 들어가서 커튼 뒤에 숨었습니다. 그리고 얼마 후 다리가 올라가 있는 것이 창문을 통해 보였으므로 이제 도망가기 위해선 해자를 건너는 수밖에 없다는 것을 알았습니다.

그는 밤 11시 15분까지 기다렸습니다. 언제나 그렇듯 더글라스 씨가 집 안을 둘러보고 서재로 들어올 때까지요. 그는 더글라스 씨를 엽총으로 쏜 다음 미리 생각했던 대로 해자를 건너 도망갔습니다. 그는 호텔 사람들이 자전거에 대해 설명하면 불리하다고 생각하고, 자전거를 그대로 버려둔 채 다른 수단으로 런던이나 또는 미리 마련해둔 안전한 은신처로 달아난 것입니다. 어떻습니까, 홈즈 선생?"

"맥도널드 경감, 들은 데까지는 이야기가 참으로 훌륭하고 분명합니다. 그러니까 그것이 당신이 내린 결론인 모양이군요. 하지만 내 결론은 다릅니다. 우선 범행은 알려진 것보다 30분 전에 일어났고, 더글라스와 바커 두 사람은 무엇을 감추려는 음모를 꾸미고 있으며 살인자가 도망가는 것을 도와줬습니다. 그게 아니라면 그들은 적어도 범인이 도망가기 전에 서재에 도착했고, 범인을 도와 그가 다리를 건너 도망가도록 했으며, 범인이 창문을 통해 도망간 것처럼 증거를 조작했을 겁니다. 나는 이 사건의 전말을 이렇게 생각하고 있습니다."

두 수사관은 고개를 설레설레 저었다.

"하지만 홈즈 선생, 만약 그 말이 사실이라면 산 넘어 산 아닙니까?"

맥도널드 경감이 말했다.

"그리고 어떤 면에서 그 수수께끼는 더 이해하기 어렵습니다."

화이트 메이슨이 덧붙였다.

"부인은 한 번도 미국에 가지 않았습니다. 그런 부인이 미국인 살인자와 무슨 관계가 있어서 그를 감싸줬겠습니까?"

"의문점이 있다는 것은 나도 인정합니다."

홈즈가 말했다.

"나는 오늘밤 내 나름대로 조사를 할 겁니다. 그것이 우리들의 공동 목표에 무언가 공헌할지도 모르겠습니다."

"우리가 할 일은 없습니까? 홈즈 선생?"

"아닙니다. 괜찮습니다. 암흑과 내 친구 왓슨의 우산만 있으면 됩니다. 내게 필요한 것은 이것뿐입니다. 그리고 충실한 아메스 집사도 틀림없이 나를 도와줄 겁니다. 내 생각은 오직 한 가지 질문으로 치달을 뿐입니다. 운동하는 사람이 어째서 하나뿐인 아령으로 신체를 단련했는가 하는 질문 말입니다."

홈즈가 단독 수사를 마치고 돌아온 것은 그날 밤 늦은 시각이었다. 우리 방에는 침대가 두 개 놓여 있었는데, 이는 시골의 작은 여관이 제공할 수 있는 최상의 방이었다. 나는 그때 잠들어 있었는데, 그가 들어오는 소리에 잠이 반쯤 깼다.

"홈즈, 무엇을 좀 찾았나?"

나는 중얼거렸다. 그는 촛불을 손에 들고 내 옆에 말없이 서 있었는데, 이윽고 마르고 큰 몸을 내 쪽으로 굽혔다.

"왓슨!"

그는 속삭였다.

"미친 남자 혹은 두뇌에 이상이 생긴 남자, 머리가 이상해진 바보와 한 방에서 자는 게 무섭지 않은가?"

"아니, 난 조금도…."

"아, 그럼 잘됐군."

홈즈는 그렇게 말하고는 그날 밤 다른 한 마디의 말도 하지 않았다.

해결

다음 날 아침, 식사가 끝나고 나가보니 맥도널드 경감과 화이트 메이슨이 월슨 경사의 사무실에서 머리를 맞대고 있는 모습이 보였다. 그들 앞의 테이블 위에는 여러 통의 편지와 전문이 있었는데, 그들은 그것을 조심스럽게 분류한 뒤 내용을 간추려 쓰고 있었다. 그중 세 통은 한쪽에 따로 놓여 있었다.

"아직도 잡히지 않는 자전거 여행자를 찾고 계십니까?"

홈즈가 명랑하게 물었다.

"그 악당에 대한 소식은 없나요?"

맥도널드 경감은 처량한 표정으로 산더미처럼 쌓인 통신문들을 손으로 가리켰다.

"레스터, 노팅엄, 사우샘스턴, 더바, 이스트햄, 리치먼드 외에도 열네 곳에서 전보가 들어와 있습니다. 현재 그가 그곳에 있다는 제보입니다. 그중 세 곳인 이스트햄, 레스터, 리버풀에서 확인된 자는 혐의가 짙어 지금 붙잡아두고 있답니다. 노란 반코트를 입은 도망자가 전국에 우글거리고 있는 모양입니다."

"저런!"

홈즈는 안됐다는 듯이 말했다.

"그런데 맥도널드 경감, 화이트 메이슨 씨, 두 분에게 진심으로 충고하고 싶습니다. 내가 이 사건의 수사를 시작하면서 내건 조건이 하나 있습니다. 그것은 완전하게 증명되지 않은 이론을 제출하지 않겠다는 것입니다. 나는 확신이 설 때까지 내 생각을 확인하고 검증하기로 했습니다. 내가 지금 이 순간에 마음속에 있는 것 전부를 말하지 않는 것은 그 때문입니다. 그러나 내가 당신들과 정정당당하게 승부를 겨룰 생각이라고 말한 이상 한순간이라도 당신들이 쓸데없는 일에 정력을 낭비하게 내버려둘 수 없습니다. 그건 공정한 방법이 아니라는 생각이 듭니다. 그래서 나는 오늘 아침에 당신들에게 충고하려고 왔습니다. 그 충고는 간단합니다. 당장 그 수사를 그만두십시오."

맥도널드 경감과 화이트 메이슨은 깜짝 놀라서 홈즈의 얼굴을 바라보았다.

"희망이 없다고 생가하고 계시는군요!"

맥도널드 경감이 소리쳤다.

"당신들의 수사가 희망이 없다고 생각할 뿐입니다. 진실을 밝히는 일은 희망이 없다고 생각하지 않습니다."

"하지만 이 자전거 여행자는 우리가 만들어낸 허상이 아닙니다. 우리는 그의 인상도 알고 있고, 그의 가방과 자전거도 가지고 있습니다. 그는 지금 틀림없이 어딘가에 있습니다. 어째서 우리가 잡을 수 없다는 겁니까?"

"그래요. 그는 틀림없이 어딘가에 있고 반드시 붙잡히겠지만, 이스트 햄이나 리버풀에서 당신들이 정력을 낭비하는 것을 보고 싶지는 않습니다. 나는 사건 해결에 좀 더 가까운 길이 있다고 생각합니다."

"뭔가 숨기고 계시는군요. 그것은 공평하지 못합니다, 홈즈 선생."

맥도널드 경감은 불쾌한 표정을 지었다.

"당신은 내가 일하는 방법을 알고 있지 않소, 맥도널드 경감? 하지만 숨기는 시간을 될 수 있는 대로 짧게 하겠습니다. 나는 다만 어떤 세밀한 사항을 확인하고 싶을 뿐인데, 그것은 쉽게 확인할 수 있습니다. 그런 다음에 결과는 당신에게 맡기고 런던으로 돌아가겠습니다. 신세를 너무 많이 져서 그렇게라도 해야겠습니다. 이처럼 이상하고 흥미 있는 연구를 경험한 적이 없으니까요."

"도저히 모르겠습니다, 홈즈 선생. 어젯밤 우리가 턴브리지 웰스에서 돌아왔을 때 당신은 우리의 수사 결과에 대체로 동의하는 것 같았는데, 그 뒤에 무슨 일이 있었기에 이처럼 사건에 대한 생각이 완전히 달라졌습니까?"

"물어보시니 하는 말이지만, 그때 말했듯이 어젯밤 몇 시간을 그 영주 저택에서 보냈습니다."

"그래서 무슨 일이 있었습니까?"

"지금은 거기에 대해서 일반적인 대답밖에 할 수 없습니다. 그건 그렇고 나는 그 저택에 대한 짧지만 명백하고 흥미 있는 내용을 담은 책을 어젯밤에 그 저택에서 읽었습니다. 그것은 이 지방 담배 가게에서 1페니를 주면 살 수 있습니다."

홈즈는 주머니에서 옛 영주 저택의 판화가 조잡하게 그려져 있는 작은 책을 꺼냈다.

"주위의 역사적 분위기에 동화되면 수사에 한층 열의가 생깁니다. 맥도널드 경감, 그렇게 조급해하지 마십시오. 지금부터 내가 말하는 간단한 설명을 듣고 나면 과거의 어떤 모습이 마음속에 떠오르게 될지도 모르니까요. 그럼 책에 있는 한 구절을 읽어드리지요."

홈즈는 책을 읽었다.

> 제임스 1세의 재위 5년에 건축함. 보다 더 오래된 건물이 있던 대지에 지은 벌스톤 저택은 해자가 둘러싸고 있는 제임스 왕조풍의 저택으로, 현존하는 것 가운데 가장 훌륭한 건물로….

"우리들을 놀리고 있군요. 홈즈 선생!"

"맥도널드 경감, 처음으로 화를 내는 것을 보는군요. 신경이 많이 거슬리는 모양이니, 일일이 읽는 것은 그만두겠습니다. 하지만 책에는 1644년에 저택이 의회파의 대령에게 점령당했던 일, 내란 중에 찰스 왕이 며칠 동안 숨어 있었던 일, 조지 2세가 이곳에 찾아온 일 등이 자세히 설명되어 있습니다. 어떻소? 이 오래된 집이 흥미를 불러일으킨다는 점을 인정하시겠지요?"

"그럴 수도 있지만, 그런 것은 이 사건과 관계가 없습니다, 홈즈 선생."

"관계가 없다? 관계가 없다니? 우리 같은 직업에 종사하는 사람은 시야를 넓게 갖는 것이 중요합니다. 맥도널드 경감, 다른 의견을 뒤섞기도 하고, 관계가 없이 보이는 일들을 연관시키다 보면 생각지도 못한 실마리가 생기기 마련이지요. 일개 범죄 전문가에 지나지 않던 내가 이런 말을 하는 것은 당신들보다 나이도 많고, 인생 경험도 풍부하기 때문입니다."

"그것은 기꺼이 인정합니다. 하지만 선생은 요점을 터무니없이 빙빙 돌려서 말씀하십니다."

맥도널드 경감은 진심으로 말했다.

"좋습니다. 지난 역사에 대한 이야기는 생략하고 현재의 사실로 돌아갑시다. 이미 말한 대로 나는 어젯밤에 저택에 갔습니다. 바커 씨나 부인은 만나지 않았습니다. 두 사람을 귀찮게 할 생각은 없었습니다. 부인은 슬픔에 잠기지도 않았고 저녁 식사도 맛있게 했다는 이야기를 듣고 나는 기쁘게 생각했습니다. 내가 방문한 목적은 충실한 아메스 집사를 만나는 것이었으니까요. 아메스 집사와 만나서 여러 가지 이야기를 했는데, 그는 잠시 동안이지만 아무도 모르게 내가 서재에 있도록 허락해주었습니다."

"뭐라고! 시체와 함께 말인가?"

내가 깜짝 놀라 소리쳤다.

"아냐, 아냐, 지금은 모든 것이 정상이야. 당신이 시체를 치워도 된다고 했다더군요, 맥도널드 경감. 서재는 정상적으로 정리되어 있었고, 나는 그곳에서 15분을 아주 유용하게 보냈습니다."

"뭘 하고 있었습니까?"

"아령이 없어졌다는 간단한 일을 수수께끼로 만들지 않으려고 사라진 아령을 찾아보았습니다. 내가 생각하기에는 그게 수사상 커다란 문제였거든요. 나는 결국 아령을 찾았습니다."

"어디서요?"

"아령에 대한 문제는 아직 조사하지 않았습니다. 조금만 더, 아주 조금 더 조사한 뒤에 내가 알고 있는 것을 전부 알려드리겠습니다. 약속합니다."

"당신의 말에 따르는 수밖에 없군요."

맥도널드 경감이 이어 말했다.

"수사를 그만두라고 하셨는데, 왜 우리가 수사를 그만둬야 하지요?"

"당신은 지금 무엇을 수사하고 있는지 모르고 있기 때문입니다, 맥도널드 경감."

"우리는 벌스톤 저택의 존 더글라스 씨의 살인 사건을 수사하고 있습니다."

"네, 그건 알고 있습니다. 나는 그 행방이 묘연한 자전거 주인을 찾는 수고를 하지 말라는 겁니다. 아무 소용도 없을 거라고 내가 보증합니다."

"그러면 어떻게 하라는 말입니까?"

"당신이 내 말대로 할 생각만 있다면 무엇을 해야 할지 정확히 알려드리겠습니다."

"선생의 이상야릇한 수사 방법에는 언제나 타당한 이유가 있다는 것을 인정합니다. 선생이 하라는 대로 하겠습니다."

"그럼, 화이트 메이슨 씨는?"

지방 경찰서의 수사관은 어떻게 해야 할지 모르겠다는 듯이 우리 얼굴을 번갈아 보았다. 그는 홈즈에 대해서는 물론 그의 수사 방법에 대해서도 아직 제대로 파악하지 못하고 있었다.

"글쎄요, 경감님이 좋다고 하시면 저도 좋습니다."

이윽고 그가 말했다.

"좋소!"

홈즈가 말했다.

"그러면 나는 두 분께 이 근처의 기분 좋은 산책로를 권하고 싶습니다. 벌스톤 산마루에서 윌드 삼림지대가 내려다보이는 전망이 대단하다더군요. 점심은 적당한 여관에서 해결하면 됩니다. 내가 전원에 대해서 아는 게 없어서 어딜 추천할 수는 없지만, 아무튼 피곤하시겠지만 기분 좋은 산책을….”

“농담이 지나치군요.”

맥도널드 경감은 화를 내며 의자에서 벌떡 일어났다.

“어쨌든 당신이 좋아하는 일을 하며 하루를 보내십시오.”

홈즈는 그의 어깨를 가볍게 두드리며 말했다.

“당신이 하고 싶은 일을 하거나, 가보고 싶은 장소에 가거나 마음대로 하십시오. 그러나 어두워지기 전에 나를 찾아와야 합니다. 반드시 어두워지기 전에 말입니다. 맥도널드 경감.”

“그건 좀 더 현실적으로 들리는군요.”

“내가 권한 것은 모두 좋은 것이지만 꼭 그렇게 하라고 강요하지는 않겠습니다. 그러나 제가 당신을 필요로 할 때는 이곳에 오셔야 합니다. 그런데 떠나기 전에 바커 씨에게 보낼 편지를 당신이 써주셨으면 합니다.”

“뭐라고 쓰지요?”

“제가 불러드리겠습니다. 준비됐습니까? 친애하는 세실 바커 씨에게. 해자의 물을 뽑아야겠다고 판단했습니다. 수사에 도움이 될 단서를 발견….”

“물을 빼내는 것은 불가합니다.”

맥도널드 경감이 홈즈의 말을 끊고 말했다.

“내가 벌써 알아봤습니다. 내가 불러드리는 대로 적으십시오.”

“그럼 계속하십시오.”

“발견할 거라고 생각합니다. 준비는 이미 끝냈고, 내일 아침 일찍 인부들이 해자로 들어오는 물줄기를 돌리는 작업을 할 것입니다. 그래서 미리 말씀드립니다. 여기까지 쓰고 서명하신 후 4시쯤 전해주십시오. 우리는 그 시간에 이 방에서 다시 만납시다. 그때까지 수사는 분명히 정지된 상태이니까 우리는 각자 하고 싶은 일이나 합시다.”

우리가 다시 모였을 때는 땅거미가 질 무렵이었다. 홈즈의 태도는 매우 진지했고 나는 호기심에 가득 차 있었다. 그러나 두 수사관은 할 말이 많은 듯이 심사가 뒤틀려 보였다.

“자, 신사 여러분!”

홈즈가 엄숙하게 입을 열었다.

“이제 여러분은 내 말이 옳은지 검증해볼 참입니다. 제가 내린 결론이 옳은지 그른지에 대한 판단은 전적으로 각자의 판단에 맡기겠습니다. 오늘밤은 추운 데다 검증이 얼마나 오래 걸릴지 모르니 아주 따뜻한 외투를 입으시기 바랍니다. 어둡기 전에 도착해야 하니 빨리 떠납시다."

우리는 저택의 정원 바깥쪽 경계를 따라 부서진 나무 난간이 있는 곳으로 갔다. 그곳을 통해 안으로 들어갔고, 홈즈를 따라 어둠이 깔리고 있는 숲으로 갔다. 그곳은 저택의 중문과 도개교가 바라다보이는 곳이었는데 다리는 내려가 있었다. 홈즈는 월계수 그늘에 몸을 웅크렸고, 우리 세 사람도 그를 따라 몸을 웅크렸다.

"지금부터 우리는 무엇을 해야 합니까?"

맥도널드 경감이 퉁명스럽게 물었다.

"인내심을 가지고 기다립시다. 가능한 한 소리는 내지 말고."

홈즈가 대답했다. 맥도널드 경감이 조금 목소리를 낮춰 물었다.

"도대체 이곳에는 왜 왔습니까? 좀 더 솔직히 말씀해 주셔야 한다고 생각합니다."

홈즈는 웃었다.

"왓슨은 나를 보고 '일상의 연극인'이라고 합니다. 내 가슴속에는 예술가의 기질이 약간 있어서 연출이 잘된 무대를 곧잘 요구합니다. 맥도널드 경감, 우리의 승리를 장식할 만한 무대 장치를 해두어야 합니다. 우리의 직업은 단조롭고 고상하지 못합니다. 단도직입적으로 죄를 고발하고 잔혹하게 범인의 어깨를 두드리기만 한다고 생각해보십시오. 사람들이 그런 연극의 대단원을 어떻게 생각하겠습니까? 그보다는 예민한 추리, 교묘한 함정, 미래에 대한 날카로운 예측, 대담한 이론의 자랑스러운 입증이 우리의 평생 직업을 더욱 정당화시키지 않겠습니까? 이 순간 당신들은 지금의 이 매력적인 상황에 대해 사냥꾼 특유의 기대감을 가지고 스릴을 느끼고 있지 않습니까? 그런데 만일 짜인 시간표처럼 움직이면 그런 스릴을 어떻게 맛볼 수 있겠습니까. 좀 더 인내심을 갖고 기다려주십시오, 맥도널드 경감. 모든 것이 분명해질 것입니다."

"그렇기는 해도 우리가 추위로 인해 얼어 죽기 전에 그 긍지와 정당함이니 하는 것들이 나타났으면 좋겠습니다."

맥도널드 경감은 체념이 섞인 농담조로 말했다. 기다림의 시간은 길었고, 밤공기는 살을 에는 듯 차가워 우리 모두는 맥도널드의 염원에 박자를 맞추었다.

오래된 저택에 서서히 어둠이 뒤덮였다. 그럴수록 해자에서 올라오는 공기는 더욱 차갑고 축축했다. 우리는 뼛속까지 얼어붙을 지경이었고 이가 떨려 딱딱 소리가 저절로 났다. 그런데 그때 문간에 램프가 하나 켜지더니 참극이 일어난 서재에 불이 켜졌다. 다른 곳은 전부 캄캄했고, 쥐 죽은 듯 고요했다.

"언제까지 이러고 있어야 합니까?"

이윽고 맥도널드 경감이 입을 열었다.

"그리고 우리는 무엇을 감시하고 있는 겁니까?"

"나도 언제까지 이러고 있어야 할지는 모르겠소."

홈즈는 다소 거칠게 말했다.

"범죄자들이 항상 기차처럼 시간에 맞춰서 행동한다면 우리도 대단히 편리할 겁니다. 우리가 감시하는 것이 무엇이냐 하면, 저겁니다. 우리가 감시하고 있는 것은!"

홈즈가 말하는 동안 서재의 밝고 노란 불빛이 흐려졌다 밝아졌다 했다. 누군가 등불 앞을 왔다 갔다 하는 모양이었다. 우리들이 숨어 있는 월계수는 서재의 창문 맞은편에 있었는데, 창문에서 30미터도 채 되지 않았다. 잠시 후에 삐걱거리는 소리가 나며 창문이 활짝 열렸는데 어둠 속을 내다보는 남자의 머리와 어깨의 윤곽이 희미하게 나타났다. 잠시 동안 그는 주위에 아무도 없는지 확인하는 듯 앞을 유심히 바라보았다. 그러다가 그는 몸을 앞으로 굽혔다. 깊은 적막 속에서 물이 첨벙거리는 소리가 들렸다. 그는 낚시꾼이 고기를 잡아 올리듯이 갑자기 뭔가를 잡아챘다. 그리고 열려 있는 여닫이 창 안으로 둥그런 물체를 끌어당겼다.

"지금이다! 움직여!"

홈즈가 외쳤다. 우리들은 굳은 몸을 비틀거리며 일으켜서, 홈즈의 뒤를 따랐다. 홈즈는 재빨리 다리를 건너 저택의 벨을 난폭하게 눌렀다. 안에서 빗장을 벗기는 소리가 들렸고 놀란 아메스 집사가 입구에 서 있었다. 홈즈는 아무 말도 없이 그를 옆으로 밀어내고 서재로 뛰어들었고 우리도 홈즈의 뒤를 따라 달렸다. 세실 바커가 오일램프를 들고 있었는데 우리가 밖에서 보았던 밝고 노란 불빛이었다. 우리가 들어서자 세실 바커는 오일 램프를 우리 쪽을 향해 높이 들었다. 램프 불빛에 깨끗이 면도한 억세고 단호한 얼굴과 이글거리는 두 눈이 드러났다.

"이게 무슨 짓들이오? 도대체 무슨 짓을 하는 거요?"

그가 외쳤다. 그러나 홈즈는 아랑곳하지 않고 재빨리 주위를 둘러본 뒤, 책상 밑에 쑤셔 넣은 물에 흠뻑 젖은 보따리로 달려들었다.

"우리가 찾고 있던 것은 이겁니다, 바커 씨. 아령으로 무게를 실어서 해자 밑바닥에 던져두었다가 당신이 지금 막 건져 올린, 이 보따리 말입니다."

바커는 놀란 모습으로 홈즈를 바라보았다.

"도대체 어떻게 알았지요?"

"내가 거기에 두었기 때문이오."

"당신이 던져두었다고? 당신이!"

"아, 고쳐 말해야겠군. '내가 도로 넣어두었다'라고."

계속해서 홈즈가 말했다.

"맥도널드 경감, 내가 아령 하나가 없어진 점을 이상하게 여긴 것을 기억하시겠지요? 난 당신의 주의를 그쪽으로 돌리려고 했는데, 당신은 다른 일에 바빠서 그것을 생각할 겨를이 없었습니다. 생각만 했다면 당신도 추리를 할 수 있었을 겁니다.

근처에 물이 있고, 무거운 물건 하나가 없어졌다면 뭔가를 물에 가라앉혔다고 가정해도 지나친 억지가 아닐 겁니다. 나는 그것을 시험해볼 필요가 있다고 생각해 아메스 집사의 도움을 받아 이 방에 들어왔습니다. 그리고 왓슨의 우산으로 이 보따리를 건져 올려서 조사했지요.

그러나 가장 중요한 것은 보따리를 누가 그것에 넣었는지를 증명하는 일이었습니다. 이렇게 우리가 그 보따리의 주인을 증명해낸 데 성공한 것은 내일 해자의 물을 뺀다고 통보하는 계책을 썼기 때문입니다. 그렇게 하면 보따리를 감춘 사람은 어두워진 틈을 타서 분명

보따리를 꺼낼 테니까요. 그리고 보시다시피 누가 그 보따리의 주인인지를 증명하는 네 명의 목격자가 여기에 있습니다. 그러니 바커 씨, 이번에는 당신이 말할 차례인 것 같군요."

홈즈는 물에 젖은 보따리를 테이블 위의 램프 옆에 놓고 끈을 풀었다. 그는 보따리 속에서 아령을 꺼내 방 한쪽 구석에 있는 동료들에게 던졌다. 그다음에 그는 구두 한 켤레를 꺼냈다.

"보시다시피 미국제입니다."

홈즈는 구두를 가리키며 말했다. 그다음에 그는 길고 위험해 보이는 칼집에 든 칼을 꺼내 테이블 위에 올려놓았다. 마지막으로 속옷, 양말, 회색 트위드 양복, 짧은 노란 코트 등 완벽한 한 벌의 옷을 꺼냈다.

"이 옷들은 흔해빠진 것이지만 코트는 다릅니다."

홈즈가 이어 말했다.

"의미 있는 점이 많습니다."

그는 코트를 불빛에 비추었다.

"보시다시피 이것은 안주머니인데, 안으로 길게 파져서 총신을 자른 엽총을 넣을 수 있도록 만들었습니다. 깃 안쪽에는 '미국 버미사, 닐 의상점'이라는 상표가 붙어 있습니다. 나는 오늘 오후 목사관 도서실에서 유익

한 시간을 보내며 지식을 넓혔습니다. 그래서 버미사는 미국의 유명한 탄광과 철광이 있는 계곡에 위치한 작은 마을이라는 것을 알았습니다. 바커 씨, 나는 당신이 더글라스 씨의 전 부인과 탄광지구를 연관시켜서 얘기한 것을 기억하고 있습니다. 그러므로 시체 옆에 있던 카드의 'V. V.'는 버미사 계곡(Vomissa Valley)을 뜻하고, 이 계곡이 바로 살인자를 보낸, 우리 귀에도 익숙한 '공포의 계곡'이라는 추정을 해도 억지가 아닐 거라고 생각합니다. 여기까지는 분명히 드러나는 사실일 겁니다. 이런, 내가 바커 씨의 설명을 방해하는 것 같군요."

셜록 홈즈가 설명하는 동안 세실 바커의 표정은 정말로 볼만했다. 분노와 놀라움과 낭패와 망설임이 그의 얼굴을 스쳐 지나갔다. 마침내 바커는 날카롭게 비꼬는 태도로 나왔다.

"그렇게 많이 아시는 것 같으니 얘기를 좀 더 해보시지요. 홈즈 씨."

그의 빈정대는 말에 홈즈가 차분히 답했다.

"틀림없이 얼마든지 말할 수 있지만, 당신이 이야기하는 것이 더 좋을 것 같습니다. 바커 씨."

"아, 그렇게 생각하신단 말이지요? 하지만 나는 비밀이 있다고 하더라도 내게 관계된 것이 아니므로 밝힐 수 없다는 말밖에 할 수 없소."

"그런 식으로 나온다면…. 우리는 체포 영장이 나올 때까지 당신 옆에서 지키고 있을 겁니다."

맥도널드 경감이 조용히 말했다.

"얼마든지 좋을 대로 하시오."

바커는 도전적으로 말했다. 더 이상 다른 방법이 없을 것 같았다. 그 고집스러운 얼굴로 미루어봐서 아무리 다그쳐보았자 억지로 답변을 할 것 같아 보이지 않았다. 바로 그때 여자의 목소리가 이 교착 상태를 풀어주었다. 반쯤 열린 문 옆에서 듣고 있던 더글라스 부인이 방 안으로 들어왔다.

"세실, 우리를 위해 충분히 해주셨어요."

부인이 말했다.

"앞으로 어떻게 되든 그걸로 충분해요."

홈즈가 진지하게 말했다.

"부인, 당신을 정말로 동정합니다. 그리고 우리 사법권의 상식을 믿으시고 경찰 측에 모든 것을 털어놓으시기를 강력히 권합니다. 부인이 왓슨을 통해 내게 전달한 뜻을 받아들이지 않은 것은 내 잘못일지도 모르겠습니다. 하지만 그때 나는 부인이 범죄에 직접적으로 관계됐다고 믿을 만한 충분한 이유가 있었습니다. 그러나 지금은 그렇지 않다는 확신이 섰습니다. 그리고 아직도 설명이 되지 않는 일이 많으니까 저는 부인이 더글라스 씨에게 직접 나와서 설명하도록 말해달라고 간곡히 부탁드립니다."

더글라스 부인은 홈즈의 말을 듣고 놀라서 비명을 질렀다. 그때 한 남자가 벽에서 튀어나오는 바람에 형사들과 나도 비명을 질렀다. 남자는 어두운 구석에서 서서히 앞으로 걸어 나왔다. 더글라스 부인은 즉시 몸을 돌려 남자를 끌어안았다. 바커는 남자가 내미는 손을 잡았다.

"이러는 게 최선이에요, 존."

부인은 되풀이해서 말했다.

"이 방법이 최선이라고 생각해요."

"그렇습니다. 더글라스 씨."

홈즈가 말했다.

"이게 최선의 선택이라는 것을 곧 알게 되실 겁니다."

남자는 갑자기 밝은 곳으로 나와 눈이 부신 듯이 우리를 바라보며 눈을 깜박였다. 대담한 잿빛 눈, 짧게 자른 반백의 콧수염, 앞으로 나온 네모진 턱, 유머러스하게 느껴지는 입매…. 특이한 얼굴이었다. 그는 우리를 찬찬히 둘러본 다음 놀랍게도 나한테 다가와서 한 뭉

치의 서류를 건네주었다.

"당신 얘기는 들었습니다."

그의 목소리는 순수한 영어도, 그렇다고 미국식 영어도 아니었으나 부드럽고 듣기 좋았다.

"여기 계신 분들 중에 역사학자는 당신이겠죠. 왓슨 박사님, 당신은 이번 같이 재미있는 이야기를 아마 쓰신 적이 없을 겁니다. 쓰는 것은 당신에게 맡기겠습니다. 내기를 해도 좋습니다. 사실을 있는 그대로 쓰기만 하면 독자들을 사로잡을 수 있을 겁니다. 나는 이틀 동안이나 갇혀 있었지만, 해가 비치는 시간을 이용해 이야기를 글로 옮겼습니다. 그리고 당신이 그것을 이용하는 것을 허락하겠습니다. 당신과 당신의 독자들이 읽는 것을 환영합니다. 그것은 '공포의 계곡'에 대한 이야기입니다."

"그것은 과거의 이야기입니다. 더글라스 씨."

홈즈가 말했다.

"우리가 듣고 싶은 것은 현재의 이야기입니다."

"말씀해드리지요."

더글라스는 말했다.

"얘기하면서 담배를 좀 피워도 될까요? 감사합니다, 홈즈 씨. 내가 제대로 기억하고 있다면 당신도 담배를 피우시니 말인데, 주머니에 담배를 넣고 있으면서도 냄새가 밖으로 새어나갈까 봐 이틀 동안이나 담배를 피우지 못한 사람의 심정을 당신은 이해하실 겁니다."

그는 벽난로 선반에 기대어 홈즈가 건네준 시가를 피웠다.

"당신에 대한 얘기는 들었지만 만나리라고는 생각하지 못했습니다. 그러나 저것을 읽으시면…."

그는 내 손의 종이 뭉치를 고갯짓으로 가리켰다.

"내가 완전히 새로운 이야기를 가지고 왔다고 생각하실 겁니다."

맥도널드 경감은 새로 나타난 사람을 대단히 놀라운 눈으로 바라보고 있었다. 그가 드디어 소리쳤다

"이건 정말 두 손 들었군! 당신이 벌스톤 저택의 존 더글라스 씨라면 우리는 지난 이틀 동안 누구의 죽음을 조사했단 말입니까? 그리고 당신은 도대체 어디서 나타난 겁니까? 내가 보기에는 요술처럼 마룻바닥에서 튀어나온 것 같습니다."

"아, 맥도널드 경감."

홈즈는 꾸짖듯이 손가락을 흔들었다.

"그것은 찰스 왕이 이곳에 은신했던 일을 기록해놓은, 이 지방에서 발행한 저 훌륭한 책을 당신이 읽어보

려고 하지 않았기 때문입니다. 그 당시 사람들은 훌륭한 은신처가 아니면 몸을 숨기지 않았습니다. 이미 사용했던 은신처는 다시 사용할 수 있습니다. 그래서 나는 더글라스 씨를 이 지붕 밑에서 찾을 수 있을 거라고 생각했습니다."

"당신은 언제부터 우리를 속인 겁니까, 홈즈 선생?"

경감은 화를 내며 말했다.

"수사를 해도 소용없다는 것을 알면서도 그동안 우리가 헛수고를 하게 놔뒀습니까?"

"한순간도 그런 적은 없습니다, 맥도널드 경감. 나는 어젯밤에야 비로소 사건의 윤곽을 잡았습니다. 그런데 확실한 증거는 오늘 저녁때가 되어서야 잡을 수 있었으니 당신과 당신의 동료에게 오늘 하루 쉬라고 했던 겁니다. 내가 그 이상 무엇을 할 수 있었겠습니까? 해자에서 옷을 찾았을 때 나는 즉시 우리가 발견한 시체가 턴브리지 웰스의 자전거 여행자가 틀림없다고 생각했습니다. 다른 결론은 생각할 수 없었습니다. 그래서 나는 존 더글라스 씨의 행방을 찾아야 한다고 생각했습니다. 그리고 그의 부인과 친구의 협조 아래 은신하기에 가장 좋은 이 저택 어딘가에 숨어 있을 거라고 생각했습니다. 숨어 있다가 조용해지면 최후에는 도망갈 거라고 생각했습니다."

"대략 그렇습니다."

더글라스는 홈즈의 의견에 동의하듯 말했다.

"나는 영국의 법이 과연 내가 저지른 일을 어떻게 처리할지 몰라서 법망을 피하기로 마음먹었습니다. 그래야 나를 뒤쫓고 있는 놈들의 추적도 영원히 피할 수 있을 거라고 생각했습니다. 그러나 나는 처음부터 끝까지 부끄러운 일이나 후회할 일은 하지 않았습니다. 하지만 그에 대한 판단은 당신이 내릴 일입니다. 내게 경고할 생각은 하지 마십시오, 경감님. 나는 진실만을 말할 생각이니까요. 그러나 처음부터 얘기하지는 않겠습니다. 내가 드린 서류에 전부 적혀 있으니까요."

그는 내가 들고 있는 서류를 손가락으로 가리켰다.

"그리고 읽어보시면 대단히 기괴한 내용이라는 것을 알게 될 것입니다. 이야기는 이렇습니다. 나를 미워할 이유가 있는 남자들이 몇 사람 있고, 그들이 나를 죽이기 위해 돈을 아끼지 않고 덤빈다는 것입니다. 내가 살아있고, 그들이 살아있는 한 이 세상에 내게 안전한 곳은 없습니다.

그들은 시카고에서 캘리포니아까지 나를 쫓아왔고, 나중에는 미국을 벗어나서까지 추적했습니다. 그러나 나는 결혼해서 이 조용한 곳에 자리를 잡았을 때, 내 남은 생애가 평화로울 것으로 생각했습니다. 아내에게는 사정을 말하지 않았습니다. 아내를 끌어들일 필요가 없었으니까요. 아내에게 얘기했다가는 아내의 마음이 편할 날이 없을 테고 항상 걱정만 했을 것입니다. 하지만 아내는 내가 무심결에 흘린 얘기에 뭔가 짐작을 하고 있었던 것 같습니다.

솔직히 말씀드리는데 어제 당신들이 아내를 만날 때까지 아내는 사건의 진상을 제대로 파악하지 못하고 있었습니다. 아내는 당신들에게 아는 것을 전부 얘기했고, 여기 있는 바커도 마찬가지입니다. 왜냐하면 사건이 일어난 날 밤에는 설명할 시간이 거의 없었거든요. 지금은 아내도 모든 것을 알고 있습니다. 내가 좀 더 똑똑했더라면 아내에게 더 일찍 얘기했을 것입니다. 그러나…."

더글라스는 부인을 바라보았다.

"그것은 어려운 문제였소, 여보."

그는 부인의 손을 잡았다.

"나는 모든 일이 잘되기를 바라고 한 행동이오. 여러분, 이 사건이 있기 전날 나는 턴브리지 웰스에 갔다가 길에서 우연히 한 남자를 얼핏 봤습니다. 그저 한번 슬쩍 봤을 뿐이지만 그가 누군지 똑똑히 알아봤습니다. 나는 그런 일에는 눈치가 아주 빠릅니다. 나의 적들 가운데서 가장 무서운 적, 최근 몇 년 동안이나 순록을 쫓는 굶주린 늑대처럼 나를 노리고 있던 남자였습니다.

나는 위험이 다가오는 것을 알고 집에 와서 그에 대한 준비를 했습니다. 내 힘으로 보기 좋게 싸워서 이기겠다고 결심했습니다. 행운의 여신이 나를 도와줄 거라고 믿었습니다. 지난 1876년 미국에서 큰 행운이 따랐던 적이 있습니다. 나는 그 운이 아직도 내 곁에 있다는 것을 추호도 의심하지 않았습니다."

더글라스는 계속해서 말을 이었다.

"그다음 날은 하루 종일 경계하며 정원에도 나가지 않았습니다. 그러기를 잘했지 밖에 나갔더라면 내가 총을 빼기도 전에 놈이 먼저 사냥총을 내게 들이댔을 겁니다. 도개교를 올린 다음에는 그 일을 깨끗이 잊고 있었습니다. 저녁때 다리가 올라가 있으면 항상 마음이 편했습니다. 나는 놈이 집 안으로 들어와서 나를 기다릴 줄은 꿈에도 몰랐습니다.

그날 밤 나는 늘 하던 대로 실내복만 입고 집 안을 돌아본 뒤 서재로 들어섰습니다. 그러나 나는 들어오자마자 위험을 느꼈습니다. 평생을 위험 속에서 살다 보면, 육감이라는 것이 적색 신호를 보내줍니다. 나는 보통 사람들보다 훨씬 많은 위험을 겪으며 살아왔기 때문에 쉽게 알 수 있었습니다.

하지만 나는 위험 신호가 보이기는 했지만 어째서 위험한지는 알 수 없었습니다. 다음 순간, 창문 커튼 밑에 있는 구두를 발견하고 그제야 그 이유를 알았습니다. 손에 들고 있는 것은 촛불 한 자루뿐이었지만, 열려 있는 문을 통해 등불이 서재 안을 환하게 비추고 있었습니다. 나는 촛불을 내려놓고 벽난로 선반 위에 있는 망치를 향해 달려들었는데 동시에 놈도 내게 달려들었습니다. 내 눈에는 번쩍이는 칼날이 보였고, 나는 놈을 망치로 후려쳤습니다. 어디를 맞았는지 모르지만 칼이 소리를 내며 바닥에 떨어졌습니다. 놈은 뱀장어처럼 재빠르게 테이블 주위를 빙빙 돌더니 코트 밑에서 총을 꺼냈습니다. 놈이 공이치기를 올리는 소리가 들렸지만 나는 총을 쏘기 전에 그것을 꽉 잡았습니다. 나는 총신을 잡고 있었고, 우리는 약 1분 동안 총을 빼앗기 위해 싸웠습니다. 총을 빼앗기는 쪽이 죽게 되는 거였소."

그의 눈은 마치 그날 밤으로 돌아간 듯 긴장이 서려 있었다.

"그자는 총을 놓지 않았소. 얼마 동안 개머리판은 아

래로 향하고 있었습니다. 어쩌면 내가 방아쇠를 당겼는지도 모릅니다. 두 사람이 싸우다가 방아쇠를 건드렸는지도 모르겠습니다. 어쨌든 그는 두 방을 얼굴 정면에 맞았고, 나는 테드 볼드윈의 잔해를 멍하니 내려다보고 있었습니다. 턴브리지 웰스 거리에서도, 서재에서 내게 덤벼들었을 때도 나는 그라는 것을 알아차렸지만, 사체가 된 그의 모습은 그를 낳은 어머니라도 알아보지 못했을 것입니다.

내가 험악한 일에 익숙하기는 해도, 그의 모습을 봤을 때는 기절할 것만 같았습니다. 가까스로 테이블을 잡고 몸을 지탱하고 있는데 바커가 급히 내려왔습니다. 나는 아내의 발소리를 듣고 문으로 뛰어가서 아내를 막았습니다. 그 광경은 여자가 볼 것이 못 되었습니다. 나는 아내에게 곧 가겠다고 약속했습니다.

나는 바커에게 몇 마디를 해주었는데, 그는 그 광경을 보고는 모든 것을 알아차렸습니다. 우리 두 사람은 다른 사람들이 달려오기를 기다렸습니다. 그러나 아무도 나타나지 않았습니다. 그래서 우리는 그들이 총소리를 듣지 못했고, 사건을 알고 있는 사람은 우리 둘뿐이라는 걸 알았습니다. 그때 내게 아이디어가 떠올랐습니다. 그 멋진 생각에 눈이 아찔해질 지경이었습니다. 그 남자의 소매가 걷어져 있었는데, 팔에 비밀 결사대 지부의 낙인이 찍혀 있었습니다. 여기를 보십시오."

더글라스는 셔츠 소매를 걷어 올리고 시체에 있는 것과 똑같은 동그라미 안에 세모꼴이 있는 갈색의 표시를 보여주었다.

"그것을 본 순간 그 생각이 났던 것입니다. 모든 계획이 선명하게 떠올랐습니다. 그는 키나 머리색이나 체격이 나와 아주 비슷합니다. 얼굴은 엉망이 되어서 아무도 알아볼 수가 없었습니다. 불쌍한 놈! 나는 내가 지금 입고 있는 옷을 위층에서 가지고 내려온 다음, 바커와 함께 그에게 내 실내복을 입히고 당신들이 발견한 모습대로 해두었습니다. 그리고 우리는 그의 옷을 보따리에 넣은 후 여기서 찾을 수 있는 단 하나의 무거운 물건인 아령을 함께 넣어 묶은 뒤, 해자에 버렸습니다. 그리고 놈이 나를 죽이고 내 시체 옆에 놓아두려고 생각했던 카드를 그의 시체 옆에 놓았습니다. 그리고 그의 손가락에 내 결혼반지를 끼우려고 했습니다."

그는 근육질의 손을 내밀었다.

"그러나 여러분도 아시다시피 나는 상식적이지 않은 행동을 했소. 나는 결혼한 다음 손에서 결혼반지를 빼놓은 적이 없기 때문에 결혼반지가 빠지지 않았지요.

결혼반지를 빼려면 실이 필요했습니다. 내심 결혼반지와 헤어지기가 싫었는데, 결혼반지를 빼려고 해도 뺄 수가 없는 상황이었습니다. 그래서 결혼반지는 두고 나머지 반지만 끼웠던 것입니다. 결혼반지는 나중에 저절로 해결되기를 바라면서 말입니다.

어쨌든 나는 반창고를 가지고 와서 내가 지금 반창고를 붙이고 있는 곳과 똑같은 자리에 붙였습니다. 홈즈 씨, 당신은 대단히 똑똑하지만 한 가지는 실수를 하셨습니다. 그때 당신이 반창고를 떼어보았더라면 그 아래에 상처가 없다는 것을 발견했을 것입니다. 자, 이런 상황이었습니다.

잠시 동안 숨어 있다가 어디든 도망가서 아내와 다시 합치면 여생을 편안하게 보낼 수 있었을 것입니다. 저 악마들은 내가 살아있는 한 추적의 손길을 늦추지 않을 겁니다. 하지만 볼드윈이 나를 해치웠다는 기사를 신문에서 읽으면 내 모든 걱정은 끝나게 됩니다. 바커와 아내에게는 모든 것을 설명할 시간적 여유가 없었지만 그들은 충분히 이해하고 나를 도왔습니다. 나는 집 안에 숨을 만한 장소가 있다는 것을 알고 있었습니다. 아메스 집사도 알고 있었지만, 그것을 사건과 결부시킬 생각은 못 했을 겁니다.

아무튼 나는 그곳에 숨었고, 나머지는 모두 바커가 처리했습니다. 바커가 한 일에 대해서는 여러분도 알고 계시겠지요. 그는 창문을 열었고, 창틀에 범인이 도망가며 남긴 것처럼 발자국 흔적을 남겨놓았습니다. 그것은 무리수가 있는 일이기는 했지만 도개교가 올라가 있었기 때문에 범인이 달리 도망갈 방법이 없다고 생각할 수도 있었습니다. 모든 조치를 한 다음 바커는 벨을 울렸던 것입니다. 그다음에 일어난 일은 여러분도 알고 계십니다.

여러분, 이제 좋으실 대로 하십시오. 하지만 저는 진실만 얘기했습니다. 내가 지금 궁금한 것은, 영국의 법이 나를 어떻게 처벌하겠느냐는 것입니다."

우리는 잠시 침묵에 휩싸였는데, 그것을 깨뜨린 것은 홈즈였다.

"영국의 법률은 대체적으로 공명정대합니다. 무거운 형벌을 받는 일은 없을 겁니다, 더글라스 씨. 하지만 당신에게 묻고 싶은 것이 있습니다. 그 남자가 당신이 이곳에 살고 있다는 것을 어떻게 알았는지, 저택에는 어떻게 들어왔는지, 당신을 속이기 위해 어디에 숨어야 한다는 것을 어떻게 알았는지 등입니다."

"나는 모릅니다."

홈즈의 얼굴은 몹시 창백하고 심각했다.

"이야기는 이것으로 끝나지 않을 것 같습니다. 영국의 법률이나 미국의 법보다 더 무서운 위험이 도사리고 있을지 모르겠습니다. 더글라스 씨, 귀하의 앞길은 평탄하지 않을 겁니다. 부디 내 충고를 받아들여 경계를 늦추지 마십시오."

***

자, 참을성이 많은 독자 여러분, 잠시 나와 함께 석세스 주의 벌스톤 저택으로부터, 존 더글라스라고 불리는 이상한 자로부터 멀리 떠나보도록 하자. 시간상으로는 약 20년 전으로, 공간상으로는 서쪽으로 수천 마일 떨어진 곳에서 있었던 기이하고도 끔찍한 일에 대해 이야기하려고 한다. 그것은 너무나도 기이하고 무서운 일이라서 내 얘기를 들으면서도, 독자 여러분은 그것이 실제로 있었던 사건이라는 것을 믿기 힘들 수도 있다.

한 가지 이야기가 아직 끝나지 않았는데 거기에 또 다른 이야기를 끼워 넣는다는 생각은 하지 말기를 바란다. 이야기를 읽어보면 관련이 있음을 알게 될 것이다. 그리고 내가 그 먼 고장의 사건들에 대해 자세히 이야기하고, 여러분이 지나간 수수께끼를 푼 다음에 베이커가의 하숙집에서 다시 만나면 다른 많은 이상한 사건에 관해서도 그랬던 것처럼, 이 사건의 결말에 대해 듣게 될 것이다.

제 2부

스코러즈

그 남자

때는 1875년 2월 4일이었다. 추위가 심한 겨울이어서 길머튼 산맥의 협곡에는 눈이 깊게 쌓였다. 그러나 철도 선로의 눈은 증기제설기로 말끔히 치워져 있었다. 길게 이어진 탄광촌과 제철촌을 연결하는 밤 열차가 평원 위의 스태그빌을 떠나 버미사 계곡의 들머리에 자리 잡은 소도시 버미사를 향해 가파른 경사를 천천히 힘겹게 오르고 있었다. 이 지점부터 선로는 내리막길이 되어 바튼 크로싱과 헬름데일을 지나 순수한 농업 지대인 머튼으로 향한다. 선로는 단선이었는데, 측면에 있는 모든 대피선에는 석탄과 철광을 실은 화물차들이 끝이 보이지 않을 정도로 긴 행렬을 이루고 있었다. 부를 가져다주는 땅속의 광물들이 미국에서도 극히 황폐한 구석진 땅으로 거친 사나이들이 구름같이 모여드는 것은 바로 이 때문이었다.

정말로 황량한 곳이었다. 이 고장을 최초로 지나간 개척자들은 이 시커먼 절벽과 깊은 삼림으로 된 음침한 땅이 그 어떤 훌륭한 초원이나 관개가 잘된 목초지보다 가치가 있다는 것을 상상이나 했을까? 산허리는 사람들의 접근을 허락하지 않는 어두컴컴한 삼림이 있었고, 그 위의 산꼭대기는 흰 눈이 덮여 있는 깎아지른 듯한 바위가 봉우리를 이루며 우뚝 서 있었다. 그리고 이곳을 향해 조그만 열차가 천천히 올라가고 있었다.

객차 안에는 오일램프가 불을 밝히고 있었고, 휑한 객실에는 20~30명의 승객이 앉아 있었다. 승객의 절반은 계곡 밑에서 그날의 노동을 마치고 돌아가는 사람들이었다. 그중 적어도 12~14명은 지저분한 얼굴을 하고 있었는데 안전등을 가지고 있는 것으로 보아 광부임을 한눈에 알 수 있었다. 이들은 한 덩어리로 뭉쳐 앉아서 담배를 피우며 낮은 소리로 이야기했는데, 이따금씩 반대편에 앉아 있는 두 남자에게 눈길을 보냈다. 두 남자는 제복과 배지로 봐서 경찰임을 알 수 있었다. 그 밖에는 여자 노동자 몇 명과 지방의 작은 상점 주인으로 보이는 여행객이 한두 명 있었고, 한쪽 구석에 혼자서 멀찍이 떨어져 앉은 한 남자가 있을 뿐이었다.

우리와 관계가 있는 것은 바로 이 사람이다. 잘 보아 두자. 그럴 만한 가치가 있는 사람이니까.

싱그러운 얼굴에 안경을 낀 청년으로 보통 체구에 나이는 서른 안팎으로 보인다. 크고 날카로우며, 장난기 넘치는 회색 눈은 이따금씩 주위 사람들을 둘러볼 때마다 호기심으로 반짝인다. 그가 사교적이며 단순한 기질의 소유자이고 모든 사람과 친해지고 싶어서 안달이 나 있다는 것은 쉽게 알 수 있다. 그러나 보다 더 면밀하게 관찰한 사람이라면 야무진 턱이며 힘차게 꽉 다문 입매를 통해 훨씬 깊은 인상을 받을 것이다. 그래서 이 호감이 가는 갈색 머리의 젊은 아일랜드인이 어느 조직에서나 좋든 나쁘든 강한 인상을 남기게 될 것이라고 생각할 것이다.

가까이 있는 광부와 시험 삼아 한두 마디를 나누어 본 남자는 짧고 퉁명스러운 대답밖에 듣지 못했다. 그래서 결국 이 나그네는 달갑지 않은 침묵을 지키며 차창 밖에 스쳐가는 풍경을 쓸쓸하게 바라보았다. 창밖의 풍경은 별로 좋아 보이지 않았다.

점점 짙어가는 어둠 속에서 산중턱의 용광로가 시뻘겋게 타오르고 있었다. 양옆에는 광석 부스러기와 석탄재가 산더미처럼 쌓여 있었고, 그 위로 탄광 갱도의 샤프트가 높이 솟아 있는 것이 보였다. 철로 근처에는 초라한 목조주택들이 아무렇게나 늘어서 있었고, 창문으로 불빛이 새어나오고 있었다. 열차는 자주 멈추었는데, 그때마다 거무스름한 얼굴의 사람들로 혼잡했다. 버미사 지방의 철광과 석탄 계곡은 한가한 사람이나 교양 있는 사람들의 휴양지가 아니었다. 어디를 보나 고달픈 인생사에 시달린 거친 투쟁의 흔적이 역력해 보이는 사람과 억센 일을 하는 노동자들뿐이었다.

젊은 여행자가 혐오와 호기심이 뒤섞인 얼굴로 이 음침한 지방을 내다보는 것으로 보아 그는 이곳에 처음 오는 모양이었다. 그는 가끔 주머니에서 두툼한 편지를 꺼내 들여다보며 그 여백에 뭔가를 적어 넣었다. 한번은 허리 뒤에서 이처럼 온화한 남자가 가지고 있을 법하지 않은 물건을 꺼냈다. 초대형 해군용 권총이었다. 그것을 비스듬히 하고 불빛에 비췄을 때, 원통 탄실에 들어 있는 구리 탄피 가장자리가 번쩍 빛나서 실탄이 완벽하게 장전되어 있음을 알 수 있었다. 그는 그것을 재빨리 주머니에 넣었지만 옆자리에 앉아 있던 노동자에게 들키고 말았다.

"여보쇼, 형씨! 쫓기고 있는 모양이구려, 준비를 하고 다니는 걸 보니."

노동자가 말하자 젊은이는 무안한 듯이 미소 지었다.

"네. 제가 있던 곳에서는 이런 것이 필요한 때가 있었습니다."

"거기가 어딘데?"

"시카고."

"여기는 처음이오?"

"그렇습니다."

"여기서도 그것이 필요할지 모르겠소."

노동자가 말했다.

"그래요?"

젊은이는 흥미를 느끼는 것 같았다.

"이 근처에 대해서 아무것도 느끼지 못했소?"

"별로 색다른 말은 듣지 못했습니다."

"아니, 나라 전체에 소문이 퍼졌을 텐데, 듣지 못했다고? 곧 듣게 되겠지. 어떻게 이리로 오게 되었소?"

"여긴 항상 일자리가 많다고 들었습니다.

"노동조합에 가입했소?"

"네."

"그럼 일자리는 금방 얻게 될 거요. 그런데 아는 사람은 있소?"

"아직은 없지만 만들 방법이 있습니다."

"어떤 방법인데?"

"저는 '프리맨'의 단원입니다. 그 지부가 없는 마을은 없지요. 지부가 있는 곳에서는 친구를 만들 수 있습니다."

이 말은 상대에게 묘한 효과를 일으켰다. 그는 객차 안의 다른 사람들을 의심스러운 눈초리로 둘러보았다. 광부들은 아직도 낮은 목소리로 소곤거리고 있었다. 두 경관은 꾸벅꾸벅 졸고 있었다. 그는 젊은이 옆으로 가서 가까이 앉아 손을 내밀었다.

"악수합시다."

그가 말했고, 두 사람은 굳게 악수했다.

"나는 형씨 말을 믿지만 그래도 확실히 해두는 게 좋지."

그는 오른손을 오른쪽 눈썹께로 들어 올렸다. 그러자 여행자는 바로 왼손을 왼쪽 눈썹께로 들어 올렸다. 그러자 나그네는 곧 왼손을 들어 올려 왼쪽 눈썹에 댔다.

"어두운 밤은 불쾌하다."

노동자가 말했다.

"그렇다. 낯선 곳을 여행할 때."

젊은이가 말을 받았다.

"그 정도면 충분하오. 나는 버미사 밸리 341지부의 스캔런 형제요. 여기서 만나게 되어 기쁘군."

"감사합니다. 저는 시카고 29지부의 잭 맥머도 형제입니다. 그곳의 보디마스터는 J. H. 스콧이요. 이렇게 빨리 형제를 만나다니 정말 운이 좋군요."

"이 일대는 우리가 꽉 잡고 있지. 미국에서 이 버미사 계곡보다 더 크게 발전하는 조직은 없을 거요. 하지만 우리에겐 자네 같은 젊은이가 필요하다네. 혈기왕성한 조합원이 시카고에서 할 일을 못 찾았다니 정말 이해가 안 되는군."

"할 일은 많았습니다."

맥머도가 말했다.

"그럼 왜 시카고를 떠났나?"

맥머도는 경관들을 고갯짓하며 씩 웃었다

"저 녀석들도 알고 싶어 할 거요."

스캔런은 동정하는 듯한 작은 신음 소리를 냈다.

"사고를 쳤나?"

그는 낮은 목소리로 물었다.

"크게 쳤지요."

"교도소로 직행할?"

"기타 등등."

"살인은 아니겠지?"

"그런 말하기에는 좀 이른 거 아니오?"

맥머도는 원치 않게 필요 이상의 얘기를 털어놓은 사람 같은 분위기를 풍기며 말했다.

"시카고를 떠나온 데는 그만한 이유가 있소. 그런 걸 캐묻는 당신은 도대체 누구요?"

그의 잿빛 눈이 갑자기 안경 속에서 노기를 띠었다.

"이봐, 친구. 악의가 있었던 건 아니야. 자네가 무슨 짓을 했건 나쁘게 생각할 형제는 아무도 없어. 지금 어디로 가는 거지?"

"버미사."

"여기서 세 번째 역이로군. 어디서 묵을 건가?"

맥머도는 봉투를 하나 꺼내 오일램프로 가까이 가져갔다.

"여기 주소가 있어. 셰리던 거리에 있는 제이콥 샤프터의 하숙집. 시카고에서 알게 된 사람이 소개해준 하숙집이지."

"못 들어본 이름인데, 버미사는 우리 관할이 아니야. 나는 홉슨 패치에 살고 있어. 다 온 것 같군. 하지만 말이야, 헤어지기 전에 한 가지 충고해주고 싶은 게 있네. 버미사에서 뭔가 말썽거리가 생기면 곧장 조합이 있는 곳으로 가서 맥긴티 보디마스터를 만나게. 그 사람은 버미사 지부의 보디마스터로, 이 근처에서는 블랙 잭 맥긴티가 승낙하지 않은 일은 어떠한 것도 할 수 없어. 잘 가게, 친구! 언젠가 저녁에 지부에서 만나게 되겠지. 하지만 내가 한 말을 잊지 말게. 곤란한 일이 생기면 맥긴티 보디마스터에게 가라고."

스캔런은 열차에서 내렸고 맥머도는 다시 혼자가 되어 깊은 생각에 잠겼다. 어슴푸레하던 바깥은 이제 해가 완전히 다 저물어 여기저기 보이는 용광로의 불빛이 짙은 어둠 속에서 큰 소리를 내며 춤추고 있었다. 이 활활 타오르는 용광로를 배경으로 많은 사람의 검은 그림자가 윈치를 포함한 잡다한 기계에서 나오는 절거덕거리는 커다란 소리에 맞춰 몸을 굽혔다 폈다 하고 있었다.

"지옥이란 저런 곳이겠지?"

누군가 말을 걸어왔다. 맥머도가 돌아보니 어느새 경관 한 사람이 옆자리로 옮겨와서 불타는 광석을 응시하고 있었다.

"난 생각이 좀 다르지."

다른 경관이 말했다.

"진짜 지옥에도 저기 있는 무리보다 더 무서운 놈들은 없을 거야. 자네는 이곳이 처음인 모양이지? 젊은이!"

"처음이면 어떻단 말이오?"

맥머도는 퉁명스럽게 대답했다.

"친구를 사귈 때는 특별히 주의해야 한다는 충고를 해주고 싶었을 뿐이야. 내가 자네라면 마이크 스캔런이나 그 일당과는 친하게 지내지 않겠어."

"내가 누구와 친구가 되건 당신이 무슨 상관이오?"

맥머도의 목소리가 너무 컸기 때문에 기차 안의 사람이 모두 고개를 돌려 언쟁하고 있는 두 사람을 보았다.

"당신에게 누가 충고해달랬소? 아니면 당신 충고가 없으면 혼자 다닐 수도 없는 바보로 생각하는 거요? 당신은 누가 말을 걸면 대답이나 하면 돼. 나라면 당신에게 말도 걸지 않겠어."

그는 경관들에게 얼굴을 내밀고 개가 으르렁거리듯이 이를 드러내 보이며 미소 지었다. 사람 좋아 보이는 뚱뚱한 두 경관은 호의적인 뜻으로 말을 걸었다가 된통 당한 꼴이 되자 깜짝 놀랐다.

"악의가 있어서 한 말은 아닐세, 낯선 친구."

한 경관이 말했다.

"보아하니 이곳이 처음인 것 같아서 자네를 위해 충고했을 뿐이야."

"이곳은 처음이지만 당신들과 같은 자도 처음이야!"

맥머도는 화를 내며 소리쳤다.

"부탁도 하지 않았는데 충고 나부랭이나 하고, 경찰이란 어느 녀석이나 똑같다니까!"

"머지않아 또 만나게 될 것 같군."

경관 한 사람이 미소 지으며 말했다.

"내 눈이 틀림없다면 보통 녀석이 아닌 것 같군."

"나도 그렇게 생각해."

다른 경관이 말했다.

"또 만나게 될 거야."

"하나도 겁나지 않아. 내가 겁먹을 줄 알았다면 오산이야."

맥머도는 소리쳤다.

"나는 잭 맥머도야, 알겠소? 내게 볼일이 있으면 버미사의 세리던 거리에 있는 제이콥 샤프터의 하숙집으로 오면 돼. 그러니 내가 도망치는 거라고 생각하지 마쇼, 알겠소? 낮이든 밤이든 언제나 떳떳하게 맞아주겠소. 그 점을 잊지 마시오."

이방인의 겁 없는 태도를 본 광부들은 동정과 존경의 속삭임을 나눴다. 두 경관은 어깨를 으쓱한 다음 둘만의 이야기를 다시 시작했다.

잠시 후에 열차가 어두컴컴한 정거장에 도착하자 승객 대부분이 내렸다. 버미사가 이 철도의 노선 중에서는 가장 큰 도시였기 때문이다. 맥머도가 가죽 가방을 들고 어둠 속으로 나가려고 하자 광부 한 사람이 말을 건넸다.

"이봐, 친구. 경찰들한테 해대는 모습이 제법이던데."

그는 존경한다는 듯이 말했다.

"듣고 있으니 참 멋있었어. 그 손가방은 내가 들고 가지. 길을 안내하겠네. 샤프터의 집은 내 오두막으로 가는 도중에 있으니까."

플랫폼으로 걸어가는데 다른 광부들이 아주 친밀한 말투로 잘 가라고 외치는 소리가 여기저기서 들렸다. 버미사로 발을 들여놓기도 전에 난폭한 맥머도는 벌써 이 고장의 명물이 되었다.

도시의 외곽이 자아낸 공포 분위기만큼 중심부도 그에 못지않은 음침함과 스산함을 보였다. 그 긴 계곡 아래는 활활 타오르는 불길과 자욱하게 솟아오르는 연기 속에서 적어도 일종의 장중함 같은 것이 서려 있었다. 인간의 힘과 부지런함이 거대한 굴 옆에 광물들을 산더미 같이 쌓아 하나의 기념비 역할을 하고 있었다. 그러나 시내는 어디를 보나 천박한 추잡함과 더러움이 눈에 띄었다. 넓은 찻길은 오가는 마차들로 인해 눈과 흙이 뒤범벅이 되어 진창으로 변해 있었다. 보도는 비좁고 울퉁불퉁했다. 수많은 가스등은 길게 늘어선 목조 주택의 지저분함을 더욱 선명하게 비춰줄 뿐이었다.

두 사람이 도시의 중심가를 향해 다가서자 불이 환히 밝혀진 상점들이 나타나며 거리가 한결 밝아졌다. 심지어는 도박장과 술집들도 여러 군데 있었는데, 광부들은 힘겹게 일해서 번 돈을 이곳에서 흥청망청 써댔다.

"저것이 조합 건물이야."

안내자가 거의 호텔 수준의 위용을 자랑하고 있는 어느 술집을 가리켰다.

"잭 맥긴티가 저곳 사장이지."

"맥긴티는 어떤 사람이죠?"

맥머도가 물었다.

"뭐라고! 그의 이름을 들어본 적이 없다는 말이야?"

"이곳에 처음 온 사람이 그 사람에 대해서 어찌 안단 말이오?"

"난 그 이름이 온 나라에 알려졌을 거라고 생각했지. 신문에도 여러 번 났거든."

"무슨 일로?"

"그게 말인데…."

광부는 목소리를 낮추었다.

"사건 때문이야."

"어떤 사건?"

"아니, 이봐, 이런 말을 하면 기분이 나쁘겠지만 자네는 이상해. 이 근처에서 들을 수 있는 소문은 한 가지밖에 없어. 바로 스코러즈에 대한 일이야."

"그래, 스코러즈 이야기라면 시카고에서 기사를 읽은 적이 있는 것 같군. 살인 조직이 아니오?"

"쉿! 죽고 싶지 않으면 조심해!"

광부는 깜짝 놀라 그 자리에 우뚝 섰고, 겁에 질린 표정으로 맥머도의 얼굴을 보며 외쳤다.

"이봐, 길거리에서 그런 소리를 했다가는 살아남지 못해. 이것보다 하찮은 일로도 죽은 사람이 많아."

"하지만 나는 아무것도 모르오. 그저 읽어서 알 뿐이지."

"자네가 읽은 게 완전히 허튼소리라고 할 수는 없지."

사내는 말하는 동안에도 불안한 듯 사방을 두리번거렸다. 그는 어딘가에 무서운 것이 숨어 있기라도 한 것처럼 어둠 속을 유심히 살펴보았다.

"사람을 죽이는 것이 살인이라면, 신은 이 고장에 얼마나 살인이 많은지 아실 거야. 하지만 젊은이, 절대로 잭 맥긴티의 이름을 그런 일과 연관시켜서 말하지 말게. 낮말은 새가 듣고 밤말은 쥐가 듣는다는 말도 있지 않나. 모든 얘기가 다 그의 귀에 들어가니까. 그는 그런

이야기를 그냥 넘겨들을 사람이 아니거든. 자, 젊은이가 찾고 있는 집은 바로 저거야. 하숙집 주인 제이콥 샤프터는 이곳에 사는 어느 누구 못지않게 정직한 사람이라네."

"감사합니다."

맥머도는 사내와 악수를 나누고 가방을 든 채 하숙집으로 가는 길을 터벅터벅 걸어 올라갔다. 그리고 현관문을 쾅쾅 두들겼다.

금방 문이 열리면서 앞에 나타난 사람은 그의 예상과는 전혀 딴판이었다. 그 사람은 젊고도 몹시 아름다운 여자였다. 그녀는 독일계로 보였으며 금발에 흰 피부가 아름다운 검은 눈과 신선한 대조를 이루고 있었다. 낯선 사람을 보자 놀라고 당황했지만 싫지는 않은 듯 새하얀 얼굴이 발갛게 달아올랐다. 열린 문을 통해 새어나오는 밝은 불빛을 배경으로 서 있는 여자의 모습은 맥머도에게는 다시 없이 멋진 모습이었다. 지저분하고 음울한 주위의 환경과 대조되어 더욱 매력적으로 보였다. 산더미처럼 쌓인 광산의 검은 부스러기 위에 아름다운 제비꽃이 한 송이 피어 있다고 하더라도 더 놀랍지 않을 것이다. 너무나 황홀해 말도 못 하고 멍하니 서 있는데 여자가 침묵을 깼다.

"아버지가 돌아오신 줄 알았어요."

독일 사투리가 약간 섞인 기분 좋은 목소리로 여자가 말했다.

"아버지를 만나러 오셨나요? 지금 아랫마을에 계시는데, 곧 돌아오실 거예요."

맥머도가 감탄의 눈길로 계속해서 바라보고 있자, 여자는 이 늠름한 손님이 당황스러운 듯 눈을 내리깔았다.

"아닙니다, 아가씨."

남자는 드디어 입을 열었다.

"급히 아버님을 만나 뵐 일은 없습니다. 댁의 하숙집을 추천받았기 때문에 방문한 것입니다. 하숙집이 정말 마음에 드는군요."

"마음을 굉장히 빨리 정하시는군요."

여자는 미소를 지으며 말했다.

"장님이 아니면 누구나 마찬가지일 겁니다."

맥머도가 대답하자 여자는 그의 칭찬에 웃음을 터뜨렸다.

"그럼 들어오세요. 저는 딸 에티 샤프터예요. 어머니가 돌아가신 이후로 아버지와 제가 이 집을 꾸려가고 있어요. 거실 난로 옆에 앉으셔서 아버지가 돌아오실 때까지 기다리세요. 어머, 지금 저기 오시네요. 지금 의논하실 수 있겠어요."

체격이 크고 지긋한 나이의 남자가 골목길을 올라오고 있었다. 맥머도는 그에게 용건을 간단히 설명했다. 머피라는 사람이 시카고에서 이곳을 소개해주었는데 머피도 다른 사람에게 소개를 받았다고 말했다. 샤프터 노인은 곧 승낙했다. 낯선 젊은이도 모든 하숙 조건을 그대로 승낙했다. 주머니에 돈이 두둑한 것 같았다. 1주일에 7달러를 선불로 지급하기로 하고 식사도 제공받기로 했다.

이렇게 해서 도망자를 자처한 잭 맥머도는 샤프터 하숙집 지붕 아래로 주소를 정했는데, 이 결정은 수많은 음울한 사건을 잉태한 씨앗이 되었고, 그는 결국 머나먼 곳으로 도주하는 신세가 되었다.

보디마스터

맥머도는 눈에 띄는 남자였다. 그가 있는 곳은 쉽게 표시가 났다. 일주일도 안 돼서 그는 샤프터 하숙집에서 가장 중요한 인물이 됐다. 그곳의 하숙인들은 열댓 명 가까이 되었는데 정직하게 일하는 십장이거나 흔한 가게 점원으로서 젊은 아일랜드인과는 완전히 다른 부류에 속했다. 하숙인들이 모이는 저녁 시간에 재치 있게 대화를 이끌어가며 끊임없이 농담을 던지는 것은 항상 그였다. 게다가 노래는 둘째가라면 서러울 정도로 잘 불렀다. 그는 원체 재미있는 친구였고 주위 사람들을 항상 웃게 만드는 매력적인 사내였다.

그러나 기차 칸에서 그랬던 것처럼, 갑자기 불같이 화를 내는 일이 잦았다. 주위 사람들은 그 때문에 그를 어려워하거나 두려워하기도 했다. 그는 또한 법에 대해 그리고 법과 관련을 맺고 살아가는 모든 사람에 대해 지독한 경멸을 드러냈는데 이에 대해 하숙인 일부는 환호했고 일부는 경계했다.

아름답고 품위 있는 하숙집 딸에게는 공공연히 흠모하는 빛을 보여 첫눈에 반했음을 처음부터 분명히 했다. 그는 구애하는 데 있어 조금도 쑥스러워하지 않았다. 하숙집에 머문 이튿날부터 그는 하숙집 딸에게 사랑한다고 말했고, 그녀가 무슨 말로 거절하든 전혀 아랑곳하지 않고 계속해서 같은 말을 했다.

"다른 남자가 있다고요?"

그는 소리쳤다.

"그럼, 그 사람이 불쌍하게 됐군! 그 사람에게 주의하라고 하시오! 내가 다른 남자 때문에 내 평생의 기회를 포기하고 마음속에서 우러나는 이 열정을 포기하란 말이오? 에티, 당신이 계속해서 '싫어요'라고 말해도 좋소. '좋아요'라고 대답할 날은 반드시 올 것이고, 나는 젊으니까 기다릴 수 있소."

아일랜드 사람 특유의 뛰어난 말솜씨가 있는 위험한 구혼자였다. 또 그는 여자의 흥미를 끌고 사랑을 쟁취하는 매력과 신비함이 있었는데, 이는 오랜 경험에서 자연스레 우러나온 것이었다. 그는 자기가 떠나온 모너

핸 군의 아름다운 섬과 들과 푸른 초원에 대해서 이야기했다. 그런 곳은 더러움과 눈만 쌓여 있는 이곳에 사는 사람에게는 더욱 아름답게 여겨지는 곳이었다. 게다가 그는 북부에 있는 디트로이트와 미시간 주의 목재 벌채지 그리고 마지막으로 있던 시카고의 제재소에 대해 이야기했다.

나중에는 일부분이기는 하지만 그의 지난 로맨스에 대해서도 이야기했다. 그리고 시카고에서의 일을 말할 때는 거기서 어떤 기이한 일이 일어났다는 느낌을 주었는데, 너무나 기이하고 개인적인 일이라 자세히 이야기할 수 없는 것 같았다. 갑자기 그곳을 떠나온 일이며, 오랫동안 유지하고 있던 모든 관계를 끊은 일이며, 낯선 땅으로 도망쳐서 결국에는 이곳으로 오게 된 이야기를 그는 그리워하는 눈빛으로 이야기했다. 에티는 연민이 담긴 눈을 반짝이며 그의 이야기를 듣고 있었는데, 연민의 감정은 자연스럽게 애정으로 발전했다.

맥머도는 임시직이기는 하나 배운 것이 많아 부기 담당의 일자리를 얻을 수 있었다. 그는 하루 대부분을 직장에서 보내야 했기 때문에 프리맨의 보디마스터에게 신고할 기회가 없었다. 그러던 어느 날 저녁, 열차에서 알게 된 단원 마이크 스캔런이 찾아와서 그 사실을 일깨워주었다. 작은 몸집, 날카로운 얼굴, 신경질적이고 불안한 눈빛의 남자는 맥머도를 다시 만난 것이 무척 반가운 것 같았다. 위스키를 한두 잔 기울이고 나자 그는 찾아온 목적을 털어놓았다.

“이봐, 맥머도, 자네가 묵는 하숙집을 알고 있어서 거리낌 없이 찾아왔어. 자네가 아직도 보디마스터가 있는 곳에 얼굴을 내밀지 않고 있다는 데 놀랐네. 왜 아직도 맥긴티 보디마스터를 만나지 않았나?”

“사실은 직업을 구하느라 바빴소.”

“다른 일은 못 하더라도 그를 만날 시간은 내야지. 아니, 이 사람아, 이곳으로 온 다음 날 아침에 곧바로 조합에 가서 등록을 하지 않은 것은 바보짓이야. 만일 그의 기분을 조금이라도 상하게 하는 날에는…. 부디 그런 일이 없도록 해.”

맥머도는 약간 놀랐다.

“스캔런, 나는 단원이 된 지 2년이 넘었지만 그런 일을 그렇게 급히 해야 한다는 소리는 못 들었소.”

“시카고에서라면 그럴지도 모르지.”

“여기도 같은 단체가 아닌가?”

“그럴까?”

스캔런은 그의 얼굴을 오랫동안 바라보았다. 그의 눈

에서는 뭔가 불길한 것이 느껴졌다.

"같지 않다는 건가?"

"한 달이 지나면 알 거야. 내가 기차에서 내린 뒤 경찰들과 말다툼을 했다며?"

"어떻게 알았지?"

"소문이 퍼졌어. 여기서는 좋은 일이든 나쁜 일이든 소문이 빠르지."

"그래, 나는 그 개새끼들에게 내가 생각하고 있는 말을 해주었어."

"자네는 틀림없이 맥긴티의 마음에 들게 될 거야."

"뭐라고? 그 사람도 경찰을 싫어하나?"

스캔런은 웃음을 터뜨렸다.

"가서 그 사람을 만나봐."

그는 자리를 뜨며 말했다.

"만나러 가지 않으면 그에게 미움을 받는 건 경찰이 아니라 자네가 될 거야! 친구의 충고를 받아들여. 당장 가게."

마침 그날 밤에 맥머도는 같은 방향으로 가야 할 급한 볼일이 있었다. 그런데 에티에 대한 그의 태도가 점점 더 노골적이 되었는지, 아니면 선량하지만 우둔한 독일 노인도 그것을 알아차리게 되었는지, 까닭이야 어쨌든 샤프터 노인은 그를 자기 방으로 불러들여 그 문제를 단도직입적으로 꺼냈다.

"맥머도, 에티에게 눈독을 들이고 있는 모양인데, 맞나? 아니면 내가 잘못 본 건가?"

"아닙니다. 맞습니다.

맥머도는 대답했다.

"그럼 미리 말해두지만 그건 아무 소용없는 일일세. 이미 정해진 곳이 있으니까."

"에티도 그렇게 말하더군요."

"그 애가 말하는 것은 사실일세. 그런데 상대가 누구라는 얘기는 않던가?"

"아니요. 물어보았지만 대답을 하지 않더군요."

"그렇겠지. 우리 작은 말괄량이도 자네를 위험에 빠뜨리고 싶지는 않았을 테니까."

"위험에 빠뜨리다니요? 그게 무슨 말이죠?"

맥머도는 불같이 화를 내며 말했다.

"그렇게 됐네, 맥머도! 하지만 그 사람을 무서워한다고 해서 부끄러울 것은 하나도 없어. 다른 사람이 아닌 테드 볼드윈이니까."

"도대체 그 자식이 누굽니까?"

"스코러즈의 간부야."

"스코러즈라고요? 그들이라면 전에도 들은 적이 있습니다. 여기서도 스코러즈, 저기서도 스코러즈, 언제나 스코러즈 얘기를 수군거리고 있더군요. 뭘 그렇게 무서워하는 거지요? 도대체 그들은 누구지요?"

그 무서운 조직에 대해 이야기를 할 때면 누구나 그렇듯이, 하숙집 주인 샤프터 노인도 본능적으로 목소리를 낮추었다.

"스코러즈란 프리맨을 말하는 거네."

맥머도는 깜짝 놀랐다.

"아니, 저도 그 단원인데요."

"자네도? 그런 줄 알았다면 우리 집에 묵게 하지 않았을 거야. 설사 1주일에 100달러를 낸다고 해도 말일세."

"프리맨의 어디가 나쁘다는 거지요? 자선과 친선을 목적으로 하는 단체로, 규약에도 그렇게 되어 있습니다."

"다른 고장에서는 그럴지도 모르지만, 여기선 달라."

"여기서는 어떠한데요?"

"놈들은 살인 집단이야."

맥머도는 믿어지지 않는다는 듯이 웃었다.

"증거가 있습니까?"

그가 물었다.

"증거? 살인이 50번이나 일어났는데도 증거가 더 필

요한가? 밀만, 반 쇼스트, 니콜슨 가족과 하이얌 노인, 어린 빌리 존슨…. 이외에도 여럿 죽었는데? 증거를 대라고? 남자든 여자든 이 계곡에서 그들이 살인 집단인 걸 모르는 사람은 없어."

"잠깐만요."

맥머도는 진지하게 말했다.

"지금 한 말을 취소하든가 아니면 믿을 수 있게 증거를 대십시오. 안 그러면 저는 이 방에서 나가지 않겠습니다. 한번 제 입장이 돼보십시오. 저는 이곳에 처음 온 사람입니다. 저는 건전한 친목 단체에 속해 있습니다. 샤프터 씨도 아시겠지만 그 단체는 미국 전역에 퍼져 있지요. 하지만 어디서나 건전한 단체입니다. 그런데 지금, 여기 와서 그 단체에 다시 합류할 생각을 하고 있는데 샤프터 씨께서는 그게 스코러즈라고 하는 살인 조직과 같은 곳이라고 말씀하시는군요. 자, 어서 제게 사과를 하시든지, 제가 납득할 수 있게 설명을 해주십시오."

"여보게. 나는 온 세상이 다 알고 있는 사실을 말해줄 수밖에 없네. 이쪽 단체의 대장은 저쪽 단체의 대장이기도 해. 누가 이쪽 단체의 비위를 거스르면 다른 단체에서 보복을 해주지. 그런 꼴을 싫증이 날 정도로 많이

봤어."

"그것은 뜬소문입니다. 증거를 대요!"

맥머도는 소리쳤다.

"이곳에 오래 살게 되면 증거를 볼 수 있을 거야. 그러나 자네도 그 패거리라는 것을 잠시 잊었군. 자네도 곧 다른 놈들처럼 사악하게 변할 거야. 더 이상 자네를 이곳에 머물게 할 수 없으니 다른 하숙집을 구하게. 그런 패거리들 가운데 한 사람이 에티에게 구애하러 오는 것도 쫓아낼 용기가 없는 판인데 또 한 사람을 투숙시킨다고? 암, 그럴 수는 없지. 오늘 밤만 지내고 다른 곳으로 가게."

그렇게 해서 맥머도는 안락한 숙소와 사랑하는 여인으로부터 추방 선고를 받게 되었다. 그날 저녁 맥머도는 에티가 거실에 혼자 있는 것을 보고 자신의 문제를 그녀에게 털어놓았다.

"당신 아버지는 나를 이 집에서 그리고 당신 곁에서 쫓아내려 하고 있소. 단순히 집에서 쫓겨나는 거라면 아무 상관없소. 그러나 당신을 알게 된 지 1주일밖에 안 되었지만 당신은 내게 없어서는 안 될 존재가 되어 버렸소. 나는 당신 없이는 살아갈 수가 없소."

"맥머도 씨, 그런 말은 하지 마세요! 이미 당신에게

너무 늦었다고 말하지 않았던가요? 제게는 다른 사람이 있어요. 아직 그 사람과 결혼하기로 약속한 것은 아니지만, 다른 사람과 미래를 약속할 수 없어요."

"에티, 내가 만약 당신의 첫 번째 구혼자였다면 당신은 나한테 기회를 주었을까?"

에티는 얼굴을 두 손에 파묻고 울면서 말했다.

"당신이 먼저였다면 얼마나 좋겠어요."

맥머도는 당장 에티 앞에 무릎을 꿇었다.

"에티, 제발 내가 먼저였던 걸로 해주오! 그 남자 때문에 당신 인생뿐 아니라 내 인생까지도 망칠 거요? 마음이 가는 대로 행동해요. 자신이 무슨 말을 하는지도 모르면서 하지도 않은 결혼 약속을 지키는 것보다 내 말대로 하는 것이 더 안전할 거요."

그는 햇볕에 그을린 억센 손으로 에티의 하얀 손을 꼭 잡았다.

"내 사람이 되어 함께 난관을 헤쳐 나가겠다고 말해줘요."

"이곳에서요?"

"그래요. 이곳에서."

"안 돼. 안 돼요, 잭!"

그는 에티를 끌어안았다.

"여기서는 안 돼요. 나를 데리고 달아나주세요."

한순간 맥머도의 얼굴에는 고민의 빛이 스쳤으나 곧 돌처럼 굳은 표정이 되었다.

"아냐, 여기라야 해. 에티, 우리가 지금 있는 이곳에서 세상을 상대로 당신을 지키겠소."

"왜 함께 이곳을 떠나면 안 되지요?"

"에티, 나는 여기를 떠날 수 없어."

"왜요?"

"또다시 추방당했다는 기분이 들면 난 다시는 고개를 들고 살지 못할 거요. 게다가 도대체 여기에 무서워할 게 뭐가 있단 말이요. 우리는 자유 국가의 자유 시민이 아니오? 당신이 나를 사랑하고 내가 당신을 사랑한다면, 도대체 누가 감히 우리 사이에 끼어든단 말이오?"

"잭, 당신은 몰라요. 당신은 여기 온 지 얼마 안 돼서 그렇게 말하는 거예요. 당신은 볼드윈이라는 남자를 모르고, 맥긴티와 스코러즈도 모르잖아요."

"그래요, 나는 그들에 대해 잘 모르고, 그들을 무서워하지도 않고, 그런 것을 믿지도 않소. 나는 거친 사람들 속에서 살아왔지만 그 녀석들을 무서워한 적은 없소. 언제나 놈들이 나를 무서워하도록 만들었지. 에티, 나는 언제나 그렇게 만들었어. 이건 미친 짓이야. 그자들이 당신 아버지의 말처럼 이 계곡에서 몇 번이나 나쁜 짓을 저질렀고, 누구나 그들의 소행인 것을 알고 있다면 왜 아무도 법정에 서지 않았지? 대답할 수 있소, 에티?"

"그건 아무도 증인으로 나서려고 하는 사람이 없기 때문이에요. 그랬다가는 살아남지 못할 테니까요. 그리고 고소를 당해도 그 사람들은 범행 현장에 없었다고 증언할 자기 수하의 사람들을 준비해놓을 테니까요. 잭, 당신은 틀림없이 이런 이야기를 읽어보았을 거예요. 미국의 모든 신문이 다 이곳 이야기를 기사로 다루고 있잖아요."

"읽은 적은 있지만 나는 만들어진 이야기라고 생각했소. 그들이 그런 일을 하는 데는 무슨 이유가 있을 거요. 그렇지 않으면 그럴 수밖에 없을 정도로 어떤 가혹한 일을 당했던가."

"오, 잭! 그런 소리는 하지 말아요. 내게 먼저 구애한 사람도 그런 식으로 말했어요."

"볼드윈이 그런 식으로 말했단 말이지?"

"그래서 나는 그 사람이 싫어요. 오, 잭! 이제는 진실을 말할 수 있어요. 나는 그 사람이 정말 싫지만 무섭기도 해요. 그렇지만 무엇보다 걱정되는 건 아버지예요. 내가 감정을 솔직히 드러낸다면 우리에게 커다란 슬픔이 닥칠 거예요. 그래서 나는 적당히 구애를 받아주고 피하는 거예요. 그것만이 아버지와 내가 무사할 수 있는 방법이었거든요. 그러나 잭, 당신이 나와 달아나준다면, 아버지도 모시고 함께 도망간다면 저 악당들의 힘이 미치지 않는 곳에서 언제까지나 살 수 있을 거예요."

맥머도의 얼굴에는 다시 고민의 빛이 스쳤고 곧 굳은 표정이 되었다.

"에티, 당신에게 해가 미치도록 하지는 않겠소. 당신 아버지도 마찬가지요. 악당으로 치자면 나도 빠지는 놈은 아니오. 그 악당들 중에 제일가는 놈보다 내가 더 나쁠 수도 있다는 것을 알게 될 거요."

맥머도는 씁쓸하게 웃으며 이어 말했다.

"나에 대해서 전혀 모르고 있군! 순진한 당신은 내가 무슨 생각을 하는지 짐작도 못할 거요. 아니, 누가 왔나 보군."

갑자기 문이 열리고 한 젊은이가 마치 집주인인 것처럼 거들먹거리며 들어왔다. 잘생기고 위세 당당한 젊은이는 나이와 체격이 맥머도와 비슷했다. 차양이 넓고 검은 중절모를 벗지도 않은 채 날카로운 눈을 치켜뜨고 몹시 화가 난 듯 난로 옆에 앉은 두 사람을 무섭게 노려보았다. 에티는 겁을 먹고 당황하며 벌떡 일어났다.

"볼드윈 씨, 어서 오세요."

에티가 말했다.

"생각보다 일찍 오셨군요. 와서 앉으세요."

볼드윈은 허리춤에 두 손을 얹고 맥머도를 바라보며 퉁명스럽게 물었다.

"이 사람은 누구지?"

"친구예요, 볼드윈 씨. 우리 집에 새로 하숙하게 된 분이에요. 맥머도 씨, 볼드윈 씨를 소개합니다."

두 젊은이는 서로 무뚝뚝하게 고개를 까딱했다.

"우리 두 사람이 어떤 관계인지는 에티 양에게 들었겠지요?"

"당신 둘 사이에 관계가 있다는 소리는 못 들었소."

"못 들었다고? 그럼 똑똑히 알려주지. 이 여자는 내 사람이오. 산책하기에 알맞은 밤인 것 같으니 당신은 가서 산책이나 하시지."

"고맙지만 산책할 기분은 아니오."

"그래?"

남자의 험악한 눈이 노여움으로 이글거렸다.

"이봐, 하숙인! 그럼 지금 싸우고 싶은 게지?"

"그렇다. 그보다 더 듣기 좋은 소리가 없군."

맥머도가 소리치며 일어섰다.

"잭, 이러지 말아요. 제발 부탁이에요. 당신 그러다 다쳐요."

에티가 미친 듯이 외쳤다.

"아, 잭이라고 부르는군. 벌써 그런 관계로 발전했단 말이지?"

볼드윈은 화가 나서 말했다.

"테드! 오해하지 말아요. 좀 너그러워져요. 나를 사랑한다면 마음을 넓게 갖고 남을 용서할 줄 아는 사람이 되세요."

"에티, 우리 단둘이 있게 해주면 일을 간단히 끝낼 수 있을 거야."

맥머도는 조용히 말했다.

"괜찮다면 볼드윈 씨, 나와 같이 밖으로 나가실까? 날씨도 좋은 데다, 다음 블록에는 공터가 있으니까."

"네놈은 내 손을 더럽히지 않고도 해치울 수 있어. 나한테 당하고 나면 이 집에 발을 들여놓은 걸 후회하게 될 거야."

맥머도의 제안에 볼드윈이 대꾸했다.

"지금 붙을까?"

맥머도도 소리쳤다.

"시간은 내가 정할 테니 내게 맡겨라. 이걸 봐!"

볼드윈이 갑자기 소매를 걷어 올리고 팔뚝에 낙인찍힌 이상한 표시를 보여주었다. 동그라미 안에 삼각형이 있는 표시였다.

"이게 무슨 뜻인지 알겠나?"

"난 알지도 못하고 상관도 안 한다."

"하지만 곧 알게 될 거야. 내가 약속하지. 어쩌면 에티가 그와 관련해서 무슨 말을 해줄지도 모르겠군. 어쨌든 네 목숨은 오래 붙어 있지 못할 거다. 에티, 당신은 무릎을 꿇고 내게 돌아오게 될 거야. 알았어? 무릎을 꿇고 말이야! 그때 나는 당신이 무슨 벌을 받아야 하는지 말해주겠어. 당신이 뿌린 씨를 스스로 거둬들이도록 해주지."

볼드윈은 분노에 찬 얼굴로 두 사람을 노려본 뒤 몸을 돌렸다. 그리고 잠시 후에 바깥문이 쾅 하고 닫히는 소리가 들렸다. 잠시 동안 맥머도와 에티는 잠자코 서 있었다. 그러다가 에티가 그를 끌어안았다.

"잭, 당신은 정말 용감해요! 하지만 소용없어요. 달아나지 않으면 안 돼요. 오늘 밤에 도망가야 해요! 그것만

이 당신이 살길이에요. 그에게 목숨을 잃을 거예요. 그의 무서운 눈에서 그걸 짐작할 수 있어요. 맥긴티 보디마스터와 지부의 지원을 받는 열두 명 중 한 사람이 당신 상대인 이상 당신은 승산이 전혀 없어요."

맥머도는 자기를 끌어안고 있는 에티의 손을 풀고 키스를 한 다음 의자에 조용히 앉혔다.

"진정해요, 에티, 진정해! 나 때문에 걱정하거나 무서워할 필요는 없어요. 나도 프리맨 단원이에요. 그것은 아버님께도 말씀드렸어. 어쩌면 다른 사람들보다 나을 것도 없으니까 나를 성자 취급하지 마오. 내 말을 들었으니 당신도 나를 증오하겠지?"

"당신을 증오한다고요, 잭? 내가 살아있는 한 그런 일은 없을 거예요. 여기서는 다르지만 다른 곳에서는 프리맨이 되어도 나쁘지 않다고 들었어요. 당신이 프리맨이라고 내가 왜 당신을 나쁘게 생각하겠어요? 하지만 잭, 당신이 프리맨 단원이라면 왜 시내로 가서 맥긴티 보디마스터에게 인사를 드리지 않는 거지요? 잭, 빨리 가세요! 놈들이 당신을 쫓아오기 전에 보디마스터에게 먼저 말을 하세요."

"나도 그렇게 생각하고 있었소."

맥머도가 말했다.

"곧 가서 조치를 취하고 오겠소. 당신 아버님께는 오늘 밤만 여기서 자고 내일 아침에는 다른 하숙집을 찾겠다고 말씀드려요."

맥긴티의 술집은 여느 때와 다름없이 발 디딜 틈이 없었다. 그곳은 도시의 거친 사나이들의 집합소였기 때문이다. 맥긴티가 쉽게 인기를 얻는 이유는 드세지만 명랑한 그의 성격 때문이었다. 그러나 그것은 하나의 가면일 뿐 그는 배후에 많은 것을 숨기고 있었다. 맥긴티는 두렵고 무서운 공포의 대상이었다. 그 공포심은 온 시내, 아니 반경 50킬로미터에 이르는 이 계곡의 끝에서 끝까지, 더 나아가 계곡 너머까지 미치고 있어서 그것만으로 술집을 번창하게 만들기에 충분했다. 주변에 그를 무시할 수 있는 사람은 한 명도 없었다.

막강한 배후의 권력을 휘두르고 있다는 사실 외에도 그는 그의 편의를 기대하는 무뢰한들로부터 표를 얻어 지방의회의원과 시·군위원이라는 고급 직함을 갖고 있었다. 그러나 그는 시민들에게 엄청난 세금을 부과했고, 공공사업을 등한시했다. 회계보고는 검사관들을 매수해 제대로 조사받지도 않았다. 선량한 시민들은 그들의 공갈협박으로 돈을 냈고 뒷일이 무서워서 모두들 말 한마디 못하고 입을 다물고 있었다. 이렇게 해서 맥긴티 보디마스터의 넥타이핀에 박힌 다이아몬드는 해마다 굵어졌고, 조끼에 달린 금줄은 갈수록 무거워졌으며, 그의 술집은 점점 확장되어 시장 광장의 한쪽 전부를 점령하게 되었다.

맥머도는 술집 안으로 들어가 사람들을 헤치며 나아갔다. 바의 공기는 담배 연기와 술 냄새로 탁했다. 실내조명은 아주 밝았는데, 사방에 걸려 있는 두껍게 금칠한 대형 거울들이 번쩍거리는 조명을 몇 배로 되비쳤다. 와이셔츠 차림의 바텐더 서넛이 부지런히 칵테일을 만들어 청동판을 붙인 널따란 카운터 앞에 모여 있는 건달들에게 제공하고 있었다.

카운터 저쪽 끝에는 한 남자가 시가를 물고 카운터에 비스듬하게 몸을 기대고 서 있었다. 큰 키에 강인한 인상을 풍기는 남자, 그 유명한 맥긴티가 틀림없었다. 검은 머리의 그는 마치 거인 같았는데 머리카락이 옷깃까지 늘어져 있고, 턱수염은 광대뼈까지 나 있었다. 피부는 이탈리아인처럼 거무스름했고, 눈은 묘한 검은빛을 띠고 있었는데 약간 사시였기 때문에 더욱 불길한 인상을 풍겼다.

그 밖의 모든 것, 큰 덩치와 수려한 외모, 솔직한 태도 등은 겉으로 드러난 쾌활하고 담백한 행동과 잘 어울렸다. 사람들은 이 남자를 허풍은 좀 세지만 정직한 사람이라고, 거침없는 언사가 무례하게 들릴지는 몰라도 마음은 좋은 사람이라고 말할 것이다. 그러나 그의 무자비하고 소름 끼치는 검은 눈빛과 마주한다면 사람들은 몸을 움츠릴 것이다. 그리고 자신이 마주한 사람이 무한한 잠재력을 가진 악인이며, 그 배후에는 막강한 권력과 교활함을 숨기고 있음을 무섭도록 느낄 것이다.

상대를 자세히 살핀 맥머도는 항상 그랬던 것처럼 태연하고 대담한 태도로 사람들 사이를 뚫고 지나갔다. 강력한 두목에게 아첨하며, 두목이 조금이라도 농담을 하면 큰소리로 웃고 알랑거리는 조무래기들을 헤치고 들어갔다. 이 낯선 젊은이의 대담한 잿빛 눈은 날카롭게 돌아보는 상대의 검은 눈을 한 치의 머뭇거림도 없이 마주 보았다.

"이봐, 젊은이. 처음 보는 얼굴인데?"

"이곳에 온 지 며칠 안 됩니다. 맥긴티 씨."

그러자 둘레에 모여 있던 사람들이 한마디씩 하는 소리가 들렸다.

"아무리 처음이래도 신사분의 직함도 제대로 못 부른단 말인가?"

"맥긴티 의원님이야, 젊은이."

"미안합니다, 의원님. 이 고장 관습을 몰라서 그랬습니다. 당신을 만나보라는 충고를 받고 왔습니다."

"그래? 잘 봐두게. 나는 지금 보이는 그대로야. 나를 어떻게 생각하나?"

"아직은 잘 모르겠습니다. 마음이 몸집만큼 크고, 정신이 얼굴만큼 훌륭하다면 그 이상 바랄 것이 없겠습니다."

"음, 아일랜드식으로 잘도 지껄이는군."

이 대담무쌍한 방문객의 기분을 맞춰줄 것인가, 아니면 위엄을 지켜야 할 것인가를 망설이면서 술집 주인이 말했다.

"그럼 내 풍채는 합격이라는 말이군."

"그럼요."

맥머도가 말했다.

"누가 나를 만나라고 얘기한 모양이지?"

"그렇습니다."

"누가 그러던가?"

"버미사 341지부의 스캔런 단원에게서 들었습니다. 자, 의원님! 당신의 건강과 우리가 친밀한 관계로 발전하기를 기원하며 건배하지요."

맥머도는 술잔을 들면서 새끼손가락을 들어 올렸다. 맥머도를 주의해서 지켜보고 있던 맥긴티는 굵고 검은 눈썹을 치켜올렸다.

"아, 그렇게 됐단 말이지? 좀 더 자세히 알아볼 필요가 있겠군. 자네는?"

"맥머도라고 합니다."

"자세히 알아볼 필요가 있어, 맥머도. 이곳에서는 사람들이 한 말을 곧이곧대로 받아들이지도 않고, 전부 믿지도 않으니까. 카운터 뒤로 잠깐 들어오게."

카운터 뒤에는 술통이 가득 진열되어 있는 작은 방이 있었다. 맥긴티는 조심스럽게 문을 닫고 술통 위에 앉아 뭔가 생각하면서 시가를 입에 물고 기분 나쁜 눈으로 상대를 관찰했다. 그는 2~3분간 입을 열지 않았다. 맥머도는 한 손은 주머니에 넣고, 한 손으로는 갈색 콧수염을 비틀면서 태연한 모습으로 상대의 눈길을 받았다. 갑자기 맥긴티가 몸을 구부리고는 보기 흉한 권총을 꺼내 들었다.

"이봐, 건방진 녀석. 우리에게 이상한 장난질을 했다가는 살아남지 못할 줄 알아."

"프리맨의 보디마스터가 다른 고장의 형제를 맞는 방법치고는 색다른 인사군요."

맥머도는 점잖게 대답했다.

"그런가? 그래도 확인할 건 해야지."

맥긴티가 말했다.

"단원이라는 것을 증명해. 증명하지 못하면 가만두지 않을 테니까. 어디서 입단했지?"

"시카고의 29지부입니다."

"언제?"

"1872년 6월 24일."

"보디마스터의 이름은?"

"제임스 H. 스콧입니다."

"지구 통치자는 누구지?"

"바솔로뮤 윌슨입니다."

"음, 대답은 잘하는군. 여기서는 뭘 할 작정인가?"

"일할 겁니다, 의원님처럼. 물론 의원님에 비하면 보잘것없는 작은 일이지만."

"대답 한번 빠르군."

"말은 항상 빠른 편이었습니다."

"행동도 빠른가?"

"나를 알고 있는 사람들은 그렇다고 말하지요."

"그럼, 자네가 생각하는 것보다 훨씬 빨리 자네를 시험해볼 수 있네. 이곳 지부에 대해서 무슨 얘기를 들어

본 적이 없나?"

"진정한 남자라면 형제가 될 수 있다고 들었습니다."

"그 말은 사실이야, 맥머도. 그런데 시카고를 떠난 이유는 뭐지?"

"말하지 않겠소."

맥긴티는 눈을 크게 떴다. 그런 식의 대답은 들어보지 못했기 때문에 오히려 재미있었다.

"왜 말할 수 없지?"

"형제에게는 거짓말을 할 수 없으니까요."

"남에게는 말할 수 없을 정도로 나쁜 일인가?"

"그렇게 말할 수 있습니다."

"자신의 과거에 대해 이야기하지 않는 사람을 보디마스터인 내가 단원으로 받아들일 거라고 생각하나?"

맥머도는 난처한 표정을 지었다. 이윽고 그는 안주머니에서 낡은 신문 조각을 꺼냈다.

"형제의 일을 남에게 말하지는 않겠지요?"

맥머도가 물었다.

"나한테 그따위 소리를 하면 따귀를 때릴 거야."

맥긴티는 화가 나서 소리쳤다.

"의원님, 당신이 옳습니다."

맥머도는 온순하게 말했다.

"사과하겠습니다. 무심코 지껄였습니다. 당신에게 말해도 안전하다는 것을 알겠습니다. 이 신문기사를 보십시오."

맥긴티는 1874년 초에 시카고 마켓가의 레이크 술집에서 조나스 핀토라는 남자가 살해됐다는 내용의 기사를 훑어보았다.

"자네가 한 짓인가?"

신문을 돌려주며 맥긴티가 묻자 맥머도는 고개를 끄덕였다.

"왜 죽였지?"

"나는 금화를 만들어 나라의 수고를 덜어주고 있었습니다. 내가 만든 금화는 정부의 것보다 금의 함량이 조금 떨어지기는 했지만 제작 단가가 싸게 먹혔고 겉으로 보기에는 진짜와 똑같았습니다. 그런데 이 핀토라는 남자가 위조 금화 돌리는 것을 도와주다가…."

"뭘 했다고?"

"아, 위조 금화를 유통시킨다는 뜻입니다. 아무튼 그가 나를 밀고하겠다고 하더군요. 어쩌면 정말로 밀고했을지도 모릅니다. 물론 밀고하지 않았을 수도 있지만 저는 기다리고 있을 수 없었습니다. 그래서 그냥 놈을 죽이고는 탄광촌으로 도망쳐 왔습니다."

"하필이면 왜 광산 지댄가?"

"여기서는 많은 것을 따지지 않는다는 것을 신문에서 읽었기 때문입니다."

맥긴티는 웃음을 터뜨렸다.

"처음에는 돈을 위조하고, 다음에는 사람을 죽이고는 환영받을 거라고 생각하고 이리로 왔다는 말이군."

"대강 그렇습니다."

맥머도가 대답했다.

"좋아, 자네라면 여기서 성공할 것 같군. 참, 아직도 금화를 만들 수 있나?"

맥머도는 주머니에서 금화를 대여섯 개 꺼냈다.

"이건 필라델피아 조폐국에서 만든 것이 아닙니다."

"그래?"

맥긴티는 고릴라 손처럼 털이 가득한 손으로 금화를 들고 불빛에 비춰 보았다.

"무슨 차이가 있는지 전혀 모르겠군. 자네는 대단히 쓸모 있는 형제가 될 것으로 생각되네. 자네 같은 사람이 한둘은 있어야 해, 맥머도. 우리 힘으로 어떤 일을 하지 않으면 안 될 때가 있으니까. 우리를 압박해오는 놈들을 물리치지 않으면 우리는 곧 궁지로 밀릴 거야."

"예, 저도 다른 형제들과 함께 놈들을 물리치겠습니다."

"자네는 배짱이 두둑한 것 같군. 권총을 들이대도 꿈쩍 않으니 말이야."

"위험한 건 내가 아니었거든요."

"그럼 누군가?"

"당신이었습니다. 의원님."

맥머도는 상체 주머니에서 공이치기를 뒤로 젖힌 긴 권총을 꺼냈다.

"아까부터 겨누고 있었습니다. 쏘기로 따지면 아마 당신보다 내가 빨랐을 겁니다."

"아니, 세상에!"

맥간티는 얼굴을 붉히고 화를 냈으나 곧 웃음을 터뜨렸다.

"몇 년 동안 이곳에 자네 같이 무서운 친구가 온 적은 없어. 우리 지부는 자네를 자랑으로 여길 걸세! 이봐, 무슨 일이야? 손님과 5분도 얘기 못 하게 방해하다니."

바텐더는 당황하며 서 있었다.

"죄송합니다, 의원님. 테드 볼드윈 씨가 당장 뵙고 싶답니다."

그런 전갈은 필요 없었다. 볼드윈의 화나고 잔인해 보이는 얼굴이 바텐더의 어깨 너머로 방 안을 들여다보고 있었다. 그는 바텐더를 방 밖으로 밀어내고 문을

닫았다

"너는!"

테드 볼드윈은 맥머도에게 성난 눈길를 보내며 말했다.

"그래. 네가 한발 빨랐군? 의원님, 이 녀석 일로 말씀드릴 있습니다."

"그럼 지금 내 앞에서 말해!"

맥머도가 외쳤다.

"언제, 어떻게 말하든 그건 내 자유야!"

볼드윈이 맞받아 외쳤다.

"잠깐, 잠깐만!

맥긴티는 술통에 기댄 몸을 일으켜 세우며 말했다.

"이러면 안 되지. 우리는 방금 새 형제를 맞았다네, 볼드윈. 그런 식으로 형제를 대하는 게 아니지. 악수하고 서로 화해하게."

"절대로 그럴 수 없습니다."

볼드윈이 화가 나서 소리쳤다.

"저로 인해서 피해를 입었다면 기꺼이 한번 붙어주겠다고 말했습니다."

맥머도가 이어 말했다.

"맨주먹으로 붙던가, 그게 마음에 들지 않으면 저자

가 원하는 어떤 방식이라도 좋습니다. 자, 의원님, 보디마스터로서 당신에게 그 판정을 맡기겠습니다."

"어떻게 된 일인가?"

"젊은 여자와 관련된 일입니다. 어느 쪽을 택하든 그것은 여자의 자유입니다."

"여자의 자유라고?"

볼드윈이 외쳤다.

"같은 지부의 두 형제 사이에서라면 아가씨에게 선택의 자유가 있다고 생각하네."

맥긴티가 말했다.

"아, 당신의 판정은 그렇단 말이지요?"

"그렇다네. 테드 볼드윈."

맥긴티는 언짢은 눈길로 볼드윈을 향해 말했다.

"자네가 이의만 없다면."

"5년 동안이나 당신을 도운 사람을 버리고, 생전 처음 보는 저 녀석 편을 드는 거요? 맥긴티, 당신이 죽을 때까지 보디마스터의 자리에 있을 것 같소? 내 기필코 다음 선거 때는…."

다음 순간 의원은 호랑이처럼 그에게 덤벼들었다. 한 손으로 상대의 목을 잡아서 술통 위에 쓰러뜨렸다. 맥머도가 말리지 않았더라면 맥긴티는 분노에 눈이 멀어 볼드윈의 목을 졸라 죽였을지도 모른다.

"참으십시오, 의원님! 제발 참으세요."

맥머도는 그를 잡아 끌면서 외쳤다. 맥긴티가 손을 놓자 볼드윈은 죽음의 문턱에 갔다 온 사람처럼 겁에 질려 있었다. 숨을 헐떡거리고 온몸을 부들부들 떨었다. 그는 맥긴티에게 떠밀려 술통에 올라앉았을 때 죽음의 그림자를 보았던 것이다.

"네놈은 전부터 이런 꼴을 당해야 했어, 테드 볼드윈. 이제는 맛을 봤겠지?"

맥긴티는 숨을 몰아쉬며 말했다.

"내가 보디마스터 선거에서 떨어지면 대신 네가 된다고 생각하고 있겠지? 그것은 지부가 결정할 문제야. 하지만 내가 보디마스터로 있는 한 대들고 반대하는 놈이 있다면 누구든 가만두지 않겠다."

"당신에게 불만은 없습니다."

볼드윈은 손으로 목을 쓰다듬으며 말했다.

"좋아, 그러면."

보디마스터는 금방 명랑한 모습으로 돌아가 말했다.

"우리는 다시 친구가 됐어. 그 건은 이것으로 끝내자고."

그는 선반에서 샴페인 병을 집어 들고 마개를 비틀어 땄다.

“자!”

세 개의 잔에 술을 따라주면서 그가 계속 말했다.

“화해의 축배를 들기로 하지. 알고 있을 테지만 건배를 한 다음에는 손톱만큼의 원한도 남기지 말아야 해. 자, 테드 볼드윈! 내가 왼손으로 나의 결후를 누르면서 묻겠는데 왜 화가 났는가?”

“구름이 잔뜩 덮여 있습니다.”

볼드윈이 말했다.

“그러나 구름은 영원히 갤 것이다.”

“그러면 나는 이렇게 맹세합니다.”

두 사람은 잔을 비웠고, 볼드윈과 맥머도 사이에도 같은 행위가 이루어졌다.

“자!”

맥긴티는 두 손을 비비면서 외쳤다.

“이것으로 원한은 사라졌다. 이 문제가 더 길어지게 되면 지부의 제재를 받게 돼. 볼드윈 형제는 알고 있을 테지만 이곳에서는 그 벌이 아주 엄격하지. 맥머도 형제도 귀찮은 일을 일으키면 곧 알게 될 거야.”

“믿으십시오. 그런 일은 없을 겁니다.”

맥머도는 볼드윈에게 손을 내밀었다.

“나는 싸움도 급히 걸지만 화해도 빠릅니다. 사람들

은 내게 아일랜드인의 피가 섞여서 그렇다고 합니다. 하지만 그 문제는 이제 끝났고 원한은 없습니다."

볼드윈은 무서운 두목의 눈이 번득이고 있는 상황이라 맥머도의 손을 잡지 않을 수 없었다. 그러나 시무룩한 얼굴은 분함이 조금도 풀어지지 않았음을 말해주고 있었다. 맥긴티는 두 사람의 어깨를 툭 쳤다.

"쯧쯧! 고작 여자 문제로!"

그는 큰소리로 말했다.

"한 여자를 놓고 내 집 남자들 둘이 싸우다니, 정말로 운이 나쁘군. 문제 해결은 전적으로 여자에게 달렸네. 그것은 보디마스터 권한 밖의 일이니까. 하지만 고맙게도 여자 문제가 아니라도 우리에게 할 일은 산더미야. 맥머도 형제, 341지부에 가입하는 것을 허락하겠네. 시카고와 달라서 우리는 우리대로 운영 규칙과 방식이 있어. 토요일 밤에 모임이 있는데, 그때 참석하면 우리는 자네를 버미사에서 영원히 자유롭게 해줄 것이다."

버미사 341지부

여러 가지 사건이 있었던 다음 날, 맥머도는 제이콥 샤프터 노인의 하숙집에서 나와 도시 변두리에 있는 과부 맥나마라의 집으로 옮겼다. 얼마 후 열차에서 알게 된 스캔런이 버미사로 옮겨왔고 두 사람은 함께 살게 되었다. 그 집에 다른 하숙인들은 없었고, 태평한 성격의 여주인은 아일랜드 태생의 노파로 두 사람 일에 전혀 간섭하지 않았다. 따라서 공동의 비밀이 있는 두 사람은 더 이상 바랄 수 없는 언동의 자유를 누리며 살았다.

제이콥 샤프터도 한결 마음이 누그러져서 맥머도에게 식사를 하러 와도 좋다고 했기 때문에 에티와의 교제도 지속되었다. 오히려 두 사람의 사이는 날이 갈수록 더욱 친밀해져 샤프터 하숙집에 기거했을 때보다 훨씬 가까워졌다.

새 하숙집의 자기 방에서 맥머도는 마음 놓고 위폐 주형을 꺼낼 수 있게 되었다. 그리고 지부의 여러 형제는 비밀 엄수를 맹세한 뒤 그의 방에 찾아와 그것을 구경했다. 형제들은 가짜 돈을 호주머니에 조금씩 넣어서 반출해 아주 교묘하게 그 돈을 사용하여, 위조지폐 유통에는 어려움이나 위험이 눈곱만큼도 없을 정도였다. 이런 기막힌 기술이 있으면서도 맥머도가 왜 다른 일을 계속하는지 패거리들은 이상하게 생각했다. 그런 질문을 받은 맥머도는 확실한 일자리가 없이 지내면 금방 경찰이 눈치채지 않겠느냐고 대답했다.

사실은 한 경관이 그의 뒤를 쫓고 있었는데, 어찌된 일인지 그 일은 위험이 되기는커녕 도리어 좋은 결과를 가져왔다. 처음 맥긴티와 인사를 나눈 뒤로 맥머도는 매일같이 술집에 들렀다. 맥머도는 그곳에서 '아이들'과 깊게 사귀었다. '아이들'이란 그 술집에 모여드는 위험한 젊은 패거리들이 서로를 가리켜 부르는 유쾌한 호칭이었다. 맥머도는 거침없는 태도와 대담한 언행으로 깡패들 사이에서 큰 인기를 얻었다. 한편 그는 누구나 참여하는 술집의 싸움박질에서 상대를 제압하는 신속하고 과학적인 방법으로 거친 무리의 존경을 한 몸에 받았다. 게다가 어떤 사건이 계기가 되어 그에 대한 평가는 한층 높아졌다.

어느 날 밤, 술집이 한창 붐비는 시간에 문이 벌컥 열리더니 수수한 푸른 제복에 챙 달린 모자를 쓴 광산 경찰 한 명이 들어왔다. 광산 경찰이란, 공공 경찰력이 지역 전체를 공포에 떨게 만드는 조직 폭력배 앞에서 완전히 무력한 모습을 보이자 철도와 광산 소유주들이 합세하여 경찰을 지원하기 위해 만단 특수 조직이었다. 그가 들어서자 물을 끼얹은 듯 조용해지며 호기심에 가득 찬 눈길들이 일제히 그에게 쏠렸다. 그러나 미국의 일부 지역에서 경찰과 범죄자의 관계는 특수했고, 카운터 뒤에 서 있던 맥긴티는 경찰이 자기 소유의 술집에 들어오는 것을 보고도 전혀 놀라는 기색이 없었다.

"오늘 밤은 추우니 스트레이트 위스키를 한 잔 주시오."

경찰이 말했다.

"처음 뵙겠습니다. 의원님."

"새로 온 대장님이십니까?"

맥긴티가 물었다.

"그렇습니다, 의원님. 이곳의 법과 질서를 수호하는데 있어서 당신은 물론 다른 유지들께서도 물심양면으로 도움을 주실 거라고 기대하고 있습니다. 저는 마빈 경감입니다."

"마빈 경감, 당신이 없어도 우리는 잘하고 있소."

맥긴티는 차갑게 말했다.

"시내에는 우리 경찰력이 따로 있으니 외부 경찰은 필요 없소. 당신들은 불쌍한 시민들을 몽둥이로 때리거나 총으로 쏘라고 자본가들이 고용한, 그들에게 돈을 받는 도구가 아니오?"

"그만. 그런 이야기로 다투지 맙시다."

마빈 경감은 기분 좋게 말했다.

"당신과 나는 자신의 직무에 혼신을 다해야 한다는 생각은 똑같을 테지만, 각자가 생각하는 정당한 직무는 서로 다르겠지."

그는 술을 마시고 나가려다가 앞에서 자신을 노려보는 잭 맥머도를 발견했다.

"아니, 이게 누군가!"

마빈 경감은 맥머도를 아래위로 훑어보며 말했다.

"아는 사람이 있군."

맥머도는 마빈 경감으로부터 몸을 돌리며 말했다.

"나는 당신이나 당신 같은 경찰 나부랭이와는 친하지 않소."

"안다고 해서 꼭 친하다고 말할 수는 없지."

마빈 경감은 미소를 지으며 말했다.

"자네는 시카고의 잭 맥머도가 틀림없어. 그렇지 않다고는 말 못 하겠지."

맥머도는 어깨를 으쓱했다.

"그렇지 않다고 말하지는 않겠소. 내가 내 이름을 부끄러워할 것 같소?"

"아무튼 부끄러워할 이유는 충분히 있지 않은가?"

"그게 대체 무슨 소리야?"

맥머도는 두 주먹을 불끈 쥐고 대들었다.

"아, 잭! 나에게 허세 부려봤자 소용없어. 나는 이 빌어먹을 석탄 구덩이로 오기 전에 시카고의 경찰관이었거든. 나는 시카고의 악당을 한눈에 알아볼 수 있지."

마빈 경감이 말했다. 맥머도의 얼굴에 실망의 빛이 떠올랐다.

"설마 시카고 본서의 그 마빈은 아니겠지?"

맥머도가 외쳤다.

"틀림없는 그 테디 마빈이다. 그곳에서 조나스 핀토를 사살한 일을 잊지 않았겠지?"

"나는 그를 쏘지 않았어."

"자네 짓이 아니라고? 그건 정확한 증거를 가지고 하는 말이겠지? 그의 죽음은 자네에게는 다시 없이 다행스러운 일이었어. 죽지 않았으면 가짜 금화를 유통시킨 죄로 당장 잡혔을 테니까. 하지만 그런 지나간 이야기는 잊도록 하지. 자네와 나 사이니까 하는 말인데, 이런 말을 하는 것은 직무에 어긋날지도 모르지만, 아무튼 자네는 증거가 불충분하기 때문에 내일 당장 시카고로 돌아간다고 해도 아무런 일이 없을 걸세."

"여기도 충분히 좋아."

"조언을 해주었는데도 고맙다는 인사는커녕 툴툴거리기만 하는군."

"좋은 뜻으로 받아들이고 고맙게 여기지."

맥머도는 그다지 고마울 게 없다는 투로 말했다.

"자네가 앞으로 떳떳하게 사는 한 나도 그 일에 대해서는 입을 열지 않겠네."

마빈 경감이 이어 말했다.

"그러나 하느님께 맹세코, 자네가 앞으로 못된 짓을 한다면 이야기가 달라져! 그럼 잘 있게. 그리고 의원님도!"

마빈 경감은 술집에서 나갔고 맥머도는 일거에 영웅이 되었다. 맥머도가 먼 시카고에서 한 일은 입에서 입으로 은밀히 퍼져나갔다. 맥머도는 쓸데없이 남들의 입에 오르내리는 것이 싫었는지 사람들이 아무리 캐물어도 대답하지 않았다. 그런데 지금 그 일이 공식적으로 확인된 것이었다. 술집의 건달들이 맥머도 주위에 몰려 악수를 청했다. 원래 맥머도는 술을 많이 마셔도 취기가 얼굴에 나타나지 않는 사람인데, 그날 밤은 친구 스캔런이 부축해서 하숙집으로 데려가지 않았으면 아마도 술집 카운터 밑에서 밤을 지새웠을 것이다.

토요일 밤, 맥머도는 지부에 정식으로 소개되었다. 시카고에서 입단했기 때문에 특별히 의식 같은 것을 치루지 않아도 되리라고 생각했는데, 버미사에는 특별한 의식이 있었고 그들은 그 의식을 자랑으로 여겼기 때문에 입단 희망자들은 모두 그 의식을 치렀다.

집회가 열린 곳은 유니언 하우스에서 그런 용도로 쓰이는 큰 방이었다. 60명가량의 단원들이 버미사에 모였다. 그러나 이들이 조직의 역량을 대표하는 것은 결코 아니었다. 왜냐하면 버미사 계곡뿐 아니라 양쪽의 산 너머에도 몇몇 지부가 있어서, 중대한 사건이 발생하면 단원들을 서로 교환했다. 그 지역에 살지 않는 외부인들에 의해 범죄가 일어나는 것은 그 때문이었다. 광산 지역 전역에 흩어져 있는 조합원의 수는 거의 500명에 달했다.

단원들은 텅 빈 회의실의 큰 테이블을 둘러싸고 모였다. 테이블 옆에는 술병과 컵을 올려놓은 다른 테이블이 있었는데, 개중에는 벌써 그리로 눈을 돌리고 있는 사람도 있었다. 상석에 앉은 맥긴티는 헝클어진 검은 머리에 차양이 없는 납작한 벨벳 모자를 쓰고, 화려한 자줏빛 법복을 걸치고 있어서 악마의 의식을 주재하고 있는 사제처럼 보였다. 그의 양옆에는 지부의 고급 간부들이 쭉 앉아 있었는데, 그중에는 테드 볼드윈의 잔혹하지만 잘생긴 얼굴도 보였다. 그들은 각각 자신의 지위를 상징하는 목도리와 메달을 걸치고 있었다.

간부진은 대부분 중장년층이었다. 하급 단원들은 대개 18세에서 25세 정도로, 상급자 명령을 충실히 받드는 민첩하고 유능한 젊은 대원들이었다. 나이 든 사람들의 얼굴에서는 대개 사납고 방종한 영혼이 엿보였다. 그러나 하급 단원들을 보면 열성적이고 순진해 보여서 이 젊은이들이 정말로 무시무시한 살인 집단에 속해 있는지 도무지 믿기 힘들 정도였다. 이들은 살인을 능숙하게 해치우는 것을 자랑하는 무시무시한 도덕적 도착 상태에 빠져 있었고 일을 깨끗이 해치우기로 소문난 사람을 무한한 존경의 눈길로 바라보았다. 범행이 끝나면 그들은 누가 더 피해자에게 치명상을 가했는가를 주제로 말다툼을 벌였고, 피살된 사람의 비명과 괴로워하던 모습에 대해 묘사하며 즐거워했다.

처음에는 일을 처리하는 데 비밀을 지켰지만, 그들은 갈수록 공공연하게 떠들어댔다. 경찰의 범인 검거가 거듭해서 실패한 이유도 있었지만 아무도 증인으로 나서려고 하지 않았기 때문에 마음 놓고 활개를 치게 된 것이다. 또 그들은 알리바이를 입증하는 확실한 증인을 얼마든지 세울 수 있었고, 넉넉한 주머니 사정으로 최고의 변호사를 선임할 수 있었기 때문에 언제든 마음만 먹으면 법망을 빠져나갈 수 있었다. 그렇기 때문에 10년이라는 긴 세월 동안 폭력을 일삼고 살인을 저질러 왔지만 그들 중에 단 한 사람도 유죄 판결을 받지 않았다. 스코러즈에 대한 유일한 위험은 희생자 자신뿐이었다. 공격자의 수가 아무리 많고 또 아무리 놀랐다 해도, 공격받은 사람은 상대에게 부상을 입힐 수 있고, 실제로 그런 일이 가끔 일어났다.

맥머도는 뭔가 시련이 다가올 것이라는 말을 들었지만 그것이 어떤 것인지에 대해서는 아무도 말해주지 않았다. 그는 위엄 있는 표정의 형제 두 명에게 이끌려 바깥방으로 들어섰다. 판자 칸막이를 통해 안쪽 회의실에 있는 여러 사람의 두런거리는 소리가 들렸다. 한두 번 그의 이름이 나오는 것으로 보아 입단 자격을 놓고 의논하는 것 같았다. 이윽고 파란색과 금빛 띠를 가슴에 두른 친위대원이 들어와 말했다.

"밧줄로 묶고, 눈을 가린 채 들어오라는 보디마스터의 명령이다."

세 사람이 달려들어 맥머도의 코트를 벗기고 오른쪽 소매를 걷어 올린 다음 밧줄로 팔꿈치 위를 동여맸다. 마지막으로 두꺼운 검은 모자를 씌웠는데 그것이 얼굴의 절반을 덮는 바람에 그는 아무것도 볼 수 없었다. 친위대원들은 그를 회의실로 데리고 들어갔다.

두건 속은 칠흑처럼 어둡고 답답했다. 맥머도는 주위 사람들이 움직이는 소리, 나지막한 말소리에 귀를 기울였다. 마침내 맥긴티의 목소리가 멀리서 둔탁하게 들렸다.

"잭 맥머도."

그 목소리가 말했다.

"그대는 이미 프리맨에 가입해 있는가?"

그는 고개를 끄덕였다.

"지부는 시카고의 29지부인가?"

그는 다시 고개를 끄덕였다.

"어두운 밤은 좋지 않다."

맥긴티의 목소리가 말했다.

"그렇다, 낯선 곳을 여행할 때엔."

그는 대답했다.

"먹구름이 깔렸다."

"그렇다. 폭풍이 다가온다."

"형제들은 만족하는가?"

보디마스터가 물었다. 모두 동의했다.

"암호를 주고받는 것으로 그대가 우리의 형제라는 것을 확인했다."

맥긴티가 말했다.

"당신이 알아야 할 것은, 이곳과 이 근처의 몇몇 지부에서는 별도의 의식을 치르고, 훌륭한 단원에게는 특별한 의무가 주어진다는 사실이다. 지금부터 시험해도 좋겠는가?"

"좋습니다."

"용기는 있겠지?"

"있습니다."

"앞으로 걸어 나와 그것을 증명하라."

의장이 말하는 동안 두 개의 단단하고 뾰족한 것이 맥머도의 두 눈을 눌렀다. 섣불리 앞으로 나아갔다가는 눈이 빠지기라도 할 것 같았다. 하지만 그는 용기를 내어 결연히 한 걸음 앞으로 나아갔고 그러자 눈을 압박하던 물건이 치워졌다. 단원들이 여기저기서 박수를 쳤다.

"담력은 있군."

맥긴티가 말했다.

"그대는 고통을 참을 수 있는가?"

"남들만큼은."

그는 말했다.

"시험하라!"

느닷없이 팔뚝에 심한 고통이 느껴졌다. 맥머도가 할 수 있는 일은 고통을 참는 것뿐이었다. 갑작스러운 고통에 거의 졸도할 뻔했지만 그는 고통을 참기 위해 입술을 깨물고 두 주먹을 불끈 쥐었다.

"이보다 더한 고통도 참을 수 있습니다."

맥머도가 말하자 이번에는 더 큰 박수 소리가 터져 나왔다. 341지부에서 입단 의식을 치를 때 이보다 더 훌륭한 태도를 보인 사람은 없었다. 사람들은 그의 등을 두드렸고, 눈을 가린 두건이 벗겨졌다. 맥머도는 형제들의 축하를 받으며, 눈을 깜빡이며 웃는 얼굴로 서 있었다.

"맥머도 형제, 마지막으로 한마디 일러둔다."

맥긴티가 말했다.

"그대는 이미 비밀과 충성의 서약을 했는데, 그것을 조금이라도 위반하면 즉각 죽음의 벌을 받는다는 것을 알고 있겠지?"

"네."

맥머도가 대답했다.

"그리고 당분간은 어떤 경우에나 보디마스터의 지배를 받아야 하네. 받아들일 텐가?"

"네."

"그럼, 버미사 341지부의 이름으로 나는 그대를 환영하며 그대에게 단원의 특권과 회의 참석권을 허락한다. 스캔런 형제, 탁자에 술을 나누어라. 우리의 훌륭한 형제를 위해 건배하자."

누가 그의 코트를 가져다주었지만 맥머도는 옷을 입기 전에 아직도 욱신거리는 고통이 느껴지는 오른팔을 살펴보았다. 팔뚝 위에는 동그라미 안에 삼각형 표시가 낙인처럼 깊고 빨갛게 찍혀 있었다. 가까이 있던 한두 명의 형제가 소매를 걷어 올려 자기의 팔에 찍혀 있는 동일한 표시를 보여주었다.

"누구나 이걸 찍었지."

한 사람이 말했다.

"하지만 당신만큼 용감하게 견딘 사람은 없었소."

"쳇! 이런 것쯤은 아무것도 아니야."

맥머도는 겉으로는 그렇게 말했지만 아직도 불로 지지는 듯한 고통을 느끼고 있었다.

입단을 축하하는 축배의 잔을 비우고 나자 곧 지부의 일이 진행되었다. 맥머도는 시카고에서 단조로운 모임만을 보아왔기 때문에 열심히 귀를 기울였는데 그것은 예측 이상의 놀라운 것이었다. 안건은 깜짝 놀랄 만한 것이었으나 맥긴티는 얼굴에 표정을 드러내지 않았다.

"첫 번째 협의 사항은!"

맥긴티가 입을 열었다.

"머튼 주 249지부의 윈들 보디마스터에게서 온 편지에 관한 건입니다. 편지 내용은 다음과 같습니다."

그는 편지를 읽기 시작했다.

동지들 보시오.

이 근처에 있는 래 앤 스터매시 탄광의 주인 앤드루 래를 해치울 일이 생겼습니다. 귀 지부가 우리에게 빚이 있다는 것은 기억하고 계시겠지요? 지난 가을 순찰경찰 일에 우리는 두 형제를 투입했습니다. 솜씨 좋은 형제 둘을 우리 지부의 재정 책임자 히긴스에게 보내주시기 바랍니다. 거사 일과 거사 장소는 그가 알려줄 것입니다. 히긴스의 주소는 알고 계신 대로입니다

– 프리맨 보디마스터. J.W. 윈들

"윈들은 우리가 한두 사람을 부탁할 때마다 거절한 적이 없어. 따라서 우리도 거절할 수 없지."

맥긴티는 말을 끊고 악의가 가득한 눈으로 방 안을 둘러보았다.

"이 일을 지원할 사람 없나?"

젊은이들 몇 명이 손을 들었다. 보디마스터는 미소를 띤 흐뭇한 얼굴로 그들을 바라보았다.

"타이거 코맥인가? 자네면 되겠군. 지난번처럼 일을 처리하면 실패는 없을 거야. 그리고 윌슨 자네도 좋아."

"저는 권총이 없습니다."

지원자는 10대 소년이었다.

"이런 일은 처음이지? 너도 언젠가는 피를 봐야 해. 이것이 네게는 멋진 출발이 될 거야. 권총은 이미 준비되어 있을 거야. 월요일까지 저쪽에 도착하면 시간은 충분하겠군. 돌아오면 큰 환영이 있을 거다."

"이번 일의 보수는요?"

땅딸막한 체구에 시커멓고 험상궂게 생긴 청년 코맥이 물었다. 흉포한 기질 때문에 그는 '호랑이'라고 불렸다.

"그 사람은 무슨 짓을 했습니까?"

어린 윌슨이 물었다.

"무엇을 했건 너 같은 어린 녀석이 물을 일은 아냐.

저쪽에서 그놈을 해치우기로 결정했으니까 우리가 상관할 일도 아니고. 저쪽에서 우리 일을 잠자코 처리해주었듯이 우리도 그들을 위해 일을 처리하기만 하면 돼. 얘기가 나왔으니 말인데, 다음 주에 머튼 지부에서 형제 두 명이 와서 우리 일을 처리해주기로 되어 있어."

"누가 옵니까?"

누군가 물었다.

"우리를 믿고 묻지 않는 게 좋아. 아무것도 모르면 아무것도 증언할 수 없고, 그러면 귀찮은 일도 생기지 않을 테니까. 일은 빈틈없이 깨끗이 해치우고 갈 사람이 올 거야."

"잠깐!"

테드 볼드윈이 외쳤다.

"이 근처 주민들은 도무지 말을 듣지 않습니다. 지난주에도 우리 당원 3명이 탄광의 불레이커 감독에게 해고당했습니다. 그 녀석은 오래전부터 우리를 귀찮게 했으니까 이번에 단단히 혼내주어야 합니다."

"어떻게 혼내줄 건데?"

맥머도가 옆에 있는 사람에게 물었다.

"총알을 퍼부어 골로 보낸다는 거지."

옆 사람이 큰소리로 웃으며 말했다.

"형제, 우리들의 방식을 어떻게 생각하나?"

범죄자의 천성을 타고난 맥머도는 방금 전에 입단한 조직의 흉악무도한 정신을 이미 받아들이고 있었다.

"마음에 드는군."

그는 말했다.

"이곳은 용감한 젊은이에게 어울리는 곳이야."

주변에 앉아 있던 젊은이들이 그의 말을 듣고 박수를 쳤다.

"무엇 때문에 그러는가?"

테이블 끝에서 검은 머리의 보스가 물었다.

"방금 입단한 형제는 우리 일이 마음에 든답니다."

맥머도는 즉시 일어났다.

"보디마스터, 만일 사람이 더 필요하다면 저를 택해 주십시오. 지부를 위해 일하는 것을 명예롭게 생각하겠습니다."

그의 말이 끝나자 큰 박수갈채가 이어졌다. 새로운 태양이 지평선에 얼굴을 내밀기 시작한 것처럼 느껴졌다. 간부들 몇몇은 일이 너무 빠르게 진행되고 있다고 생각했다. 매 같은 얼굴에 턱수염을 기르고 보디마스터의 곁에 앉아 있는 해러웨이 노인이 말했다. 그는 보디마스터의 비서였다.

"맥머도 형제는 지부가 필요로 할 때까지 기다려야 합니다."

"제 얘기가 그것입니다. 저는 조직의 뜻에 따르겠습니다."

맥머도가 말했다.

"기다려라, 맥머도 형제."

보디마스터가 말했다.

"자진해서 일을 처리할 사람이라는 생각이 들고, 자네는 이 고장의 일을 아주 훌륭하게 처리할 것으로 보이네. 오늘밤에 처리할 조그만 일이 있는데 원한다면 참가해도 좋아."

"저는 가치 있는 일을 위해 기다리겠습니다."

"어쨌든 자네는 오늘 밤 거기 가도 좋아. 그것은 우리가 이 지역에서 어떤 위치에 있는지를 아는 데 도움이 될 것이다. 그 얘기는 나중에 하겠다."

그는 서류에 잠깐 눈을 돌렸다.

"회의를 시작하기 전에 한두 가지 상의하고 싶은 일이 있는데, 우선 회계담당자에게 우리의 은행잔고가 얼마나 남아 있는지 묻고 싶네. 짐 캐너웨이 부인에게 부양금을 지급해야겠어. 짐이 지부 일을 하다가 죽었으니 우리는 부인이 생활에 곤란을 받지 않도록 도와줘야 해."

"짐은 지난달에 말리 클릭의 체스터 윌콕스를 없애려다 죽었어."

맥머도 근처에 있는 사람이 알려주었다.

"자금은 충분합니다."

회계담당자는 은행 통장을 앞에 놓고 말했다.

"최근 기업들의 납부 실적은 좋습니다. 맥스 란더 회사는 건들지 말아달라며 500달러를 냈습니다. 워커 형제 회사는 100달러를 보내왔지만 되돌려 보내고 다시 500달러를 내라고 했습니다. 수요일까지 답이 없으면 그들의 와인딩 기어를 고장 낼 겁니다. 작년에도 파쇄기(破碎機)를 불태우고 난 다음에야 겨우 말을 들었습니다. 그리고 서부 지구 석탄 회사는 해마다 충실히 기부금을 냈습니다. 따라서 우리에게 특별히 지불해야 할 돈은 없습니다."

"아치 스윈든은 어떻게 되었소?"

어느 형제가 물었다.

"그는 회사를 팔아치우고 이곳을 떠났습니다. 그 늙은 악마는 공갈단에 압력을 받으며 커다란 탄광의 주인 노릇을 하느니 뉴욕에 가서 길거리 청소부 노릇을 하더라도 자유롭게 사는 것이 낫다는 편지를 남기고 떠났소. 그 편지가 우리 손에 닿기 전에 영감쟁이가 도망갔으니 망정이지! 어쨌든 이제는 두 번 다시 이 계곡에 얼굴을 내밀지 않을 거요."

보디마스터와 마주하고 있는 테이블 끝에서 중년 남자가 일어서서 말했다. 넓은 이마의 남자는 깔끔하고 매우 온화한 인상을 풍겼다.

"회계, 우리가 이 고장에서 쫓아낸 사람의 재산은 누가 사들였습니까?"

"모리스 형제, 그 회사는 스테이트 앤 머톰 철도회사에서 샀지."

"그럼 작년에도 그런 식으로 나왔던 토드맨 광산과 리 광산은 누가 샀소?"

"같은 회사가 샀소. 모리스 형제."

"그리고 최근에 문을 닫은 맨슨, 슈만, 반 데어, 에트웃 등의 제철소는 누가 샀지?"

"웨스트 길머톤 광업 회사에서 전부 샀소."

"모리스 형제."

보디마스터가 말했다.

"이 고장에서 다른 곳으로 가지고 갈 수는 없는 노릇이니 누가 사든 상관없지 않나?"

"보디마스터, 당신을 존경합니다만 그것은 우리에게 중대한 문제라고 생각합니다. 벌써 10년이라는 세월 동안 이런 일이 행해지고 있습니다. 우리들은 차츰 중소기업들을 경영 불능으로 몰아넣고 있습니다. 그런데 그 결과는 어떻습니까? 중소기업 대신에 그 자리에는 철도회사라든가 제너럴 제철소 같은 대기업이 들어섰는데, 그들의 중역들은 뉴욕이나 필라델피아에 상주하면서 우리의 협박에는 눈 하나 깜박이지 않습니다. 우리들은 중소기업의 우두머리들을 처치하지만 곧 다른 사람이 옵니다. 결과적으로 우리는 스스로를 위태롭게 만들고 있는 것입니다. 중소기업의 경영자라면 우리에게 해가 되지 않습니다. 돈도 없고, 힘도 없으니까요. 가혹하게 쥐어짜지 않는 이상 그들은 우리의 압력 하에서 도망가지 않습니다. 그러나 대기업들은 다릅니다. 그들은 회사 이익에 우리가 방해물이 된다는 것을 알게 되면 우리를 추적하여 법정에 세우기 위해 노력과 비용을 아끼지 않을 겁니다."

들떴던 방 안의 분위기에 찬물을 끼얹은 듯 조용해지고 사람들은 곧 우울한 표정이 되어 서로를 바라보았다. 이들은 지금까지 막강한 힘을 과시하며 보복당할 것이라는 생각은 한 번도 해본 적이 없는 사람들이었다. 그런데 모리스 단원이 던진 이 말은 가장 포악한 단원이라도 몸이 오싹해지도록 만들었다. 발언자는 계속해서 말했다.

"그래서 나는 중소기업을 살살 다루라고 권하고 싶습니다. 그들을 모두 쫓아내면 이 결사대의 세력도 약해집니다."

반갑지 않은 진실은 환영받지 못하는 법이다. 발언자가 자리에 앉자마자 성난 소리가 여기저기서 터졌다. 맥긴티는 우울한 표정으로 일어섰다.

"모리스 형제, 당신은 항상 비관론자였어. 지부의 단원들이 모두 일치단결하면 미국 땅에서 우리에게 손댈 수 있는 놈은 없어, 그것은 법정에서 여러 번 증명된 일이 아닌가? 중소기업과 마찬가지로 대기업도 싸우기보다는 돈을 내는 게 이롭다고 생각할 거야. 그건 그렇고 형제 여러분!"

맥긴티는 검은 벨벳 모자를 벗고 띠를 풀어놓았다.

"오늘 저녁에 할 이야기는 이것으로 끝났소. 작은 문제가 하나 남아 있기는 하지만 해산할 때 말하겠소. 지금부터는 우리의 친목을 도모하기 위한 시간을 갖도록 합시다."

인간의 본성이란 정말 이상한 것이다. 이곳에 모인 사람들은 살인을 밥 먹듯이 하는 사람들이었다. 이들은 무슨 사적인 감정이 있는 것도 아니면서 한 집안의 가장을 죽였고, 그러면서도 뒤에 남아 흐느끼는 피살자의 아내나 어린 자식들에 대한 동정이나 회한 따위는 느낄 줄 몰랐다. 그러나 이들은 조용하고 애절한 음악을 들으며 눈물을 흘릴 줄 알았다.

맥머도는 훌륭한 테너 목소리를 갖고 있었는데 〈I'm Sitting on the Stile, Mary(마리, 나는 계단에 앉아 있다오)〉와 〈On the Banks of Allan Water(앨런 강의 제방에서)〉를 불러 형제들의 심금을 울렸다. 입단한 바로 그날 밤에 이 신입 동지는 형제들 중에 가장 인기 있는 사람이 되었고, 승진은 이미 정해져 있어 곧 높은 직책에 오를 것이라는 추측이 나왔다. 그러나 뛰어난 프리맨 단원이 되는 데는 다른 단원들과의 친목도 중요하지만 다른 자격도 갖추어야 했는데, 그것이 무엇인지는 그날 밤이 지나기 전에 알게 되었다. 위스키 병이 몇 번이나 돌아 남자들의 얼굴이 붉게 물들고 무슨 못된 짓이라도 하고 싶어질 무렵이 되자 보디미스터가 다시 일어나 그들에게 외쳤다.

"여러분, 이 시내에는 손볼 사람이 하나 있습니다. 그는 헤럴드 신문사의 제임스 스탱거요. 이 친구가 다시 우리를 비난하기 시작했다는 것은 여러분도 잘 알고 있지 않소?"

여기저기서 "옳소." 하는 소리가 들렸고 많은 사람들은 욕설을 내뱉었다. 맥긴티는 조끼주머니에서 신문 한 부를 끄집어냈다.

"그는 '법과 질서'라는 제목으로 사설을 썼는데 읽어 볼 테니 잘 들으시오."

그는 천천히 기사를 읽었다.

석탄과 철강지대를 지배하는 공포

이 지방에 범죄 조직이 있다는 것을 증명하는 암살 사건이 일어난 지도 어느덧 12년이라는 세월이 흘렀다. 그날부터 폭력행위는 그치지 않았으며, 오늘날에 이르러서는 그것이 극에 달해 문명사회가 치욕의 상태가 되었다. 위대한 우리 조국이 유럽의 전제 국가로부터 벗어난 이방인들을 환대한 것이 이러한 결과를 위해서였던가? 이들은 자신에게 피난처를 제공한 사람들 위에 폭력적으로 군림하고, 이곳을 공포의 무법천지로 만들었다. 이들의 자행을 그대로 보고만 있을 것인가? 자유의 상징인 성조기가 그런 억압의 땅에서 휘날린다는 생각만 해도 우리는 공포를 느낄 것이다. 우리는 그들이 누군지 알고 있다. 그 조직이 있다는 것은 명백하며 그 사실은 모든 사람들이 알고 있다. 우리는 언제까지 이것을 참을 것인가? 우리는 영원히 이러한….

"이런 헛소리는 더 들을 것도 없어!"

보디마스터는 신문을 테이블에 팽개치며 소리쳤다.

"그는 우리에 대해 이렇게 쓰고 있소. 여러분에게 묻고 싶은 것은, 이자에게 뭐라고 하면 좋을까 하는 것이오."

"죽여 없앱시다."

열두어 명이 사나운 목소리로 외쳤다.

"나는 반대합니다."

온화한 표정에 깨끗이 면도한 모리스 형제가 말했다.

"형제 여러분, 우리의 방법이 너무 가혹했습니다. 이렇게 되면 이 계곡에 사는 시민 모두가 자기 방어를 위해 일치단결하여 우리를 쳐부수려는 때가 올 것입니다. 제임스 스탱거는 그런 노인입니다. 그는 이 도시와 인근 지역에서 존경받고 있습니다. 그리고 그의 신문은 이 계곡의 여론을 대표하고 있습니다. 만일 그가 살해되면 이 지역 사람들이 동요를 일으킬 것이고 그러면 우리는 파멸될 겁니다."

"겁쟁이 형제! 그들이 어떻게 우리를 파멸시킨단 말이야?"

맥긴티가 소리쳤다.

"경찰의 힘을 빌려서? 그러나 경찰의 절반은 우리가 월급을 주고 있고 나머지 절반은 우리를 두려워한다. 아니면 재판소나 재판관의 힘으로? 우리는 여태까지 계속 재판을 해왔다. 그런데 그 결과는 어떤가?"

"린치 판사가 재판을 맡을지도 모릅니다."

모리스가 말했다. 그러자 분노에 찬 고함 소리가 터져 나왔다.

"그렇다면 나는 행동에 돌입할 수밖에 없다."

맥긴티가 외쳤다.

"200명쯤 동원해서 여기를 깡그리 쓸어버릴 것이다."

그러다가 그는 갑자기 목소리를 높이며 굵고 시커먼 눈썹을 무섭게 치켜올렸다.

"이봐, 모리스 형제. 나는 전부터 오랫동안 당신을 눈여겨보고 있었어. 당신은 용기가 없을 뿐만 아니라 다른 사람의 사기마저 죽이고 있어. 모리스 형제, 당신 이름이 협의 사항에 오르면 재미없을 거야. 나는 지금 당신 이름을 올려야 하지 않나 생각 중이야."

새파랗게 질린 모리스는 맥이 탁 풀렸는지 쓰러지듯이 의자에 주저앉았다. 그는 떨리는 손으로 잔을 들어 한 모금 마신 뒤에야 대답했다.

"보디마스터, 그리고 이 지부의 모든 형제들, 내 말이 지나쳤다면 사과드리겠습니다. 나는 충성스러운 단원입니다. 여러분은 모두 그것을 알고 계실 겁니다. 제가 걱정스러운 말을 한 것은 우리 지부에 나쁜 일이라도 생기면 어쩌나 하는 노파심에서였습니다. 하지만 저는 저보다는 보디미스터의 판단을 더 믿습니다. 다시는 이런 얘기를 드리지 않겠다고 약속드리겠습니다."

모리스의 겸허한 반성의 말을 듣자 보디마스터의 찡그린 얼굴이 펴졌다.

"알겠소, 모리스 형제. 당신에게 그런 교훈을 준 것에 대해 유감스럽게 생각하오. 하지만 내가 이 자리에 있는 한 우리 조직은 말이나 행동에서 단결된 모습을 보여야 하오. 그런데 여러분!"

그는 여러 사람들을 둘러보며 말을 계속했다.

"나는 이것만은 말하겠소. 스탱거를 살해하면 우리는 곤란하게 될 거요. 신문 발행인들은 단결되어 있기 때문에 주(州) 신문들은 전부 경찰과 군의 출동을 요구할 거요. 그러나 그에게 강력한 경고는 줄 수 있다고 생각합니다. 볼드윈 형제, 당신이 하겠소?"

"물론이지요."

젊은 남자는 열정적으로 말했다.

"몇 사람을 데리고 가겠는가?"

"여섯 명 그리고 문 앞에서 망볼 사람 둘만 더 있으면 됩니다. 고워, 만셀, 스캔런, 윌라비 형제, 자네들이 와주게."

"나는 맥머도 형제도 함께 갈 거라고 말했네."

보디마스터가 말했다. 맥머도를 보는 테드 볼드윈의 눈은 아직 예전 일을 기억하는 것 같았다.

"오고 싶으면 함께 가도 좋아."

그는 무뚝뚝하게 말했다.

"인원은 그만하면 충분합니다. 일은 빨리 착수할수록 좋습니다."

여기저기서 고함이 터져 나왔고, 술에 취해 흥얼거리는 노랫소리도 들렸다. 술집에는 아직 많은 사람이 들끓고 있었다. 대부분의 형제들은 그곳에 남았고, 일을 처리하기로 한 작은 무리만 큰길로 나와 사람들의 눈에 띄지 않도록 패를 나누어 인도로 걸어갔다. 밖은 몹시 추웠고, 별들이 반짝이는 싸늘한 밤하늘에는 반달이 밝게 빛나고 있었다. 그들은 걸음을 멈추고 높은 건물과 마주 보고 있는 공터로 모였다. 불이 환하게 켜져 있는 창과 창 사이에는 '버미사 해럴드'라는 금색 글씨가 붙어 있었다. 안에서 뿜어져 나오는 굉음이 들렸다.

"이봐!"

볼드윈이 맥머도를 불렀다.

"아무도 방해하지 못하게 아더 윌라비와 같이 입구를 지키고 있게. 다른 사람들은 나를 따라오고. 우리의 알리바이를 증언해줄 사람이 술집에 10여 명이나 있으니까 두려워할 건 없어."

자정이 가까운 시간이어서 거리에는 집으로 돌아가는 주정꾼 한두 사람을 제외하고는 아무도 없었다. 그들은 길을 건너가서 신문사 문을 열어젖히고 안으로 뛰어 들어갔다. 맥머도와 다른 한 사람은 현관에 남았고, 나머지는 앞에 있는 현관을 이용해 위로 올라갔다.

얼마 후 위층 방에서는 고함 소리와 도움을 청하는 절규가 쿵쾅거리는 소리와 뒤섞여 들려왔다. 그리고 뒤이어 회색 머리의 남자가 계단 쪽으로 달려 나왔으나 그는 더 도망가지 못하고 붙잡혔다. 안경이 벗겨져 맥머도의 발 아래로 굴러 떨어진 뒤 털썩 하고 누가 쓰러지는 소리가 났고, 신음 소리가 뒤를 이었다. 남자가 바닥으로 엎어지는 소리가 난 뒤로는 몽둥이 대여섯 개가 철썩철썩 그의 몸을 내리치는 소리가 났다.

맥머도가 계단을 뛰어 올라왔을 때 볼드윈은 여전히 쓰러진 노인을 향해 구부정하게 서서, 머리에 빈틈이 드러날 때마다 짧고 호된 몽둥이질을 퍼부었다. 노인은 몸을 뒤틀었고, 기다란 사지를 벌벌 떨었다. 맥머도는 볼드윈을 밀쳐냈다.

"그러다가 사람 죽이겠어. 그거 놔!"

맥머도가 말했다. 볼드윈은 눈이 둥그레져서 맥머도를 쳐다보았다.

"망할 자식!"

볼드윈은 소리쳤다.

"신입자 주제에 감히 뛰어들어? 비켜!"

그는 몽둥이를 들어 올렸다. 그러나 맥머도는 뒷주머니에서 권총을 끄집어냈다. 맥머도가 외쳤다.

"날 건드리면 네 얼굴을 날려버리겠다. 그리고 보디마스터는 이자를 죽이지 말라고 명령하셨다. 그런데 지금 이자를 죽이려 드는 거냐?"

"맥머도 말이 맞아."

그들 중 한 사람이 말했다.

"큰일 났다. 서둘러야 해."

밑에 있던 남자가 소리쳤다.

"집집마다 불이 켜지고 있어요. 5분도 안 돼서 사람들이 몰려올 거요."

정말로 큰길에서는 사람들의 외침 소리가 들렸고,

아래층 홀에서는 식자공들과 인쇄공들이 대항할 태세를 보이며 용기를 북돋고 있었다. 축 늘어져 꼼짝도 못하는 발행인을 계단 위에 남겨놓고 범인들은 부리나케 계단을 뛰어 내려가 큰길로 도망갔다. 패거리 중 일부는 조합 건물의 맥긴티 술집으로 들어가 보디마스터에게 일을 잘 처리했다고 속삭였으며, 맥머도를 포함한 몇 명은 샛길을 이용해 멀리 돌아 각자의 집으로 돌아갔다.

공포의 계곡

다음 날 아침 맥머도는 잠에서 깨어나자마자 전날의 입단식을 떠올릴 수밖에 없었다. 술을 마신 탓에 머리가 지끈지끈 아팠던 데다가, 낙인을 찍은 팔이 퉁퉁 부어올라 화끈거렸기 때문이다. 수입원이 따로 있었던 까닭에 그는 직장에 불규칙하게 출근해도 되었다. 그래서 아침을 느지막이 먹고 오전에 친구에게 장문의 편지를 쓰며 집에서 시간을 보냈다. 나중에 그는 《헤럴드》 신문을 읽어보았다. 마감 직전에 실린 것으로 보이는 특보란에는 다음과 같은 기사가 실려 있었다.

《헤럴드》신문사, 괴한에게 피습-중상을 입은 편집자

기자보다도 맥머도가 더 잘 알고 있는 그 사건이 아

주 간단하게 실려 있었다. 기사 끝에는 다음과 같은 내용이 눈에 띄었다.

> 이 사건은 지금 경찰의 손으로 넘어갔지만, 경찰이 노력한대도 좋은 결과를 기대할 수는 없을 것으로 보인다. 범인 중 몇 명은 얼굴이 드러나 유죄판결을 얻어낼 가능성이 있기는 하다. 폭도들의 정체는 말할 것도 없이 오랫동안 이 지역을 속박하고 있는 악명 높은 결사대로《해럴드》는 이 결사대와 전혀 타협하지 않아 왔다. 스탱거 씨는 무참하게 구타당하여 머리에 중상을 입었지만, 다행히 생명에는 지장이 없다. 이 소식을 그를 아는 사람들이 알게 된다면 정말 기쁜 마음으로 안도의 숨을 내쉴 것이다.

그 밑에는 윈체스터 총으로 무장한 광산 경찰대가 소집되어《헤럴드》신문사를 철저히 경비하고 있다는 소식도 실려 있었다. 신문을 내려놓은 맥머도가 간밤의 과음 때문에 떨리는 손으로 파이프에 불을 붙이려 하는데, 노크 소리가 들렸다. 하숙집 주인이 들어와서 방금 한 소년이 심부름으로 편지 한 통을 갖고 왔다며 건네주었다. 편지에는 보낸 사람의 이름도 없이 다음과 같이 적혀 있었다.

> 할 말이 있소. 하지만 귀하의 집을 찾는 것은 적당치 않은 일인 듯하오. 밀러 힐의 깃대 옆에서 기다리고 있겠소. 지금 나오시면 서로에게 중요한 어떤 말씀을 드릴까 하오.

맥머도는 깜짝 놀라 편지를 두 번이나 읽었다. 무엇을 뜻하는 건지, 누가 보내는 건지 알 수가 없었기 때문이다. 여자의 필체로 쓰인 편지였다면 과거에 심심치 않게 경험했던 연애의 상대들을 생각했을 것이다. 그러나 그것은 남자의, 그것도 교육 수준이 높은 사람의 필체였다. 약간의 망설임 끝에 그는 무슨 일인지 직접 알아보기로 마음먹었다.

시내 한복판에 있는 밀러 힐은 방치된 공원이었다. 여름철에는 사람이 많이 드나드는 공원이지만, 겨울에는 적막하기 짝이 없었다. 공원의 꼭대기에서 바라보면 길게 뻗어 있는 우중충한 시내의 전경뿐만 아니라 그 아래 구불구불한 계곡의 전경까지 보였다. 계곡을 둘러싸고 있는 숲은 큰 산맥을 이루고 있었으며, 계곡 옆의 광산과 공장은 주변에 쌓인 흰 눈을 시꺼멓게 물들이고 있었다.

맥머도는 상록수가 줄지어 늘어선 작은 길을 천천히 걸어서, 한적한 음식점 근처로 갔다. 음식점 옆에는 깃대가 있었고, 그 아래에 모자를 푹 눌러 쓰고 외투 깃을 세운 남자가 서 있었다. 남자가 고개를 돌려서 얼굴을 알아볼 수 있었는데, 그는 다름 아닌 어젯밤에 보디마스터의 노여움을 샀던 모리스 형제였다. 두 사람은 만나서 지부의 신호를 교환했다.

"맥머도 씨, 당신과 얘기를 하고 싶었소."

나이 든 모리스가 주저하면서 말을 꺼냈다. 그는 뭔가 망설이는 기색이 역력했다.

"나와 줘서 고맙소."

"왜 편지에 이름을 쓰지 않았습니까?"

"경계해야 했기 때문일세. 요즈음 어떤 일로 보복을 당할지 알 수가 없거든. 누구를 믿어야 할지, 누구를 믿어서는 안 되는 건지 도무지 모르겠어."

"하지만 형제들은 믿을 수 있지 않습니까?"

"아니, 항상 믿을 수는 없소."

모리스는 격한 어조로 이어 말했다.

"우리가 입 밖으로 꺼낸 이야기뿐 아니라 마음속으로 생각한 것까지 모두 맥긴티의 귀에 들어가는 것 같아."

"여보십시오."

모리스를 부른 맥머도가 강경하게 말했다.

"형제도 알다시피 내가 보디마스터에게 충성을 맹세한 것은 바로 어젯밤의 일입니다. 그 맹세를 깨뜨리라는 말입니까?"

"자네가 그런 생각을 하고 있다면 수고스럽게 여기까지 나오라고 해서 미안하다는 말밖에 할 수 없군."

모리스는 실망한 듯이 이어 말했다.

"자유로운 두 시민이 생각하고 있는 바를 서로 말할 수 없다니 큰일이군."

상대를 유심히 바라보던 맥머도는 태도를 약간 누그러뜨렸다.

"내 생각만 일방적으로 전한 것 같습니다. 당신도 아시겠지만 나는 신참이라 아무것도 모릅니다. 그러니 나는 아무 말도 하지 않는 것이 좋겠지요. 모리스 씨, 내게 이야기할 것이 있다면 들어봅시다."

"맥긴티 보디마스터에게 일러바치려고?"

모리스는 씁쓸하게 말했다.

"저를 잘못 보셨습니다!"

맥머도는 강하게 외친 후 격한 어조로 말을 이었다.

"나는 프리맨의 충실한 단원으로서 내 생각을 정직

하게 말한 것뿐입니다. 그러나 당신이 비밀스럽게 털어놓은 말을 남에게 전달하는 그런 비열한 인간은 아닙니다. 미리 경고하는데, 당신이 내게 하려는 말이 무엇이든 당신을 돕거나 동정하지는 않겠습니다. 하지만 비밀을 지키겠다는 약속은 하겠습니다."

"도움을 청하거나 동정을 바라는 일은 오래전에 포기했네."

씁쓸하게 대꾸한 모리스가 이어 말했다.

"자네에게 이 이야기를 하면 내 목숨은 자네 손에 달린 거나 마찬가지일 테지. 비록 자네가 악한 사람일지라도—간밤에 그곳에서도 가장 악질적인 자만큼이나 질이 안 좋아 보였지—아직은 신입이니 그들만큼 양심이 굳지는 않았을 거라고 생각하오. 내가 당신을 만나려고 했던 이유는 바로 그거요."

"좋습니다. 그런데 무슨 얘기를 하시려고?"

"나를 배신하면 자네는 천벌을 받을 거야."

"말하지 않겠다고 했습니다."

"그럼 묻겠는데, 자네는 시카고의 프리맨에 들어가 충성을 맹세했을 때, 그것이 범죄의 길로 들어서는 일이라고 생각한 적이 있나?"

"내가 그곳에서 한 일을 범죄로 본다면 그렇습니다."

"범죄로 본다면?"

모리스의 목소리는 격정으로 떨리고 있었다.

"죄가 아니라고 생각한다면, 그건 자네가 아무것도 모르고 있기 때문이야. 어젯밤 자네의 아버지뻘 되는 노인을 허연 머리에서 피가 뚝뚝 떨어질 때까지 구타했는데, 그것이 죄가 아니란 말인가? 죄가 아니면 뭐란 말인가?"

"그걸 전쟁으로 볼 수도 있습니다."

맥머도가 말했다.

"두 계급 간의 전쟁 말입니다. 그래서 서로가 온 힘을 다해서 싸우는 거지요."

"그럼 시카고에서 프리맨에 입단할 때 그런 일이 발생할 거라는 생각을 해본 적이 있나?"

"아니요. 하지 않았습니다."

"내가 필라델피아에서 프리맨에 처음 들어갈 때도 그랬어. 단순한 조합이고 인맥을 넓힐 수 있는 모임이라고만 생각했어. 그리고 난 출세를 위해 이곳으로 왔어. 이곳 이름이 내 귀에 처음으로 들린 순간을 저주해! 아무튼 나는 출세를 하려고 이곳으로 왔어. 기가 차서! 출세를 위해 이곳에 왔다고!

아내와 세 아이를 데리고 와서 시장 광장에 포목점

을 시작했는데 처음엔 잘됐지. 그런데 내가 프리맨 단원이라는 소문이 퍼져서 어젯밤 자네처럼 억지로 지부에 들어가게 됐지. 내 팔뚝에는 치욕스러운 표시가 찍혔고, 마음에는 그것보다 더 심한 낙인이 찍혔소. 정신을 차리고 보니 나는 이미 악인의 명령을 따르는 범죄의 그물에 걸려 있더군.

내가 할 수 있는 일은 아무것도 없었어. 일이 원만히 해결되었으면 해서 무슨 말을 꺼내면 어젯밤처럼 반역자로 취급하더군. 내 재산이라고는 상점밖에 없어서 도망갈 수도 없어. 지부에서 빠져나가면 나는 죽게 될 거야. 그러면 내 아내와 아이들은 어떻게 되겠는가? 오, 끔찍해. 끔찍한 일이야."

그는 얼굴을 두 손에 파묻고 몸을 떨며 흐느꼈다. 맥머도는 어깨를 으쓱했다.

"당신은 이런 일을 하기에는 너무 마음이 약합니다. 이런 일에는 맞지 않아."

"나는 양심적인 신앙인이었는데, 그들은 나를 그들과 똑같은 범죄자의 일원으로 만들었소. 결국 나는 어떤 일에 가담하게 되었지. 그 일을 거절했다가는 어떤 결과를 불러올지 뻔했어. 내가 비겁한 사람인지도 모르지. 아내와 아이들 때문에 그들과 한패가 되었으니, 그 일은 영원히 나를 괴롭힐 거야.

여기서 30킬로미터 떨어진 외딴집이었는데, 어젯밤 자네와 마찬가지로 문에서 망을 보도록 명령받았네. 나를 믿지 못해서 중요한 일은 시키지 않았던 거야. 다른 자들은 안으로 들어갔는데, 나올 때 보니 손목까지 시뻘건 피로 물들어 있더군. 그런데 자리를 막 떠나려고 할 때 집 안에서 어린애가 울부짖는 소리가 들렸어. 아버지가 살해당하는 것을 목격한 다섯 살 난 어린애의 비명이었어.

나는 너무 무서워서 정신이 아찔했지만 대담하게 웃는 얼굴을 보여야만 했지. 그렇지 않으면 피 묻은 놈들의 손은 다음 순서로 우리 집을 노릴 게 뻔하고, 아버지의 죽음을 보고 울부짖는 아이는 바로 아들이 될 것이라는 사실을 아주 잘 알고 있었기 때문이야. 그때 나는 이미 이 세상에서 영원히 구제될 수 없으며 내세에서도 구제될 수 없는 살인의 공범자가 되어 있었던 거라네.

나는 신앙심이 깊은 가톨릭 신자였는데 신부는 내가 스코러즈 단원이라는 말을 듣고 난 뒤부터 나와 말도 섞지 않으려 들더군. 지금은 파문당한 상태야. 내 처지가 이 지경에 이르렀다네. 자네가 나와 같은 길을 걷고 있으니 묻는 말인데, 결과가 어떻게 될 거 같나? 자네는 냉정한 살인 전문가가 될 생각인가? 아니면 우리가 힘을 합치면 그것을 막을 가능성이 있다고 생각하나?"

"당신은 어떻게 하실 겁니까?"

맥머도가 모리스의 시선을 받아치며 불쑥 물었다.

"내 대답을 듣고 나를 밀고하지는 않겠지요?"

모리스가 외쳤다.

"당치도 않소! 나는 밀고 생각만 해도 목이 달아날 것 같은 사람이야."

"좋습니다. 당신의 물음에 답하지요."

맥머도가 이어 말했다.

"나는 당신이 마음 약한 사람이라 별것도 아닌 일을 너무 과장한다고 생각합니다."

"과장이라고? 이곳에 좀 더 오래 살아보면 알게 될 거야. 계곡을 내려다보게. 수백 개의 굴뚝에서 나오는 연기로 뒤덮여 있어. 그러나 사람들의 머리 위를 덮고 있는 살인의 구름은 저것보다 더 낮고 두꺼워. 저것은 공포의 계곡, 죽음의 계곡이야. 새벽부터 해질 때까지 사람들의 마음에서 공포가 떠나지를 않아. 두고 보게. 머지않아 알게 될 테니까."

"좀 더 지내보고 난 다음에 당신에게 알려주겠소."

맥머도는 건성으로 말을 이었다.

"분명한 점은, 당신은 이 고장에 맞지 않다는 거요. 1달러짜리를 10센트에 파는 한이 있더라도 가게를 빨리 정리하고 떠나는 것이 당신에게 이로울 겁니다. 당신이 내게 한 말은 새어나갈 일이 없을 거요. 하지만 만에 하나 당신이 밀고자라면…."

"아니, 절대 아니네."

모리스는 애처롭게 소리쳤다.

"그럼, 얘기는 그 정도로 합시다. 당신의 말은 기억해두도록 하겠습니다. 그리고 나는 당신이 호의적인 의도에서 내게 이런 말을 했다고 생각하지요. 그럼 나는 이만 집에 가보겠습니다."

"가기 전에 한마디 더 하겠소."

맥머도를 불러 세운 모리스가 말했다.

"우리가 같이 있는 걸 본 사람이 있을지도 모르오. 조직에서는 우리가 무슨 얘기를 나누었는지 알고 싶어 할 거요."

"아, 그럴 수도 있겠군요."

"내가 당신에게 내 가게의 점원 자리를 제안했다고 하겠소"

"그러면 난 그 제안을 거절한 걸로 해두지요. 그게 우리의 용건이었습니다. 그러면 모리스 형제, 안녕히. 그리고 앞으로는 자신에게 좀 더 어울리는 일을 찾기 바랍니다."

그날 오후, 맥머도가 거실 난로 곁에 앉아 담배를 피우며 생각에 잠겨 있을 때였다. 갑자기 문이 활짝 열리더니 맥긴티의 우람한 몸집이 나타났다. 그는 지부 사인을 보낸 다음 맥머도의 맞은편에 앉아 그를 물끄러미 바라보았다. 맥머도도 흔들림 없이 마주 보았다.

"나는 남의 집을 방문하는 일이 별로 없네, 맥머도 형제."

이윽고 그는 입을 열었다.

"찾아오는 손님만 접대하기에도 바쁘거든. 그런데 오늘은 특별히 자네 집을 방문했네."

"찾아주셔서 영광입니다, 의원님."

맥머도는 찬장에서 위스키를 갖고 왔다.

"생각지도 못 한 영광입니다."

"팔은 어떤가?"

맥머도는 얼굴을 찌푸리며 대답했다.

"아직도 아픕니다. 그러나 보람은 있었습니다."

"그래, 보람은 있지."

맥긴티가 고개를 주억거리며 이어 말했다.

"프리맨에 충성하고, 끝까지 프리맨을 위해 일하는

사람에게는 말이야. 오늘 아침에 밀러 힐에서는 모리스 형제와 무슨 이야기를 했나?"

질문이 너무 갑작스러웠기 때문에 맥머도는 미리 대답을 준비해두기를 잘했다고 생각했다. 그는 큰소리로 웃음을 터뜨렸다.

"모리스는 내가 집에서도 돈을 벌 수 있다는 것을 몰랐던 모양입니다. 하지만 너무 양심적인 사람이라 앞으로도 내가 하는 일을 모르게 할 생각입니다. 정말 마음씨가 고운 노인이더군요. 내가 할 일 없이 노는 줄 알고 자기의 가게에서 일하는 게 어떻겠느냐고 제의했습니다."

"아, 그랬나?"

"그렇습니다."

"그런데 자네는 거절했고?"

"물론이지요. 내 방에서 네 시간만 일하면 종일 일하고 받는 액수보다 10배나 더 벌 수 있지 않습니까?"

"그렇지. 하지만 모리스와 너무 가까이 지내지는 말게."

"왜 그렇습니까?"

"하지 말라고 하면 그뿐이야. 이곳에 있는 사람들은 대개 그렇게 말하면 알아듣지."

"대다수는 알아듣겠지만 내게는 충분하지 못합니다, 의원님."

맥머도는 대담하게 말했다.

"의원님이 사람들의 심판관이라면 그런 말을 한 이유에 대해 잘 알고 계시겠지요?"

검은 피부의 거구는 맥머도를 노려보며 술잔을 집어 던질 것처럼 움켜쥐었다가 갑자기 호탕한 그러나 어딘가 위선적인 웃음을 터뜨렸다.

"자네는 정말로 별난 놈이야. 모리스와 가까이하지 말라 이유가 궁금하다면 가르쳐주지. 모리스가 지부에 대한 험담을 하지 않던가?"

"안 했습니다."

"내 험담도?"

"네."

"그럼 녀석은 자네를 믿지 않았던 거로군. 그는 충실한 형제가 아냐. 그래서 그를 유심히 지켜보다가 때가 되면 본때를 보여줄 생각인데, 그때가 가까워졌다는 느낌이 드네. 비열한 겁쟁이를 프리맨에 둘 수는 없지. 그런데 그런 불성실한 사람과 접촉한다면 자네도 불성실한 단원으로 찍힐 거야. 무슨 말인지 알겠나?"

"그 사람과 접촉하는 일은 없을 겁니다. 나는 그를 싫어하니까요."

맥머도가 대답했다.

"아까 내게 불성실하니 어쩌니 했는데, 당신이 아니었다면 두 번 다시 그따위 소리를 못 하도록 했을 겁니다."

"아, 그럼 이제 됐네."

맥긴티는 술잔을 비우며 말했다.

"늦기 전에 충고해주려고 찾아왔던 거니까."

"알고 싶은 게 있습니다."

맥머도가 말했다.

"내가 모리스와 얘기했다는 건 어떻게 아셨습니까?"

맥긴티는 웃음을 터뜨렸다.

"이 도시에서 어떤 일이 벌어지고 있는지를 파악하는 것이 내 임무지. 무슨 얘기든지 다 내 귀에 들어온다고 생각하는 게 좋을 거야. 자, 가봐야겠군. 그럼 이만…."

그러나 그의 말은 예상 밖의 일로 중단되었다. 갑자기 큰 소리가 나며 방문이 열리더니 뾰족한 경찰모를 쓴 세 사람이 그들을 노려보며 들어왔다. 맥머도는 벌떡 일어나서 권총을 반쯤 꺼내 들었으나 두 자루의 윈체스터 총이 머리를 겨누자 그만두었다. 경찰 제복을 입은 한 남자가 권총을 손에 들고 방 안으로 들어왔다. 전에는 시카고 경찰이었으나 지금은 광산 경찰대에 근무하는 마빈 경감이었다. 그는 맥머도를 보고 엷은 미소를 띤 얼굴로 고개를 흔들었다.

"문제를 일으킬 줄 알았어, 시카고의 맥머도. 범죄에서 발을 씻을 수는 없었던 모양이지. 모자를 쓰고 우리와 같이 가세."

"이에 대한 보복은 꼭 하겠소, 마빈 경감."

맥긴티가 말했다.

"무슨 권한으로 남의 집에 침입해서 선량한 시민을 괴롭히는 거요?"

"맥긴티 의원님, 당신과는 관계없는 일입니다. 우리가 체포하려는 사람은 의원님이 아니라 이놈입니다. 우리의 직무를 돕지는 못할망정 방해해서는 안 됩니다."

"이 사람은 내 친구고, 그의 행동은 내가 책임지겠소."

"맥긴티 씨, 내가 알기로는 당신이야말로 앞으로 자신의 행동에 대해 책임져야 할 것 같소."

맥긴티의 말에도 마빈 경감은 행동을 멈추지 않고 말을 이었다.

"이 사나이는 이곳에 오기 전부터 범죄자였는데 여기서도 마찬가지군요. 경관, 내가 이놈의 몸수색을 하는 동안 총을 겨누고 있게."

"내 권총도 여기 있소."

멕머도는 침착한 어조로 이어 말했다.

"마빈 경감, 단둘이서 마주쳤다면 이렇게 쉽게 잡히지는 않았을 거요."

"체포 영장은 있나?"

맥긴티가 물었다.

"당신 같은 사람이 경찰이라니…. 차라리 러시아에서 사는 것이 낫겠소. 이건 횡포야. 두고 보시오. 이대로 끝나지는 않을 테니."

"의원님, 당신은 당신 일이나 잘하시오. 우리는 우리의 임무를 다할 테니까."

"내 죄명은 뭐요?"

맥머도가 물었다.

"《헤럴드》 사무실에서 발생한 스탱거 발행인 구타 사건에 관련된 혐의다. 살인죄가 아닌 게 다행인 줄 알아."

"아니, 그게 맥머도의 혐의라면…."

맥긴티가 웃으며 말했다.

"당장 그 사람을 풀어주는 게 좋을 거다. 이 사람은 내 술집에서 자정까지 포커를 했소. 열 명이 넘는 증인을 세울 수도 있소."

"그것은 당신이 알아서 할 일이오. 그 얘기는 내일 법정에서 하시오. 맥머도, 머리에 총구멍이 나지 않으려면 얌전히 따라오는 게 좋을 거야. 맥긴티 씨, 직무 방해는 용서 못 합니다."

경감의 태도가 너무나 단호했기 때문에 맥머도와 맥긴티는 그가 하라는 대로 따를 수밖에 없었다. 맥긴티는 맥머도와 헤어지기 전에 겨우 한두 마디를 속삭일 수 있었다.

"그건 어떤가?"

그는 엄지손가락을 위로 세워 가짜 금화 제조기를 암시했다.

"걱정 없습니다."

마루 밑의 안전한 장소에 숨겨둔 맥머도가 속삭였다.

"그럼 몸조심하게."

맥긴티는 악수를 하며 말했다.

"라일리 변호사를 만나 변호를 맡기겠네. 약속하는데 그들은 자네를 잡아놓을 수 없을 걸세.

"나라면 그런 약속은 하지 않겠습니다."

마빈 경감이 끼어들며 말하고는 경관들에게 지시했다.

"자네들 둘은 이자를 감시하고 있어. 이상한 낌새가 보이면 쏴도 좋아. 난 집을 수색해야겠네."

마빈 경감은 집 안을 샅샅이 뒤졌다. 그러나 화폐 위조 도구를 숨겨놓은 곳은 찾아내지 못한 눈치였다. 2층에서 내려온 그는 부하들과 함께 맥머도를 데리고 본

서로 향했다. 주위는 완전히 어두웠고 심한 눈보라 때문에 거리에는 사람들이 거의 없었다. 그러나 하릴없는 사람 두어 명이 뒤따라와서는 연행되어 가는 스코러즈를 향해 욕설을 퍼부었다.

"저주받을 스코러즈 단원을 당장 죽이시오."

행인들은 외쳤다.

"죽여라! 죽여!"

맥머도가 경찰서로 떠밀려 들어가자 그들은 왁자지껄하게 웃음을 터뜨렸다. 그곳에는 볼드윈을 비롯해 어젯밤에 범죄에 가담했던 단원들 세 명이 체포되어 있었다. 그들은 이튿날 아침에 있을 재판을 기다렸다.

그러나 프리맨의 영향력은 법망의 요새 깊숙한 곳까지도 손을 뻗쳐 있었다. 밤이 깊어지자 간수가 침대용 짚 다발을 갖고 왔고, 그 속에서 위스키 두 병, 술잔 몇 개, 트럼프 한 벌을 꺼냈다. 덕분에 그들은 재판에 대한 걱정을 접고 즐기면서 하룻밤을 보냈다.

결과를 보면 알 수 있었지만, 그들은 걱정할 필요가 없었다. 치안 판사는 증거가 부족해 이들을 상급 법원으로 보낼 수 없었다. 조명이 어두웠고 몹시 당황했던 탓에 습격해온 자들의 모습을 똑똑히 보지 못했다는 것을 인정할 수밖에 없었다. 맥긴티가 선임한 노련한 변호사의 반대 신문에서 상대 측은 한층 더 갈팡질팡 하는 모습을 보였다.

중상을 입은 노인은 그 당시 갑작스러운 공격을 받고 놀란 나머지, 처음에 덤벼든 사내가 턱수염을 기르고 있는 것 외에는 아무것도 생각나는 것이 없다는 사실을 이미 밝힌 바 있었다. 그러나 노인은 이 지역에서 자신에게 원한을 품은 사람이 달리 없고, 솔직한 논설을 통해 오랫동안 그들의 협박에 시달려 왔기 때문에 자신을 공격한 자들이 스코러즈 당원이 틀림없을 거라는 얘기를 덧붙였다. 시의원 매킨리를 포함한 여섯 명의 시민은, 피고들의 사건이 일어난 시각에서 한 시간 뒤까지 유니언 하우스에서 카드놀이를 했다는 사실을 일관되게 증언했다.

두말할 필요도 없이 그들은 석방되었고, 재판관으로부터 폐를 끼쳐 미안하다는 사과의 말까지 들었다. 반면 마빈 경감과 그의 부하들은 직무에 너무 열중한 나머지 실수했다는 비난을 들었다.

주변을 둘러본 맥머도는 낯익은 얼굴을 많이 볼 수 있었다. 그들은 재판 결과에 요란할 정도로 박수를 치며 환호했다. 지부의 형제들은 싱글벙글하며 손을 흔들었다.

그러나 피고들이 피고석에서 한 줄로 서서 빠져나오자 입술을 꽉 깨물고 근심 어린 표정으로 앉아 있는 사람들도 있었다. 그들 중 한 사람은 키가 작고 검은 턱수염을 기른 의연한 태도의 남자였는데, 그는 석방된 피고들이 앞을 지나가자 한마디 내뱉었다.

"이 살인자들, 너희들이 죗값을 받을 날이 있을 거다."

어둠의 시간

조직 내에서 잭 맥머도의 인기를 한층 더 높인 것은 체포와 석방이었다. 신입이 입단식을 치른 바로 다음날 치안 판사 앞에 끌려갈 만한 일을 저지른 예는 지부 역사에 없던 일이었다. 그는 이미 유쾌하게 노는 친구며 명랑한 술꾼으로 알려져 있었고, 위대한 보디마스터에게도 당당히 맞서는 대담한 사나이라는 정평이 나 있었다. 그뿐만 아니라 유혈극 계획을 손쉽게 세우는 최고의 두뇌를 소유했고, 그것을 실천에 옮기는 데도 최고의 실행력을 가졌다는 평이 있었다.

"정말이지, 일을 아주 깨끗이 처리할 능력이 있단 말이야."

간부들은 이렇게 쑥덕거리며 맥머도를 자신이 담당한 일에 끌어들일 기회가 오기만을 기다렸다. 맥긴티는 이미 솜씨 좋은 부하들을 충분히 거느리고 있었지만, 맥머도처럼 확실한 솜씨를 지닌 녀석은 없다고 생각했다. 사나운 블러드하운드를 새로 얻은 느낌이었다. 작은 일에 쓸 수 있는 개들은 얼마든지 있었지만 맥머도는 달랐다. 언젠가는 이 개를 풀어서 제대로 된 사냥감을 뒤쫓게 해야겠다고 생각했다. 한편 볼드윈은 이 낯선 남자의 고속 승진을 달갑지 않았지만, 맥머도가 워낙 싸움을 잘하기 때문에 슬슬 피해 다녔다.

동료들의 인기는 얻었지만, 그에게 무엇보다 중요한 사람에게는 그렇지 못했다. 에티 샤프터의 아버지는 그를 상대하려고도, 그를 집에 들여놓으려고도 하지 않았다. 그러나 에티는 그를 몹시 사랑하고 있었기 때문에 완전히 단념하지 못했다. 하지만 범죄자로 불리는 남자와 결혼하면 앞으로 어떻게 될 것인가를 걱정하며 불안해하고 있었다. 걱정으로 꼬박 하룻밤을 지새우고 난 다음 날 아침, 에티는 맥머도를 만나 그를 구렁텅이에서 빼내겠다는 강한 결심을 품고 집을 나섰다.

에티는 그가 몇 번이나 놀러오라고 말한 그의 하숙집을 찾아가 그가 거실로 사용하고 있는 방으로 갔다. 맥머도는 등을 보이고 앉아 편지를 쓰고 있었기 때문에 에티가 들어온 것을 모르고 있었다. 갑자기 에티는 열아홉 살 난 처녀다운 장난기가 발동했다. 에티는 발꿈치를 들고 살살 걸어가 맥머도의 어깨에 가만히 손을 얹었다. 그를 놀래줄 생각이었다면 대성공이었다. 도리어 에티가 더 놀라고 말았다.

그는 호랑이처럼 빠르게 몸을 돌리며 오른손으로 에티의 목을 움켜쥐려고 했다. 그와 동시에 왼손으로는 자기 앞에 있는 편지를 구겨버렸다. 잠시 동안 그는 눈을 부라렸고 에티는 지금까지 살아오면서 그런 사나운 표정을 본 적이 없었으므로 너무 놀라 비명을 지르며 뒷걸음질 쳤다. 그러나 맥머도의 얼굴에 나타났던 사나움은 순식간에 기쁨으로 바뀌었다.

"당신이었군!"

그는 이마의 식은땀을 닦으며 말했다.

"사랑하는 당신이 왔는데 목을 조르려고 했다니! 자, 이리 와요, 에티! 보상하게 해주시오."

그는 두 손을 내밀었다. 그러나 죄책감과 두려움 섞인 표정으로 긴장하고 있던 남자의 얼굴이 에티의 마음에서 떠나지 않았다. 그는 그것이 단순히 놀란 사람의 표정이 아니라는 것을 직감적으로 알 수 있었다. 그것은 죄책감이었다. 죄의식과 공포였다.

"왜 그래요, 잭?"

에티가 외쳤다.

"왜 날 그렇게 무서워하는 거지요? 오, 잭! 당신의 양심에 거리낄 것이 없다면 그런 얼굴로 나를 보지는 않았을 거예요."

"그래, 나는 다른 생각을 하고 있었어. 그런데 당신이 그 요정 같은 발로 소리 없이 다가왔기 때문에…."

"그렇지 않아요. 그것 말고 다른 이유가 있어요, 잭."

갑자기 에티는 어떤 의혹에 사로잡혔다.

"쓰고 있던 편지를 보여줘요."

"에티, 그럴 수는 없소."

에티의 의혹은 확신으로 바뀌었다.

"다른 여자에게 쓴 편지였군요."

에티가 소리쳤다.

"난 알고 있어요. 그렇지 않으면 왜 내게 숨기는 거지요? 부인에게 편지를 쓰고 있었나요? 당신이 결혼하지 않았다는 말을 내가 어떻게 믿지요? 당신은 타지에서 온 사람이니까 아무도 몰라요."

"난 결혼하지 않았소, 에티. 맹세하겠소. 당신은 내게 오직 하나뿐인 여성이오. 십자가에 걸고 맹세하겠소."

그가 창백해진 얼굴로 진지하게 말한 탓에 에티는 믿지 않을 수 없었다.

"그럼 왜 그 편지를 보여주지 않지요?"

"실은 말이야. 아무에게도 보여주지 않겠다고 맹세했거든. 당신과의 약속을 소중히 지키고 있는 것처럼 다른 사람과의 약속도 지키고 싶은 거요. 이건 지부와 관계된 일이고 당신한테도 비밀이야. 어깨에 손이 닿자 깜짝 놀란 것도 형사에게 들킨 거라고 생각했기 때문이야. 이해하지 못하겠소?"

에티는 그가 진실을 말하고 있다고 생각했다. 그는 에티를 끌어안고 진심 어린 키스로 그녀의 공포와 의혹을 씻어주었다.

"자, 이리 앉아요. 당신 같은 여왕님이 앉을 만한 의자는 아니지만 이것이 당신의 가난한 애인이 제공할 수 있는 최고의 의자요. 머지않아 훨씬 더 좋은 의자에 앉도록 해주지. 자, 이제 마음이 가라앉았소?"

"잭, 내 마음이 어떻게 가라앉을 수 있겠어요, 당신이 악당 중에서도 최고 악당이라는 것을 알고 있고, 당신이 언제 살인범으로 몰려 재판을 받게 될지도 모르는데, 어제 우리 집에서 하숙하는 사람 중 하나가 당신을 '스코러즈의 맥머도'라고 했어요. 그리고 그 말은 비수가 되어 내 가슴을 뚫고 지나갔어요."

"무슨 말을 듣는다고 뭐가 어떻게 되는 건 아니니까."

"하지만 그 말은 엄연한 사실이잖아요."

"에티, 사태가 당신이 생각하는 것만큼 나쁘지는 않아. 우리는 나름대로의 방식으로 권리를 수호하는 가난한 사람일 뿐이오."

에티는 애인의 목에 매달렸다.

"잭! 그런 짓은 그만둬요. 나를 위해서 제발 그만둬요! 이 말을 하려고 오늘 이곳에 왔어요. 잭, 나 좀 봐요! 이렇게 무릎을 꿇고 빌겠어요. 이렇게 고개 숙여 애원하겠어요."

그는 에티를 일으켜 세우고 머리를 자신의 가슴에 끌어안고 어루만졌다.

"사랑하는 에티, 그건 무리한 부탁이야. 그런 일을 하면 맹세를 깨고 형제들을 버리게 되는데 어떻게 그만둘 수 있겠어? 내 입장을 알면 그런 말을 하지 못할 거야. 또 그러고 싶다고 해도 어떻게 손을 떼지? 방법이 없소. 지부가 자기들의 비밀을 훤히 알고 있는 사람을 자유롭게 놔줄 거라고 생각하지는 않겠지?"

"그 점도 생각해봤어요, 잭! 나는 모든 계획을 세워놨어요. 아버지는 모아놓은 돈이 좀 있어요. 아버지는 그들 때문에 한시도 마음 놓고 살 수 없는 이곳의 삶에 지치셨어요. 아버지는 언제라도 이곳을 떠날 준비가 돼

있어요. 필라델피아나 뉴욕으로 같이 달아나면 그들로부터 안전하지 않겠어요?"

맥머도는 웃음을 터뜨렸다.

"조직의 손길이 닿지 않는 곳은 없소, 에티! 당신은 그들이 뉴욕이나 필라델피아라고 해서 못 쫓아올 것 같소?"

"그럼 서부로 가요, 아니면 영국, 아니면 우리 아버지의 고향인 독일로…. 이 공포의 계곡만 아니면 어디든 좋아요."

맥머도는 늙은 모리스 형제를 생각했다.

"이 계곡을 그렇게 부르는 건 당신이 두 번째로군. 우리 조직이 이곳 사람들의 삶에 정말 어두운 그림자를 드리우고 있는 것 같군."

"점점 더 캄캄해지고 있어요. 테드 볼드윈이 우리를 용서했다고 생각하세요? 그가 당신을 두려워하지 않았다면 우리들이 어떻게 되었을 거라고 생각해요? 그가 나를 바라보는 어둡고 탐욕스러운 눈초리를 당신이 보았어야 하는 건데…."

"빌어먹을! 그자가 내 눈에 띄면 가만두지 않겠어. 하지만 에티, 나는 여기를 떠날 수 없소. 그 얘기는 나중으로 미루도록 하지. 하지만 내 생각대로 하게 해주면 명예롭게 떠날 수 있는 방법을 준비하겠어."

"그런 일에 명예를 지키는 건 불가능해요."

"아니, 그건 당신 생각일 뿐이오. 내게 6개월만 여유를 준다면 다른 사람들 앞에서 부끄럽지 않은 방법으로 이곳을 떠날 방법을 찾아내겠소."

에티는 기쁨의 웃음을 터뜨렸다.

"6개월! 약속했어요?"

"글쎄…, 7개월이나 8개월이 될지도 모르오. 그러나 늦어도 1년 안에는 계곡을 떠나도록 하겠소."

에티도 그 이상은 어떻게 해볼 도리가 없었다. 하지만 그것만으로도 큰 수확이었다. 눈앞의 어둠이 멀리서 비치는 밝은 빛으로 사라진 듯했다. 에티는 가벼운 마음으로 발길을 옮겼는데, 잭 맥머도를 알게 된 후 처음으로 맛보는 편안함이었다.

단원이 되면 지부의 모든 활동에 대해서 알 수 있다고 쉽게 생각했는데 전혀 그렇지 않았다. 얼마 지나지 않아 맥머도는 조직이 하나의 지부로는 너무 크고 굉장히 복잡한 구조를 갖고 있다는 사실을 알게 되었다. 맥긴티 보디마스터조차도 알지 못하는 일이 많았다.

기차로 달려 조금 떨어진 곳에 있는 홉슨 패치에는 '군(郡) 대표'라는 간부가 있는데, 그는 몇 개의 지부를 지배하면서 멋대로 권력을 휘둘렀다. 맥머도도 꼭 한 번 그 남자를 본 적이 있었다. 작은 체구에 교활한 얼굴을 한 그는 회색 머리였는데 그 모습이 마치 쥐를 연상시켰다. 그리고 사악해 보이는 눈으로 연신 곁눈질을 하는 버릇이 있었다. 에번스 포트라는 이름을 갖고 있는 이 남자 앞에서는 버미사의 위풍당당한 보디마스터마저 쩔쩔맸는데, 마치 거대한 몸집의 당통(프랑스의 법률가이며 혁명가. 1772년 프랑스 혁명에서 위세를 떨침)이 작은 몸집의 로베스피에르(프랑스 혁명의 지도자)에게서 혐오와 공포를 느끼고 벌벌 떠는 모습과 흡사했다.

어느 날, 맥머도와 함께 하숙하는 스캔런이 맥긴티의 편지를 받았다. 거기에는 에번스 포트의 편지도 동봉되어 있었다. 에번스 포트의 편지에는 '두 명의 행동대원 롤러와 앤드루스를 버미사 근처에 파견할 것이다. 그러니 조직의 목적을 위해서 자세한 사항은 묻지 않는 것이 좋다'라고 적혀 있었다. 그리고 그들이 행동을 시작하기 전까지 숙소를 제공하고 편안하게 지낼 수 있도록 보디마스터가 협조해달라고 적혀 있었다. 반면 맥긴티가 직접 쓴 편지에는 '그들을 조합 건물에 인계했다가는 비밀이 모두 들통날 것이니 맥머도와 스캔런이 머물고 있는 하숙집에 며칠만 머물게 해 달라'라고 적혀 있었다.

그날 밤 두 남자는 각자의 손가방을 들고 하숙집으로 왔다. 롤러는 말수가 적은 중년남자로 영리해 보였는데, 중절모에 낡고 검은 프록코트, 더부룩한 반백의 수염이 어딘지 순회목사 같은 인상을 주었다. 같이 온 앤드루스는 소년티를 겨우 벗은 소년으로서 솔직하고 명랑한 성격이 마치 휴가를 즐기러 온 사람 같았다. 두 사람은 모두 술을 한 방울도 마시지 않고 사회에서 모범적인 사람들처럼 행동했다.

그러나 두 사람은 이 살인 집단의 가장 유능한 앞잡이들로서 롤러는 열네 번, 앤드루스 세 번이나 지금과 같은 임무를 수행한 바가 있었다. 그들은 지난날에 자기들이 한 행위를 맥머도에게 기꺼이 이야기했다. 마치 사회정의를 구현하기 위해 자기 몸을 돌보지 않고 희생하는 것처럼 자랑스러운 태도였다. 그러나 이번에 받은 명령에 대해서는 입을 닫고 아무 말도 하지 않았다.

"위에서 우리를 선택한 것은 우리가 술을 마시지 않기 때문이었소."

롤러는 설명했다.

"쓸데없이 떠벌리고 다니지 않을 테니, 기분 나쁘게 생각하지 말게. 우리는 군 대표의 명령에 따르고 있을 뿐이니까."

"알았습니다. 우리는 모두 형제니까요."

넷이 모여 식사를 하는 동안 맥머도의 동료 스캔런이 말했다.

"옳은 말이오. 찰리 윌리엄스나 사이먼 버드나 그 밖에 옛날에 죽인 사람들 이야기라면 끝없이 할 수 있지만, 이번 일은 끝날 때까지 아무에게도 말할 수 없소."

맥머도는 저주 섞인 목소리로 말했다.

"혹시 당신들이 노리고 있는 놈이 아이언 힐의 잭 녹스요? 그놈이라면 나라도 당장에…."

"아니, 아직은 그놈의 차례가 아니야."

"그럼 허만 스트라우스?"

"그놈도 아니야."

"가르쳐주지 않으니 억지로 들을 수는 없는 노릇이고…, 알면 좋을 텐데."

롤러는 미소를 지으며 고개를 흔들었다. 그는 요지부동이었다. 두 손님은 완강히 침묵했지만, 맥머도와 스캔런은 그들의 '장난질'이라고 부르는 일을 지켜보기로 작정했다.

그리고 며칠 후, 아침 일찍 손님들이 계단을 내려가는 소리를 들은 맥머도와 스캔런은 급히 옷을 입었다.

방에서 나와 보니 남자들은 이미 문을 열어놓고 집에서 빠져나간 뒤였다. 바깥은 아직 어두웠지만 가로등이 켜져 있어 길 앞쪽에 걸어가는 두 사람을 볼 수 있었다. 잔뜩 쌓인 눈을 소리 나지 않게 밟으며 두 사람은 조심해서 그들을 쫓았다.

하숙집은 도시의 변두리에 있었으므로 이들은 곧 도시 외곽에 있는 어느 네거리에 이르렀다. 그곳에는 이미 세 사람이 와서 기다리고 있었고, 롤러와 앤드루스는 그 남자들과 잠시 무슨 말인가를 주고받았다. 그런 다음 다섯 사람은 함께 움직였다. 여러 사람의 손이 필요한 일임에 틀림없었다.

이 네거리에는 여로 탄광으로 통하는 좁은 길이 여러 갈래로 연결되어 있었다. 남자들은 크로우 힐 광산으로 통하는 길로 들어섰다. 이 탄광은 조시어 H. 던이라는 뉴잉글랜드 태생의 소장이 운영하는 곳인데, 그는 겁 없고 강경한 성격으로 아주 정력적으로 탄광을 운영해 공포의 땅에서도 질서와 규율을 정확히 지키고 있었다.

날이 밝기 시작했고 광부들은 혼자서 또는 삼삼오오 짝을 지어 까만 길을 천천히 올라갔다. 맥머도와 스캔런은 앞서가는 사람들을 놓치지 않으려고 노동자들과 함께 걸었다. 깊은 안개 속에서 갑자기 기적 소리가 울려 퍼졌다. 하루 일을 시작하기 위해 갱 속으로 광부들을 끌어내리는 엘리베이터가 운행되기 10분 전이라는 신호였다.

갱 입구에 있는 광장에 도착하자, 100명쯤 되는 광부들이 추위를 견디기 위해 발을 동동 구르고 손에 입김을 불어넣으며 기다리고 있었다. 다섯 명의 남자들은 기관실 그늘에 무리지어 있었다. 스캔런과 맥머도는 주위가 훤히 보이는 광석 찌꺼기 바로 위로 올라갔다. 턱수염을 기른 덩치 큰 스코틀랜드 태생의 기사 멘지스가 기관실에서 나와 엘리베이터를 내리라는 호루라기를 불었다. 그와 동시에 성실한 인상의 키 큰 젊은이가 탄광 입구 쪽으로 걸어갔다. 걸어가던 그의 눈이 기관실 그늘에서 꼼짝도 하지 않고 서 있는 무리를 발견했다. 그들은 얼굴을 감추려고 모자를 깊숙이 눌러쓰고 옷깃을 세우고 있었다.

순간적으로 죽음을 예감한 소장은 심장이 얼어붙는 것만 같았다. 그러나 그는 불길한 느낌을 뿌리치고 낯선 침입자들에게 물었다.

"당신들은 누구요?"

그는 다가서면서 말했다.

"왜 여기서 서성거리고 있는 거요?"

아무런 대답도 없었다. 그러나 젊은 앤드루스가 앞으로 나서며 그의 복부에 총을 겨누고 방아쇠를 당겼다. 광장에서 기다리고 있던 100여 명의 광부들은 온몸이 얼어붙어 꼼짝도 못 했다. 그저 멍하니 보고 서 있을 뿐이었다. 젊은이는 복부를 움켜쥐고는 비틀거리며 달아나려고 했다. 그러나 이내 다른 암살자가 쏜 총을 맞고는 옆으로 쓰러져 잿더미 사이에서 발버둥 치며 손으로 땅을 긁어댔다. 스코틀랜드 출신의 메지스는 이 광경을 지켜보고는 무섭게 소리를 지르면서 스패너를 들고 살인자들에게 돌진했다. 그러나 그도 얼굴에 두 방의 총탄을 맞고 살인자들 발치에 쓰러졌다. 광부들 몇 명이 분노와 동정이 섞인 비명을 지르며 그들에게 몰려들었으나 머리 위로 6연발 권총이 난사되자 겁을 집어먹고 모두 흩어져 도망가기 시작했다.

용기 있는 몇 사람이 이들을 다시 모아서 광산으로 돌아왔을 때는 이미 암살자 무리는 안개 속으로 사라진 뒤였다. 100여 명의 사람들이 지켜보는 가운데 두 사람이 죽었지만 살인자들의 인상을 정확히 증언할 사람은 한 명도 없었다.

스캔런과 맥머도는 집으로 발길을 돌렸다. 스캔런은

어딘지 모르게 침울해 있었다. 직접 살인 현장을 목격한 것은 이번이 처음이었으나, 생각만큼 재미있는 일은 아니었다. 살해당한 소장 부인의 비명이 시내로 발길을 재촉하는 두 사람의 귀에서 떠나지 않았다. 맥머도는 깊은 생각에 잠겨 말을 하지는 않았으나 마음이 약해진 스캔런에게 동정을 보이지는 않았다.

"이건 전쟁이나 마찬가지군."

그는 되풀이해서 말했다.

"전쟁에서 우리는 최선을 다해 반격해야 하오."

그날 밤 조합 건물의 사무실에서는 성공을 기념하는 성대한 파티가 열렸다. 그들은 크로우 힐 탄광의 소장과 기사를 해치웠으니 이 회사가 다른 회사들처럼 고분고분 말을 들을 것이라며 기뻐했다. 또 그들의 지부가 먼 곳에서 이룬 승리에 대해서도 축배를 들었다.

군 대표가 다섯 명의 대원들을 파견해 버미사에 일격을 가하라고 했을 때 군 대표는 버미사 지부도 그 답례로 세 명을 은밀히 선정해서 길머튼 지구에 있는 스테익 로얄의 윌리엄 헤일즈 광산주를 죽이라고 요구했던 것이다. 헤일즈는 모든 점에서 모범적인 고용주로, 적이라고는 한 사람도 없을 정도로 선한 사람이었다. 그러나 그는 주정뱅이와 게으름뱅이인 프리맨 단원들을 탄광에서 해고시킨 일이 있었다. 공장 현관에 죽이겠다는 위협적인 팻말을 붙여놔도 그의 굳은 결의는 꺾이지 않았는데, 결국은 그로 인해서 자유로운 문명국에서 살해당하게 된 것이다.

살인은 아주 순조롭게 실행되었다. 보디마스터 옆의 명예로운 자리에 버티고 앉아 있는 테드 볼드윈이 암살단의 우두머리였다. 과음으로 붉게 달아오른 얼굴과 잠을 못 자 충혈된 흐리멍덩한 눈이 간밤의 일을 짐작하게 해주었다. 그와 두 명의 패거리는 지난밤을 산속에서 보냈다. 얼굴은 굉장히 지저분했고 입고 있는 옷은 비바람에 젖어 있었다. 그러나 힘든 일을 마치고 돌아온 이 영웅들은 동료들로부터 전에 없는 큰 환영을 받았다. 그들은 환호성과 아우성 속에서 이야기를 되풀이하고 또 되풀이했다.

그들은 어두워질 무렵에 말이 속력을 늦출 수밖에 없는 가파른 언덕 위에서 상대의 마차를 기다리고 있었다. 상대는 추위 때문에 두꺼운 옷을 입고 있었기 때문에 빠르게 권총을 꺼낼 수 없었다. 그들은 남자를 마차에서 끌어내리고 몇 번이나 쏘았다고 떠들었다. 그는 살려달라며 비명을 질렀다고 했다. 지부 사무실은 온통 비명을 흉내 내는 소리로 시끌시끌했다.

"놈이 어떻게 살려달라고 애원했나? 말해봐."

그들은 계속해서 떠들었다. 그들 중에 피해자를 알고 있었던 자는 아무도 없었다. 단지 그들은 살인이라는 데 묘한 매력을 느끼고 있었다. 또 길머톤 스코러즈가 의지해도 좋을 만큼 버미사 지부에 능력이 있다는 것을 보여줬다는 사실을 기뻐했다.

그런데 한 가지 뜻하지 않은 일이 일어났다. 그들이 죽은 피해자의 몸에 계속 총을 쏘고 있는데, 마차를 타고 있는 한 부부가 다가왔다. 그들도 쏘아 죽이자고 말한 사람도 있었지만, 그들은 광산과 아무런 관계도 없고 해롭지 않은 사람들이었다. 그래서 부부에게 이 일을 발설하면 호된 꼴을 당할 것이라고 단단히 이른 뒤에 그대로 보내주었다.

그렇게 그들은 피투성이가 된 시체를 남겨두고 급히 산속으로 달아났다. 시체는 고분고분 말을 듣지 않는 다른 고용주들에게 본보기로 보이기 위해 일부러 그대로 두고 달아났다. 그리고 그들은 사람들의 발길이 뜸한 산속에서 잠시 피신한 채로, 훌륭한 업무 수행을 축하하는 형제들의 박수소리를 상상하며 안전하게 밤을 지새운 뒤 돌아왔다.

그날은 스코러즈에게 기념일로 남을 만큼 좋은 날

이었다. 계곡을 덮고 있는 검은 그림자는 더욱 짙어졌다. 맥긴티는 참패한 적에게 재정비할 틈을 주지 않고 공격의 고삐를 늦추지 않는 현명한 장군처럼 이내 새로운 작전을 세워 반항하는 무리에게 일격을 가하기로 했다. 그날 밤 취해서 흥청대는 자들이 모두 돌아가자 그는 맥머도의 팔을 당겨 두 사람이 처음 만난 날 이야기를 나눴던 구석방으로 데리고 갔다.

"이봐, 맥머도! 마침내 자네에게 알맞은 일이 생겼네. 자네 손으로 직접 하는 거야."

"그렇게 말씀해주시니 정말 영광입니다."

"맨더스와 라일리 두 사람을 데리고 가게. 그들에겐 이미 말해두었어. 체스터 윌콕스를 해치우지 않는 한 이 고장은 제대로 통제할 수 없어. 그놈을 쓰러뜨리면 탄광 지대의 모든 지부에서 고맙게 생각할 거야."

"아무튼 할 수 있는 데까지 해보겠습니다. 그는 누구고, 어디로 가면 찾을 수 있습니까?"

맥긴티는 반쯤 씹고, 반쯤 태운 채 항상 입에 물고 있는 시가를 내려놓고는 종이에 간단한 약도를 그리기 시작했다.

"놈은 아이언 다이크 회사의 수석 현장 주임이야. 노력형이라고 할 수 있지. 전쟁 경험이 있는 나이 든 퇴역 부사관인데 온몸이 상처투성이고, 머리털은 흰색이야. 우리는 지금까지 두어 번 노려봤는데 잘되지 않았어. 그 일로 짐 캐너웨이도 목숨을 잃었지. 그러니 이제 자네가 그 일을 맡아주게. 지도를 보면 알겠지만 아이언 다이크 네거리에 있는 외딴집이 놈의 집이야. 소리가 들릴 만한 곳에는 다른 집이 없어. 낮에는 가봐야 헛일이지. 놈은 무장을 하고 있는데 묻지도 않고 먼저 쏴버린다네. 그런데 그게 정말 빠르고 아주 정확하지. 밤에는 그놈의 여편네와 아이들 셋 그리고 하녀 한 명이 있어. 그놈만 죽일 수는 없으니 모두 죽여야 해. 현관에 폭약을 장치해놓고 도화선에 불을 붙이면…."

"그자가 무슨 짓을 했습니까?"

"짐 캐너웨이를 죽였다고 하지 않았나?"

"왜 죽였지요?"

"그게 자네와 무슨 상관이야? 캐너웨이가 그놈의 집 근처를 서성이자 그냥 쐈어. 이 정도 설명이면 충분하다고 생각하네. 알아서 잘 처리하라고."

"여자 둘에 아이들이 셋 있다고 했지요? 그들도 없애는 겁니까?"

"하는 수 없지. 안 그러면 어떻게 놈만 해치우겠나?"

"아무 짓도 하지 않은 사람들이라 가엾다는 생각이

듭니다."

"무슨 바보 같은 소리를 하는 건가? 꽁무니를 빼는 건가?"

"진정하십시오, 의원님. 진정하세요! 제가 보디마스터의 명령에 꽁무니를 뺄 만한 말이나 일을 했습니까? 옳든 그르든 결정은 당신이 합니다."

"그럼 시키는 대로 할 거지?"

"물론입니다."

"언제 하겠나?"

"글쎄요, 하루나 이틀쯤 여유를 주십시오. 그 집을 살펴보고 와서 계획을 세워야 하니까요. 그런 다음에…."

"좋아."

맥긴티는 악수를 하면서 말했다.

"모든 걸 자네에게 맡기겠네. 자네가 좋은 소식을 전해오는 날은 그야말로 기쁜 하루가 될 걸세. 그것은 저들 모두를 한꺼번에 무릎 꿇릴 마지막 공세가 될 거야."

맥머도는 자신에게 갑자기 맡겨진 임무에 대해 오래도록 생각했다. 체스터 윌콕스가 살고 있는 외딴집은 그곳에서 8킬로미터쯤 떨어진 근처 계곡에 있었다. 그는 그날 밤 계획을 세우기 위해 혼자서 길을 떠났다. 정찰에서 돌아온 것은 다음 날, 날이 밝은 뒤였다. 그리고 그다음 날 그는 두 명의 행동대원인 맨더스와 라일리를 만났다. 두 사람은 모두 무모하기 짝이 없는 젊은이로 마치 사슴 사냥이라도 하는 것처럼 들떠 있었다.

이틀 뒤 깊은 밤에 그들은 시내 변두리에서 만났다. 세 사람은 다 무기를 지니고 있었고, 한 사람은 채석장에서 쓰는 폭약이 든 자루를 들고 있었다. 외딴집에 닿은 것은 새벽 2시 무렵이었다. 바람이 심하게 부는 밤이었는데, 이지러진 달의 표면을 토막구름들이 빠르게 지나가고 있었다. 사나운 개 블러드하운드를 조심하라는 주의를 받았기 때문 그들은 권총의 공이치기를 세우고 조심해서 앞으로 나아갔다. 그러나 사나운 바람 소리와 머리 위에서 흔들리는 나뭇가지 소리 외에는 아무 소리도 들리지 않았다.

맥머도는 외딴집 앞에서 잠시 귀를 기울였다. 그러나 집 안은 조용하기만 했다. 그러자 그는 문 앞에 폭약 자루를 기대어놓고 칼로 그 속에 구멍을 낸 후 도화선을 연결했다. 그리고 도화선에 불을 붙인 다음 두 동지들을 데리고 헐레벌떡 도망가 먼 곳의 도랑 속에 안전하게 몸을 숨겼다. 지축을 울리는 폭발음과 함께 건물이 와르르 무너지는 소리가 들렸다. 이들은 임무를 완수한 것이다. 피로 물든 조직의 역사에서 이 이상 깨끗하게 일이 처리된 적은 없었다.

그러나 치밀한 계획과 용감한 결행이 가져온 소득은 아무것도 없었다. 여기저기서 많은 희생자가 발생하는 것을 보고 위협을 느낀 채스터 힐콕스는 그 전날에 이미 가족들과 함께 경찰의 보호를 받아 보다 더 안전하고 은밀한 곳으로 거처를 옮겼다. 새로 옮긴 집에서는 경찰관 한 명이 항상 집 앞에서 경비를 섰다. 세 사람이 발파용 화약으로 무너뜨린 것은 빈집이었고 엄격한 퇴역 부사관은 아이언 다이크 광산에서 여전히 군기를 잡고 있었다.

"저한테 맡겨주십시오."

맥머도는 말했다.

"그놈은 제가 맡겠습니다. 제가 1년을 기다리는 한이 있어도 꼭 해치우겠습니다."

버미사 지부는 맥머도에 대한 감사 및 신뢰의 표시로 그의 고집을 만장일치로 받아들였다. 그 문제는 일단 그렇게 종료되었다. 몇 주일 뒤, 윌콕스가 암살당했다는 소식이 신문에 보도되었다. 맥머도가 미완의 과업을 마칠 기회를 노리고 있었다는 것은 공공연한 비밀이었다.

프리맨은 이 같은 방법으로 이 풍요로운 지방에 공

포의 칼날을 휘둘렀고, 오랜 세월에 걸쳐 사람들은 그 가공할 존재의 위협에 시달려 왔던 것이다. 이 이상 그들의 죄상을 늘어놓기 위해 이 책의 페이지를 더럽힐 필요가 있을까? 그들의 됨됨이와 일처리 방식을 설명하는 데는 지금까지의 것으로도 충분하지 않을까? 이들의 행위는 역사에 기록되어 있고, 아직도 전해지므로 상세히 읽을 수 있다.

그 기록을 읽으면 두 명의 단원을 체포하겠다고 나선 헌트와 에번즈라는 두 경찰관이 버미사에서 계획된 일로 무기도 갖지 않은 무력한 두 사람을 잔혹하게 살해한 사건에 대해서도 알게 될 것이다. 또 라비 부인이 맥긴티 보디마스터의 명령으로 구타를 당해 죽어가는 남편을 간호하다가 사살된 사건도 알게 될 것이다. 동생이 피살된 후에 형 젠킨스가 피살된 사건, 제임스 머독이 토막 나 죽은 사건, 스텝하우스 집안의 폭파 사건, 스텐달 가족 살인 사건 등은 모두 같은 해 겨울에 잇달아 일어난 사건들이다.

공포의 계곡의 그늘은 더욱 짙어졌다. 어느덧 봄이 되어 꽁꽁 얼었던 시냇물이 흐르고, 나무에는 꽃이 피어 오랫동안 눈에 갇혀 있던 자연에 희망의 빛이 찾아왔다. 하지만 공포의 멍에를 지고 살아가는 그들에겐 아무런 희망도 없었다. 1875년의 여름, 그들의 머리 위에는 너무도 어둡고 두꺼운 구름장이 드리워져 있었다.

위기

공포의 지배는 절정에 이르렀다. 맥머도는 보디마스터의 보좌관으로 임명되었고, 맥긴티의 뒤를 이어 보디마스터가 될 것이라는 예상이 지배적이었다. 또 동료들이 일을 상의하는 데 없어서는 안 될 존재가 되어 그의 협조와 조언이 없이는 아무런 일도 할 수 없게 되었다.

조직 내에서 그의 주가가 높아질수록 버미사 거리에서 그를 쳐다보는 사람들의 얼굴은 더욱 찌푸려졌다. 시민들은 공포에 떨면서도 압제자들에게 항거하려는 힘을 모으고 있었다. 《헤럴드》 신문사에서 비밀회의가 열리고 양민들에게 무기가 배포되고 있다는 등의 소문이 지부의 귀에도 들려왔다.

그러나 맥긴티와 그의 부하들은 그런 소문에 전혀 흔들리지 않았다. 이쪽은 수적으로 우세하고, 의지도 굳고, 무기도 충분했지만, 적은 서로 흩어져 있고 힘도 약했다. 과거에도 그랬던 것처럼 시민들의 동요는 탁상공론으로 끝나고 말 터였고 조직원들을 체포했다가도 다시 풀어주고 말 게 뻔했다. 맥긴티, 맥머도 그리고 가장 대담한 축들은 그리 장담했다.

5월의 어느 토요일 저녁이었다. 토요일에는 항상 지부의 밤 모임이 있었으므로 맥머도는 그 모임에 참석하려고 집을 나서는데, 지부의 온건파인 모리스 형제가 그를 만나러 왔다. 그의 이마에는 근심스런 주름살이 잡혀 있었고, 온화한 얼굴은 어둡고 수척해 보였다.

"맥머도 씨, 단둘이 얘기를 좀 나눌 수 있을까요?"

"좋습니다."

"전에 자네에게 내 속마음을 털어놓은 적이 있지. 그때 보디마스터가 자네를 찾아와 그 일에 대해 물어보았는데도, 자네가 침묵을 지켰다는 사실을 나는 아직도 잊지 않고 있네."

"당신이 나를 믿고 한 말인데 내가 어떻게 발설할 수 있겠소? 물론 내가 형제의 말에 동의한 것은 아닙니다."

"그건 잘 알고 있네. 그러나 이야기를 해도 안전한 것은 당신뿐이야. 지금 여기에는 비밀이 간직되어 있네."

그는 가슴에 손을 댔다.

"그리고 그 때문에 나는 몸이 타들어가는 것 같아. 내게 이런 일이 생기지 않고 자네들 누구에게 생겼더라면 좋을 텐데…. 내가 이 이야기를 하면 틀림없이 살인이 일어날 것이고, 이 이야기를 하지 않으면 우리 모두 파멸할 거야. 나는 어찌할 바를 모르겠어."

맥머도는 유심히 상대를 바라보았다. 모리스는 온몸을 떨고 있었다. 그는 글라스에 위스키를 따라 모리스에게 건네주었다.

"당신 같은 사람에게는 이게 약입니다. 자, 그 얘기를 해봐요."

모리스가 위스키를 마시자 창백한 얼굴에 핏기가 돌았다.

"한마디로 말하면 탐정이 우리를 뒤쫓고 있네."

맥머도는 놀라서 그를 멍하니 바라보았다.

"뭐요? 당신이 드디어 미쳤군요. 이곳에는 옛날부터 경찰관과 탐정이 우글거리고 있소. 그러나 지금까지 그들은 우리에게 무슨 짓도 하지 못했소."

"아냐, 그게 아닐세. 이곳 사람이 아니야. 자네 말대로 이곳 사람들은 우리가 모두 알고 있고, 그들은 아무 짓도 못 해. 그런데 핀커튼 탐정사무소라고 들어봤나?"

"그런 이름을 가진 사람들에 대해 읽은 적이 있습니다."

"내 말 잘 듣게. 그 녀석들이 뒤쫓기 시작하면 벗어날 길이 없어. 정부에 고용된 이들과는 달라. 그들은 일이 잘되든 잘못되든 상관없지만 이자들한테는 완전히 전문적이야. 무엇이든 끝까지 물고 늘어져서 결과를 얻으려고 하지. 만일 핀커튼 사람들이 깊게 관여하고 있다면 우리는 전멸이야."

"그놈들을 죽여야겠군."

"어허, 제일 먼저 떠오른 생각이 그건가? 그건 지부의 사람들도 마찬가지일 거요. 아까 내가 살인이 날 거라고 말하지 않았나."

"사람을 죽이는 게 뭐가 어때서? 이곳에서는 별일도 아니잖소?"

"옳은 말이오. 하지만 나는 이 사람을 죽이라고 손가락으로 가리켜주고 싶지는 않소. 그러면 나는 마음의 평화를 영원히 잃어버릴 거요. 하지만 우리 자신들의 목이 달아날지도 모르는 판국이니, 대관절 나는 어떻게 해야 한단 말이오?"

모리스는 어쩔 줄 몰라 하며 앞뒤로 몸을 흔들었다. 맥머도는 그의 말을 듣고 크게 동요한 듯 보였다. 위험이 닥쳐왔고 그것에 대처할 필요가 있다는 모리스의 주장을 받아들이고 있는 것이 분명했다. 그는 모리스의 어깨를 잡고 거세게 흔들었다.

"이봐요, 날 좀 보시오."

맥머도는 흥분에 못 이겨 거의 소리를 지르다시피 했다.

"초상집의 노파처럼 그렇게 앉아서 통곡해봤자 얻는 것이 뭐가 있겠소? 사실을 꼼꼼히 따져봅시다. 그들은 도대체 어떤 놈들이오? 그리고 지금 어디에 있지? 당신은 어떻게 그자들에 대해서 알게 됐소? 하필 나를 찾아온 이유는 뭐요?"

"내게 조언해줄 수 있는 사람은 당신밖에 없어서야. 전에도 말했지만 나는 이리로 오기 전에 동부에 상점을 가지고 있었어. 그래서 거기에는 좋은 친구들이 많이 있다네. 그중 한 사람은 전신국에 근무하는데, 어제 그 사람으로부터 이런 편지를 받았다네. 편지 맨 윗부분을 읽어보게."

맥머도가 읽은 것은 다음과 같은 내용이었다.

그쪽 스코러즈들의 형편은 어떤가? 신문에서 그들에 대한 기사를 계속 읽고 있네. 자네니까 하는 말이지만 거기서 심상치 않은 일이 벌어질 것 같네. 대기업 다섯 군데와 철도 회사 두 군데에서 그 문제를 아주 심각하게 보고 있네. 이 대기업 집단은 틀림없이 목적을 달성할 걸세. 이들은 아주 작정하고 일에 뛰어들었지. 핀커튼 탐정사무소가 이들의 의뢰를 받아서 공작을 진행시키고 있다네. 핀커튼의 수하 중에서 제일 유능한 실력자로 평가받는 버디 에드워즈 탐정이 조사에 착수했다네. 이들은 스코러즈의 움직임을 막는 것을 급선무로 생각하고 있네.

"다음에는 추신을 읽어보게."

물론 알려준 내용은 업무 처리 과정에서 알게 된 일이어서 그 이상은 모른다네. 매일같이 수많은 전보를 취급하고 있어서 그 뜻은 전혀 알 수가 없다네.

맥머도는 떨리는 손으로 편지를 쥔 채 잠시 동안 말없이 앉아 있었다. 한순간 눈앞의 안개가 걷히는가 싶더니 곧 심연이 보였다.

"이 사실을 다른 사람도 알고 있습니까?"

맥머도가 물었다.

"아무에게도 말하지 않았네."

"하지만 이 사람, 당신 친구에게는 편지로 이야기할

만한 친구가 더 있지 않겠소?"

"글쎄, 한두 명은 있을 거요."

"이 지부의 단원들 중에도?"

"그럴 가능성이 높지요."

"혹시 당신 친구가 버디 에드워즈라는 자의 인상을 다른 사람에게 알려줬나 해서 묻는 겁니다. 인상착의를 알면 놈을 잡을 수 있으니까요."

"하긴 그렇군. 하지만 내 친구는 버디 에드워즈에 대해서는 모를 거야. 업무 중에 알게 된 사실을 내게 전했을 뿐이니까. 핀커튼 탐정사무소의 사람을 그가 어떻게 알겠나?"

맥머도는 갑자기 몸을 움찔했다.

"젠장."

그는 욕설을 외치고 격하게 말을 이었다.

"놈은 내 손안에 와 있어! 그걸 모르고 있었다니! 우리는 운이 아주 좋아! 놈이 우리에게 피해를 주기 전에 잡아야지. 이봐요, 모리스 씨, 이걸 전부 내게 맡기겠소?"

"내 어깨의 무거운 짐을 떠맡아준다면야 좋다마다."

"그렇게 해주겠습니다. 당신은 한발 물러서고 내게 맡겨요. 당신의 이름을 들먹일 필요조차 없을 겁니다.

이 편지를 내가 받은 것처럼 전부 떠맡겠습니다. 그러면 됐습니까?"

"바라던 바일세."

"그럼 그렇게 하고 당신은 이 일을 잊으십시오. 자, 나는 지금부터 지부로 가서 핀커튼 놈들이 후회하도록 만들겠소."

"이 사람을 죽이지는 않겠지?"

"모리스 씨, 그런 건 모를수록 양심이 편하고 잠도 잘 올 겁니다. 이제 아무것도 묻지 마시고 내게 맡겨놓으십시오. 이제부터는 내가 알아서 하겠소."

모리스는 머리를 흔들며 슬픔에 찬 신음을 냈다.

"내 손이 그의 피로 물드는 느낌이군."

"자기 방어는 살인이 아닙니다."

맥머도는 의미심장한 미소를 지으며 말했다.

"놈을 해치우느냐 아니면 우리가 당하느냐 하는 판국입니다. 놈을 이 계곡에 오랫동안 머물게 하면 우리는 전멸할 것입니다. 모리스 씨, 지부를 구했으니 당신을 보디마스터로 선출해야겠습니다."

말로는 태연한 척했지만, 맥머도가 이 새로운 적의 침입을 매우 심각하게 생각하고 있다는 것은 그의 행동으로 충분히 알 수 있었다. 양심의 가책 때문인지, 핀커튼의 명성이 주는 두려움 때문인지 아니면 재력 있는 대기업이 스코러즈 소탕에 착수했다는 소식 때문인지는 알 수 없으나 아무튼 그의 행동은 최악의 사태에 대비하는 것이었다.

맥머도는 집을 나서기 전에 그의 유죄를 증명할 만한 서류들을 전부 불태웠다. 그러고 나서야 안도의 긴 한숨을 내쉴 수 있었다. 그래도 아직 마음에 걸리는 것이 남아 있는지 그는 지부로 가는 도중에 샤프터 노인 집에 들렀다. 그 집은 출입이 금지되어 들어갈 수 없었지만 에티를 만날 수는 있었다. 창문을 두드리자 에티가 나타났다. 에티는 연인의 눈에서 아일랜드인의 춤추는 듯한 장난기가 없어진 것을 보고 위험이 닥쳤다는 것을 직감했다.

"무슨 일이 생겼군요? 오, 잭! 위험이 닥쳐왔군요."

에티가 외쳤다.

"그래. 하지만 별것 아냐. 그러나 일이 더 나빠지기 전에 이곳을 떠나는 게 좋겠어."

"이곳을 떠나요?"

"언젠가는 이곳을 떠난다고 약속했지? 그때가 다가오고 있는 것 같소. 오늘 밤에 좋지 않은 소식을 하나 들었는데 말썽이 날 것 같소."

"경찰 문젠가요?"

"아니, 핀커튼 문제요. 하지만 그것이 무엇을 뜻하는지, 나 같은 사람에게 어떤 결과를 가져올지 당신은 모를 거야. 나는 이 일에 너무 깊이 관련되어 있어서 하루 빨리 도망쳐야 할지도 몰라. 내가 떠나면 당신도 같이 간다고 했지?"

"오, 잭! 당신을 구할 수 있는 일이라면 뭐든지 하겠어요."

"에티, 나도 어떤 면에서는 정직한 사람이라오. 어떤 일이 있어도 나는 당신의 머리카락 하나 다치지 않게 하겠소. 또 항상 내가 지켜보고 있는 구름 위의 황금 왕좌에서 당신을 끌어내리는 일은 없을 거요. 나를 믿어주겠소?"

에티는 말없이 그의 손을 잡았다.

"그럼 내가 하는 말을 듣고 시키는 대로 해요. 우리에게는 그 길밖에 없으니까. 이 계곡에선 앞으로 많은 일이 일어날 거야. 나는 피부로 느낄 수 있어. 우리들 가운데는 자신을 돌보지 않으면 안 될 사람들이 많이 있소. 그리고 나도 그중 한 사람이오. 내가 낮이든 밤이든 달아나야 할 상황이라면 당신도 함께 가는 거야."

"잭, 먼저 가세요. 나는 당신을 뒤따라가겠어요."

"안 돼, 나와 같이 가야 해. 내가 이 계곡에 다시 돌아올 수 없을지도 모르는데 어떻게 당신을 남겨두고 가겠소? 그리고 어쩌면 나는 경찰의 눈을 피하느라 당신에게 편지 한 통도 보낼 수 없을 거야. 나하고 같이 가지 않으면 안 돼. 전에 살던 곳에 마음씨 좋은 부인이 있으니까 당신은 결혼할 때까지 거기에 있으면 돼. 같이 가겠지?"

"좋아요, 잭! 함께 가겠어요."

"이렇게 믿어주니 정말 고맙소. 만일 당신의 믿음을 저버리는 일이 있다면 나는 천벌을 받을 거요. 자, 에티! 당신에게는 한마디만 전달될 거야. 그 말을 듣거든 하던 일을 다 내던지고 곧장 정거장 대합실로 가서 나를 기다리고 있어요."

"낮이든 밤이든 소식만 주면 당장 가겠어요, 잭."

달아날 준비를 시작한 맥머도는 어느 정도 안심이 되었다. 지부에 도착하니 모두 모여 있었다. 복잡한 암호 문답을 주고받은 다음 비밀 엄수를 맹세한 실외 경비원과 실내 경비원의 앞을 통과할 수 있었다. 그가 들어서자 요란한 환호성이 울려 퍼졌다. 큰 방에는 사람들이 가득 들어차 있었는데 자욱한 담배 연기 속에서도 보디마스터 맥긴티의 헝클어진 검은 머리, 볼드윈의 잔인하고 악의에 찬 얼굴, 비서 헤러웨이의 욕심 사나운 얼굴 그리고 지도자급에 속하는 열댓 명의 얼굴이 보였다. 그는 자신이 가져온 소식에 대해 상의할 사람들이 다 모여 있는 것을 보고 기뻐했다.

"당신을 보니 정말 반갑군, 형제!"

맥긴티가 외쳤다.

"지혜 있는 사람의 판단이 필요한 일이 여기 있소."

"랜더와, 이건 문제입니다."

그가 자리에 앉자 옆의 남자가 설명했다.

"스타일타운의 크랩 노인을 사살한 사람에게 지부에서 내린 상금으로 둘이 다투고 있는데, 노인이 누구의 총에 맞았는지 아무도 몰라."

맥머도는 자리에서 일어나 손을 들었다. 그의 표정이 사람들의 주의를 끌었고, 무슨 일인지 궁금해하며 사람들이 모두 그에게 집중했다.

"보디마스터, 긴급 안건을 발의합니다."

맥머도는 엄숙한 소리로 말했다.

"맥머도 형제가 긴급 안건을 발의한다."

맥긴티가 말했다.

"지부의 규정에 따라 우선권을 주도록 하지. 형제, 말해보게."

맥머도는 주머니에서 편지를 꺼냈다.

"보디마스터 그리고 형제 여러분, 오늘 좋지 않은 소식을 가지고 왔습니다. 우리가 경고도 받지 않고 일격을 당해 전멸하는 것보다는 사태를 알고 의논하는 편이 좋다고 생각합니다. 내가 입수한 정보에 의하면, 이 지역에서 가장 강력하고 돈이 많은 기업체들이 단합하여 우리를 없애려는 계획을 세우고 있다고 합니다. 벌써 핀커튼 탐정사무소의 버디 에드워즈라는 탐정이 이 계곡에서 행동을 시작했다는 소식을 입수했습니다. 그는 우리들의 목에 밧줄을 매어 조이고 중범으로 몰아 감방에 처넣을 준비를 하고 있습니다. 상황이 이러하니 이에 대해 토의하기 위해 나는 긴급 안건을 발의한 것입니다."

회의실 안은 쥐죽은 듯 조용해졌다. 마침내 보디마스터가 그 침묵을 깨뜨렸다.

"증거가 있나, 맥머도 형제?"

"내가 입수한 이 편지에 있습니다."

맥머도는 편지의 아까 그 대목을 큰소리로 읽었다.

"이 편지를 어떻게 입수했는지 더 자세히 설명할 수 없고, 또 이 편지를 여러분에게 드릴 수도 없습니다. 그것은 내 명예와 관련된 문제입니다. 그리고 이 편지에서 지부의 이권과 관련된 사항은 이것 외에 아무것도 없다는 것은 내가 보증하겠습니다. 나는 지금 전달받은 정보를 있는 그대로 여러분에게 알려드리고 있습니다."

"보디마스터, 할 말이 있습니다."

나이 지긋한 사람이 말했다.

"나는 이 버디 에드워즈에 대한 소문을 들은 적이 있는데, 그는 핀커튼 탐정사무소에서도 가장 유능한 사람이랍니다."

"그를 보면 알아볼 수 있는 사람이 있나?"

맥긴티가 물었다.

"제가 알 수 있습니다."

맥머도가 대답했다. 회의실 여기저기서 놀라 수군거리는 소리가 들렸다.

"그놈은 우리 손안에 있는 거나 마찬가지입니다."

맥머도는 의기양양한 미소를 띤 채 말을 계속했다.

"우리가 재빠르고 현명하게 행동하면 이 문제는 빨리 해결할 수 있습니다. 여러분의 신뢰와 도움만 있으면 두려워할 것은 아무것도 없습니다."

"우리가 왜 그놈을 두려워하지? 놈이 우리의 일에 대해서 무엇을 알 수 있지?"

"모두가 당신처럼 충실하다면 그렇게 말할 수 있겠지

요, 의원님. 그러나 이자는 자본가들의 막대한 자금을 배경으로 하고 있습니다. 지부 안에 돈에 매수될 만큼 나약한 형제가 과연 한 사람도 없을까요? 놈은 우리들의 비밀을 알게 될 것입니다. 벌써 알고 있을지도 모릅니다. 분명히 말하지만 대책은 한 가지밖에 없습니다."

"이 계곡에서 살아서 나가지 못하게 하는 일이지."

볼드윈이 말하자 맥머도는 고개를 끄덕였다.

"훌륭하오, 볼드윈 형제. 형제와 나는 다른 점도 많지만 오늘 밤에는 옳은 말을 해주었소."

"놈은 어디에 있지? 어떻게 알아볼 수 있지?"

"보디마스터."

맥머도는 진지하게 말했다.

"이 문제는 너무나 중요하기 때문에 공개적으로 의논할 수 없다는 말씀을 드리고 싶습니다. 여기에 계신 여러분을 의심하는 것은 아니지만, 조그마한 소문이라도 버디 에드워즈의 귀에 들어가면 놈을 해치울 가능성은 희박해집니다. 보디마스터, 나는 지부 안에 특별위원회를 만들 것을 건의합니다. 주제넘은 것 같지만, 보디마스터 당신과 볼드윈 형제 그리고 다섯 사람을 더 선정해서 위원회를 만듭시다. 그러면 내가 알고 있는 모든 일과 앞으로의 대책에 대해서 말씀드리겠습니다."

이 제안은 즉시 받아들여졌고, 긴급위원회가 결성되었다. 보디마스터와 볼드윈 외에 매 얼굴의 비서 해러웨이, 잔혹한 젊은 암살자 타이거 코맥, 회계원 카터 그리고 윌라비 형제였다. 모두 무슨 일이든 물불을 가리지 않고 달려드는 무서움을 모르는 자들이었다.

늘 있는 술자리였지만 그날만은 마시고 노래하며 떠들어대는 흥청거림 없이 모두 일찍 자리를 떠났다. 단원들 마음에는 어두운 구름이 덮여 있었는데, 오랫동안 살아온 계곡의 하늘에 정당한 법의 이름을 가진 복수의 먹구름이 드리워진 것을 비로소 보게 된 사람이 많았기 때문이다. 지금까지 그들은 다른 사람들에게 공포의 대상이었고, 그것은 그들의 일상이었기에 복수를 당할 것이라는 생각은 꿈에도 생각해본 적이 없었다. 그런데 생각지도 못했던 일이 지금 눈앞에 다가오니 놀라움이 한층 더할 수밖에 없었다. 그들은 일찍 흩어졌고, 토의 사항은 지도자에게 맡겨졌다.

긴급위원회의 위원들만 남자 맥긴티가 말했다.

"자, 맥머도, 시작하세."

일곱 사람은 자리에 얼어붙듯이 앉아 있었다.

"아까도 말했습니다만 나는 버디 에드워즈를 알고 있었습니다."

맥머도는 설명을 시작했다.

"말할 필요도 없지만 그는 여기서 그 이름을 사용하지 않고 있습니다. 그는 용감하지만 미치광이는 아닙니다. 지금은 스티브 윌슨이라는 이름으로 홉슨 패치에 묵고 있습니다."

"그것을 어떻게 알았나?"

"우연히 그와 이야기를 한 적이 있는데, 그때는 전혀 눈치채지 못했습니다. 이 편지가 아니었다면 그런 생각은 하지도 못했을 겁니다. 하지만 지금 생각해보니 그 남지가 틀림없습니다. 수요일에 기차에서 그자를 만났습니다. 정말 큰일 날 뻔했지요. 신문기자라고 말하더군요. 그때는 그 말을 믿었습니다. 뉴욕의 한 신문사에서 일한다며 스코러즈의 일이며, 그가 말하는 '잔혹 행위'에 대해 전부 알고 싶다고 하더군요. 뭔가를 캐내려고 많은 질문을 했지만 나는 아무 말도 하지 않았습니다. '편집장이 좋아할 얘기를 해준다면 많은 돈을 주겠소!'라고 말하기에 그 녀석이 반가워할 만한 이야기를 들려주었더니 20달러를 주더군요. 그러면서 그는 자기가 알고 싶어 하는 것을 모두 이야기하면 이 돈의 10배로 사례하겠다고 하더군요."

"그래, 무슨 얘기를 해주었나?"

"되는 대로 지껄였지요."

"그가 신문기자가 아니라는 걸 어떻게 알았나?"

"그게 말입니다. 그자는 홉슨 패치에서 내렸고 저도 거기서 내렸습니다. 나는 우연히 전신국에 들어갔는데 그자가 거기서 나오고 있었지요. 그런데 전신국 직원이 전보용지를 보이면서 내게 말했습니다. '이런 전문은 두 배를 받아야 할 것 같군요'라고요. 그래서 나는 그래야 할 것 같다고 말했습니다. 전보용지에는 아무리 봐도 중국말로밖에 보이지 않는 이상한 글을 빽빽이 적어놓았더군요. 그런데 더 이상한 건 전신국 직원의 말이, 그 사람이 매일 그런 전보를 친다는 겁니다. 신문의 특종기사인데 다른 신문사에서 가로챌까 봐 겁이 나서 이런 방법을 쓴다고요. 물론 그자의 말에 나도 동의했는데, 지금에 와서 생각해보니 그게 아닙니다."

"옳아, 자네 말이 맞아. 그런데 이 문제를 어떻게 해결하는 게 좋다고 생각하는가?"

맥긴티가 말했다.

"왜 당장 가서 그놈을 해치우지 않는 겁니까?"

누군가가 말했다.

"맞았어. 빨리 해치울수록 좋아."

"놈이 어디 있는지 알기만 하면 당장 달려가겠습니다."

맥머도가 말했다.

“홉슨 패치에 있는 건 분명한데 어느 집에 머물고 있는지는 모릅니다. 그러나 내 의견을 들어주신다면 좋은 생각이 있습니다.”

“흠, 그게 뭔데?”

“나는 내일 아침 홉슨 패치로 가겠습니다. 거기서 전신국 직원을 통해 그자를 찾아낼 겁니다. 전신국 직원이라면 그자의 주소를 알고 있을 테니까요. 나는 그자를 만나서 내가 스코러즈 단원이라고 말하겠습니다. 그리고 돈을 주면 조직의 모든 비밀을 알려주겠다고 말하겠습니다. 그자는 낚싯바늘을 덥석 물 게 틀림없습니다. 그리고 그자에게 우리 집에 내 목숨만큼이나 중요한 서류가 있으니 오라고 하는 거죠. 그자는 그 말이 상식적으로 일리가 있다고 생각할 겁니다. 밤 10시에 우리 집에 오면 모든 것을 알게 될 거라고 말하면 그자는 깜빡 속아 넘어갈 게 틀림없습니다.”

“그런 다음에는 어떻게 할 건가?”

“나머지 계획은 알아서 세우십시오. 맥나마라 부인의 하숙집은 외진 곳에 있습니다. 할멈은 단단하기가 무쇠 같지만 귀가 심하게 멀었습니다. 집에는 스캔런과 나밖에 없습니다. 놈과 약속을 하고 나면 즉시 알려드리겠습니다. 그러면 일곱 분 모두 우리 집으로 오십시오. 우리는 놈을 집 안으로 끌어들이는 겁니다. 만일 놈이 살아서 우리 집을 나가게 된다면, 그렇게 된다면 놈은 버디 에드워즈의 행운을 죽을 때까지 떠들고 다녀도 좋을 겁니다!"

"핀커튼 탐정사무소에 곧 빈자리가 생기겠군.",

맥긴티가 말했다.

"그럼, 그렇게 일을 처리하도록 하지. 맥머도, 내일 밤 9시에 자네 집으로 가겠네. 놈을 집 안으로 끌어들인 뒤에 문을 잠그면 나머지 일은 우리가 맡겠어."

버디 에드워즈의 덫

맥머도가 말했듯이, 그의 하숙집은 도시 변두리에 그것도 길에서 멀리 떨어져 외진 곳에 있어서 그런 범죄를 저지르기에는 안성맞춤이었다. 다른 때 같았으면 음모꾼들은 간단하게 목표로 삼은 인물들을 불러내서 총알 세례를 퍼부었을 것이다. 과거에 수도 없이 반복한 것처럼 말이다. 그러나 이번에는 대상자가 조직에 대해 얼마나 알고 있는지, 어떻게 알게 됐는지, 본부로 어떤 내용을 전송했는지를 알아내는 것이 중요했다.

이미 때가 늦어서 그자가 임무를 완수했을 가능성도 있었다. 그런 경우에는 적어도 그런 짓을 한 사내에게 앙갚음을 해줄 수는 있었다. 그러나 그들은 기밀 사항에 대해서는 탐정이 아직 알아내지 못했을 것이라는 희망이 있었다. 그자가 맥머도가 말해준 엉터리 정보를 힘들게 적어서 전송했을 거라고 여겼기 때문이다. 어쨌든 이제는 모든 것에 대해 그자의 입으로 직접 듣게 될 것이다. 일단 스코러즈의 손아귀에 들어오면 버디 에드워즈는 입을 열지 않고는 못 배길 것이다. 이들이 고분고분하지 않은 자를 다루는 것은 이번이 처음이 아니었다.

맥머도는 약속대로 홉슨 패치로 출발했다. 그날 아침 경찰은 특별히 그에게 관심이 있는 듯했다. 시카고에서부터 그를 알고 있었다고 주장한 마빈 경감은 역에서 기차를 기다리고 있던 맥머도에게 다가가 말을 붙이기까지 했다. 맥머도는 차갑게 등을 돌리고 경감과 대화를 나누는 것을 거부했다. 맥머도는 그날 오후에 임무를 마치고 돌아와 조합 건물에서 맥긴티를 만났다.

"놈이 온다고 했습니다."

맥머도는 말했다.

"잘했네."

맥긴티가 말했다. 거구의 맥긴티는 셔츠 바람이었는데 품이 넉넉한 조끼 위로 체인과 인장이 비스듬히 반짝거렸다. 턱수염 아래쪽에서는 다이아몬드가 빛을 발하고 있었다. 주류 판매와 조화 제조 장치를 통해 그는 권력뿐만 아니라 막대한 부를 거머쥐었다. 따라서 지난밤 이후로 눈앞에 어른거리는 감옥과 교수대의 모습은 그에게 더욱 끔찍한 것으로 비쳤다.

"어때, 그자가 많이 알고 있는 것 같던가?"

그는 걱정스러운 듯이 물었다. 맥머도는 침울한 표정으로 머리를 흔들었다.

"그는 이곳에 제법 있었답니다. 적어도 6주일은 됐답니다. 저는 그자가 채굴 유망 지점에 대해 조사하기 위해 여기 왔다고는 생각하지 않습니다. 그자가 대형 철도회사의 돈을 뿌리며 우리들 사이에 파고들어 일정한 정보를 얻어낸 뒤에 그것을 전송했으리라는 것은 충분히 예측 가능한 일이지요."

"우리 지부에 그렇게 나약한 형제는 없네."

맥긴티가 외쳤다.

"모두가 강철 같은 남자들이지. 참, 모리스라는 놈이 있군. 그 녀석은 어떨까? 우리를 배신한 놈이 있다면 그놈이 분명해. 날이 저물기 전에 두세 명을 보내서 매운맛을 보여주고 자백을 받아야겠어."

"그것도 뭐 나쁘지는 않겠지요."

맥머도는 대답했다.

"나는 모리스를 좋아하고, 그가 호된 꼴을 당하는 게 내키지는 않습니다. 그것을 부정하지는 않겠습니다. 지부와 관련된 문제로 그가 두어 번 말을 걸어온 적이 있습니다. 당신이나 나의 생각과는 다르지만, 배신할 사람으로 보이지는 않았습니다. 하지만 그렇다고 해서 그를 비호할 생은 추호도 없습니다."

"나는 그 늙다리를 없애버리겠네."

맥긴티는 욕설을 내뱉으며 말했다.

"나는 올해 그자를 계속 주시하고 있었어."

"그렇다면 의원님이 가장 잘 아시겠군요."

맥머도는 대답했다.

"하지만 무슨 일을 하건 내일 하셔야 합니다. 핀커튼 문제가 해결될 때까지 우리는 가만있어야 하니까요. 특히 오늘은 경찰을 자극하지 말아야 합니다."

"자네 말이 맞아. 버디 에드워즈의 심장을 도려내는 한이 있더라도 놈이 어디서 정보를 얻었는지 알아내야겠어. 놈이 함정을 눈치챈 것 같지 않던가?"

맥머도가 껄껄 웃었다.

"저는 그자의 약점을 제대로 파고들었습니다. 그자는 스코러즈의 흔적을 찾아서라면 지옥에라도 쫓아갈 놈입니다."

맥머도는 돈 다발을 꺼내면서 싱긋 웃었다.

"제 서류를 보고 난 다음에는 이만큼 더 준다고 했습니다."

"무슨 서류?"

"서류 같은 것은 없습니다. 하지만 조직 구성도와 명단, 규정집 같은 것이 있다고 말했습니다. 놈은 떠나기 전에 모든 것을 전부 알아낼 생각입니다."

"자네를 믿고 있군."

맥긴티는 심각하게 말했다.

"자네한테 왜 서류를 직접 갖고 오지 않았느냐고 묻지 않던가?"

"의심을 받고 있는 내가 그런 것을 몸에 지니고 다닐 거라고 생각하겠습니까? 게다가 마빈 경감도 오늘 내게 말을 걸어온 판에!"

"나도 들어서 알고 있네."

맥긴티는 말했다.

"일이 아주 중대한 국면에 닥친 것 같군. 이 탐정 놈을 해치운 다음에는 마빈 경감을 오래된 갱 속에 처넣어야겠어. 어쨌든 오늘 홉슨 패치에서 자네가 만나고 온 탐정 놈을 먼저 해치워야 해."

맥머도는 어깨를 으쓱했다.

"잘만 처리하면 우리가 탐정을 죽였다는 걸 아무도 증명하지 못할 겁니다. 어두워진 다음에 하숙집으로 오게 되어 있으니 누구의 눈에도 띄지 않을 것이고, 놈이 떠나는 것을 아무도 보지 못할 겁니다. 의원님, 계획을 말씀드릴 테니 다른 사람들을 제 위치에 배치해주십시오. 당신들은 충분한 여유를 가지고 일찍 오시겠지요? 좋습니다. 놈은 밤 10시에 옵니다. 놈이 문을 세 번 두드리면 내가 문을 열겠다는 약속이 되어 있습니다. 그러고 나서 놈을 안으로 들여놓은 다음 문을 닫는 겁니다. 그러면 놈은 우리의 수중에 들어오게 됩니다."

"그거 아주 간단하군."

"그렇습니다. 그러나 그다음은 생각해볼 문제입니다. 놈은 만만치 않은 데다 중무장까지 하고 있습니다. 내가 잘 속이기는 했지만 놈은 단단히 경계를 하고 있을 겁니다. 나 혼자만 있을 것이라고 생각했는데 방에 일곱 명이나 있으면 그 즉시 싸움이 일어날 겁니다. 그러면 누군가 다치게 됩니다."

"그렇겠지."

"그리고 총소리를 듣고 시내의 경찰들이 달려오겠지요."

"자네 말이 맞네."

"그래서 하는 말인데 이렇게 하면 어떻겠습니까? 당신들은 모두 큰방, 언젠가 보디마스터와 내가 대화를 나누었던 그 방에 있는 겁니다. 내가 놈을 현관 옆의 객실로 안내하고는, 서류를 갖고 오겠다며 놈을 남겨둔 채 방에서 나옵니다. 그러면 상황이 어떻다는 것을 당신에게 알릴 수 있을 겁니다. 그다음 나는 가짜 서류를 들고 놈에게 돌아갑니다. 놈이 그것을 읽을 때 덮쳐서 권총 든 손을 잡은 뒤 소리를 쳐서 당신들을 부르겠습니다. 그럼, 그때 모두 달려오는 겁니다. 빠를수록 좋습니다. 놈은 나 못지않게 억세니 내가 힘에 겨울지도 모르니까요. 하지만 여럿이 올 때까지 붙잡고 있을 수는 있을 겁니다."

"좋은 생각일세."

맥긴티가 말했다.

"이번 일로 지부는 자네에게 빚을 지는군. 내가 보디마스터를 그만둘 때는 자네를 후계자로 떳떳이 추천할 수 있겠네."

"원, 의원님도, 나 같은 건 아직 풋내기입니다."

맥머도가 말했다. 그러나 그의 얼굴엔 이 거물의 칭찬을 어떻게 생각하고 있는지 잘 드러나 있었다.

맥머도는 집에 돌아와서 앞으로 닥쳐올 피비린내 나는 저녁 시간을 준비했다. 먼저 권총을 청소하고 기름을 친 뒤 실탄을 장전했다. 그런 다음, 탐정을 함정에 빠뜨릴 방을 조사했다. 방은 컸고, 방 한가운데에는 긴 소나무 테이블이 있었고, 한쪽에는 큰 난로가 있었다.

테이블 주위의 벽에는 창문들이 있었다. 창문에는 덧문 없이 옆으로 밀어젖힐 수 있는 엷은 커튼만 있었다. 맥머도는 그것들을 일일이 정성들여 조사했다. 그날 밤 벌어질 비밀스러운 일을 실행하기에는 방이 너무 노출되어 있었지만 큰길에서 한참 떨어져 있었기에 그리 큰 문제가 되지는 않았다.

마지막으로 그는 같이 하숙하는 단원에게 그날 밤 일어날 일에 대해서 말해주었다. 스캔런은 행동대원이기는 했지만 그리 큰 비중을 차지하는 인물은 아니었다. 마음이 약해서 동료들의 의견에 반대하고 나서지는 못했지만 이따금씩 피비린내 나는 일에 가담해야 할 때면 속으로 깊은 혐오감을 느끼고 있었다. 맥머도는 벌어질 일에 대해서 간단히 말해주었다.

"마이크 스캔런, 나 같으면 이 일을 피해서 어디든 나가 있겠네. 날이 밝기 전에 이 집에는 피비린내가 진동할 걸세."

"그래, 맥머도."

스캔런이 대답했다.

"나도 동참하고 싶지만 도저히 용기가 나지 않아. 탄광에서 던이 당하는 것을 봤을 때도 도저히 견딜 수가 없었어. 나는 자네나 맥긴티와는 달라서 이런 일에는 맞지 않아. 만일 지부에서 나쁘게 생각하지 않는다면 자네 충고대로 어디든 나가 있겠네."

미리 약속한 대로 그들은 충분한 시간적 여유를 두고 찾아왔다. 옷차림이 단정하고 깨끗해서 겉으로 보기엔 선량한 시민의 모습이었지만 그들의 다부진 입매와 잔인한 눈초리는 버디 에드워즈가 오늘 밤 살아남지 못하리라는 것을 말해주고 있었다. 그들은 모두 열댓 번 이상씩 손에 피를 묻힌 경험이 있었는데, 잔혹하기 그지없는 그들에게 사람을 죽이는 일은 마치 양을 죽이는 것처럼 아무렇지도 않은 일이었다.

물론 외모에서나 쌓은 악업에서나 으뜸은 보기에도 흉흉한 보디마스터였다. 비쩍 마른 비서 헤러웨이는 강한 증오심을 갖고 있었다. 앙상하고 목이 긴 남자는 손발을 신경질적으로 움직였다. 그는 지부의 재산에 관한 한 충실했지만 정의감이나 정직함이라고는 전혀 없는 남자였다. 회계원 카터는 굉장히 무뚝뚝하고 냉정했는데, 누런 양피지 같은 피부를 가진 중년 남자였다. 그는 계획을 세우는 데 특별한 재능이 있었다. 지금까지 조직에서 실행된 모든 악행은 거의 그의 조직적인 머리에서 나온 것이었다. 윌라비 형제는 행동대원들로서 날카로운 얼굴에 키가 크고 유연한 몸을 갖고 있었다. 그들의 동료 타이거 코맥은 뚱뚱한 몸집에 피부가 거무스레한 젊은이로 동료들조차 그의 잔인함을 두려워하고 있었다. 그날 밤 핀커튼 사무소의 탐정을 죽이기 위해 맥머도의 하숙집에 모인 인물들의 면모는 이러했다.

맥머도가 위스키를 테이블 위에 내놓자 그들은 일을 시작하기 전에 서둘러 술을 마셔댔다. 볼드윈과 코맥은 벌써 반쯤 취했고, 술로 인해 그들의 잔학성이 겉으로 드러나기 시작했다. 코맥은 난로에—밤에는 아직 추웠기 때문에 불이 지펴져 있었다—두 손을 갖다 댔다.

"이만하면 됐군."

그는 욕설을 퍼부으며 말했다.

"그래."

볼드윈이 그 의미를 알아차리고 말했다.

"놈을 거기에 묶으면 전부 불 거야."

"놈은 자백하고 말 테니 걱정 마."

맥머도가 말했다. 맥머도는 강철 같은 신경의 소유자였다. 혼자 중대한 일의 책임을 지고 있으면서도 여전히 냉정하고 태연했다. 다른 사람들도 그걸 알아차리고 그를 추켜세웠다.

"자네라면 그놈을 충분히 다룰 수 있어."

보디마스터는 만족스럽다는 듯이 말했다.

"자네 손이 놈의 목을 조를 때까지 놈은 아무것도 눈치채지 못할 거야. 그런데 창에 덧문이 없어서 찜찜하군."

맥머도는 창문마다 돌아다니며 커튼를 더 단단히 닫았다.

"이렇게 하면 아무도 우리를 볼 수 없습니다. 이제 올 시간이 됐군."

"어쩌면 위험한 냄새를 맡고 안 올지도 몰라."

비서가 말했다.

"올 테니 걱정하지 마십시오."

맥머도가 대답했다.

"우리가 만나고 싶어 하는 만큼 저쪽도 오고 싶어 합니다. 잠깐!"

모두들 밀랍인형처럼 조용히 앉아 있었다. 어떤 사람은 잔을 입가로 가져가다 그대로 동작을 멈추었다. 현관문을 두드리는 소리가 세 번 크게 울렸다.

"쉿!"

맥머도는 조용하라는 의미로 손을 들어 올렸다. 그는 득의에 찬 눈으로 사방을 둘러보더니 몸에 숨긴 무기에 두 손을 올려놓았다.

"무슨 일이 있어도 소리를 내지 마십시오."

맥머도는 조심스럽게 속삭이고 방을 나가서 조용히

문을 닫았다. 살인자들은 귀를 세우고 기다렸다. 그들은 복도를 걸어가는 맥머도의 발소리를 하나하나 세었다. 그가 현관문을 여는 소리가 들렸다. 그러자 집 안으로 들어오는 남자의 발소리와 귀에 선 목소리가 들렸다. 잠시 후에 문을 쾅 닫는 소리와 자물쇠를 잠그는 소리가 났다. 사냥감이 덫에 걸린 것이다. 타이거 코맥이 갑자기 소름 끼치는 웃음소리를 냈고, 맥긴티 보디마스터가 큰 손으로 그의 입을 막고 속삭였다.

"조용히 해. 이 얼빠진 녀석아! 네놈 때문에 허탕 치겠다."

옆방에서 소곤소곤 이야기하는 소리가 들렸다. 이야기는 언제 끝날지 모를 듯 오래 이어졌다. 이윽고 문이 열리더니 맥머도가 입에 손가락을 댄 채 모습을 나타냈다. 그는 테이블 끝으로 가서 모두를 둘러봤다. 그의 태도에는 미묘한 변화가 있었다. 마치 큰일을 하려는 사람 같았다. 얼굴은 돌처럼 굳어 있었고, 눈은 안경 뒤에서 격렬한 흥분으로 빛났다. 그는 많은 사람의 우두머리처럼 보였다. 모두 집중해서 그를 바라보았으나 그는 아무 말도 하지 않았다. 그는 이상한 눈초리로 사람들을 하나씩 바라보았다.

"어떻게 되었나?"

마침내 맥긴티가 입을 열었다.

"그는? 버디 에드워즈는 왔나?"

"네."

맥머도가 천천히 말했다.

"버디 에드워즈는 여기 있습니다. 내가 버디 에드워즈입니다."

그로부터 10초쯤 방에는 아무도 없는 듯한 착각을 불러올 정도의 깊은 적막이 흘렀다. 난로 위에 얹어놓은 주전자에서 물이 끓을 때 나는 삑 소리가 날카롭게 고막을 때렸다. 일곱 명의 사내들은 얼굴이 하얗게 질린 채, 큰 충격에 사로잡혀 자신들을 압도하고 있는 사나이를 멍하니 올려다볼 뿐이었다. 갑자기 유리창 흔들리는 소리가 나며 커튼이 고리에서 떨어져 나가더니 창문마다 반짝거리는 소총들이 빽빽이 숲을 이루었다.

상황을 파악한 맥긴티는 상처 입은 곰처럼 울부짖으며 반쯤 열린 창문을 향해 돌진했다. 그러나 거기에도 목표물을 겨누고 있는 권총이 기다리고 있었다. 광산 경찰대 마빈 경감의 매서운 푸른 눈이 가늠쇠 뒤에서 빛나고 있었다. 맥긴티는 뒷걸음질 치며 쓰러질 듯이 의자에 주저앉았다.

"의원님, 그 자리에 있는 게 안전할 겁니다."

그들이 맥머도라고 알고 있던 남자가 말했다.

"그리고 볼드윈, 네놈도 권총에서 손을 떼지 않으면 목숨을 잃을 거야. 권총을 어서 내놔. 그렇지 않으면, 그렇지, 그렇게 하면 됐어. 이 집은 무장 경찰관 40명이 포위하고 있어. 발버둥 쳐봐야 소용없다는 것을 알 거야. 마빈 경감, 놈들의 권총을 뺏어요."

라이플총이 자신을 겨누고 있는 상황에서 저항하는 것은 불가능했다. 사내들은 무장 해제되었다. 이들은 아직도 충격에서 헤어나지 못한 채 음산한 얼굴로 얌전히 탁자 앞에 앉아 있었다.

"헤어지기 전에 한마디 하려고 한다."

그들을 함정에 빠뜨린 남자가 말했다.

"내가 법정의 증언대에 설 때까지 너희들을 다시 만날 일은 없을 거다. 나는 그때까지 너희들에게 생각할 거리를 주려고 한다. 지금 너희들은 내가 누군지 알고 있다. 이제야 나에 대해 털어놓을 수 있게 되었다. 나는 핀커튼 사무소의 버디 에드워즈다. 너희 깡패 집단을 깨부수기 위해 선발되었다. 나는 대단히 어렵고 위험한 게임을 해왔다. 내 주변에서는 한 사람도, 나와 아무리 가깝고 소중한 사람이라도 내가 무엇을 하고 있는지 몰랐다. 오직 여기 있는 마빈 경감과 내게 일을 시킨 사람들만이 그것에 대해 알고 있었다. 하지만 오늘 밤 모든 것이 끝났다. 고맙게도 나는 승리했다."

창백하게 굳은 일곱 명의 얼굴이 그를 올려다보았다. 그들의 눈에는 영원히 꺼지지 않을 증오의 불길이 타고 있었다. 그는 그들의 눈에서 냉혹한 협박을 읽을 수 있었다.

"너희들은 게임이 아직 끝나지 않았다고 생각할지도 모른다. 글쎄, 그것은 하늘의 뜻에 맡기겠다. 어쨌든 너희들 중에는 세상 구경을 다시는 못 할 자들이 있을 것이다. 그리고 오늘 밤 감옥 구경을 할 자들은 너희들 말고도 60명이 더 있다. 분명히 말해두지만, 내가 처음 이 일을 맡게 되었을 때 나는 세상에 이런 조직이 있을 거라고는 상상도 하지 못했다. 헛소문일 거라고, 내가 그걸 증명해내겠다고 생각했지. 사람들은 그 조직이 프리맨과 관계가 있다고 했고, 나는 시카고에 가서 그곳 지부에 가입했다. 그런 뒤에 그것이 헛소문일 거라는 생각은 더욱 굳어졌다. 왜냐하면 시카고의 프리맨은 사회에 해를 끼치기는커녕 오히려 그 반대였기 때문이다.

그래도 임무는 임무이기 때문에 나는 이 탄광 골짜기로 왔다. 이곳에 도착해서 나는 내 생각이 틀렸고, 그것이 싸구려 소설에 나오는 얘기가 절대 아니라는 사실을 알게 됐다. 그래서 여기 머물며 일을 시작했다. 나는 시카고에서 사람을 죽인 적이 없다. 그리고 평생 1달러도 위조한 적이 없다. 내가 너희들에게 준 돈은 다른 것과 똑같은 진짜였어. 결단코 나는 돈을 물 쓰듯 하는 사람이 아니다. 하지만 그렇게 한 것은 너희들의 환심을 사기 위해서였지. 그리고 나는 일부러 경찰에 쫓기고 있는 척했다. 모든 것이 내가 생각한 대로 척척 맞아떨어졌다."

맥머도는 그들을 다시 한번 천천히 훑어본 뒤 말을 이었다.

"그래서 나는 너희들의 지옥 같은 조직에 가입했고, 너희들의 자문역을 맡았다. 혹자는 내가 너희들만큼 나쁘다고 말할지 모른다. 너희들을 잡을 수 있다면 사람들이 뭐라고 말하든 상관없다. 하지만 진실은 어떠한가? 내가 가입한 날 밤 너희들은 스탠저 노인을 구타했다. 시간이 없었으므로 나는 그분에게 경고할 수 없었다. 하지만 볼드윈, 나는 네 손을 잡았다. 내가 그렇게 하지 않았다면 너는 그분을 죽이고 말았을 것이다. 내가 너희들 가운데서 내 위치를 공고히 하려고 여러 가지 조언을 했던 것은 사실이지만, 그렇게 했던 것은 내가 일이 벌어지는 것을 미리 막을 수 있었기 때문이다.

나는 제대로 몰랐던 까닭에 던과 멘지스를 구할 수는 없었다. 그러나 그들을 살해한 자들은 교수대에 오르게 될 것이다. 나는 체스터 윌콕스에게 미리 경고했고 그래서 내가 그의 집을 폭파했을 때 그와 그의 식솔들은 이미 피신한 상태였다. 내가 막을 수 없는 범죄들도 많았다. 그러나 너희들이 가만히 생각해보면, 목표로 삼은 인물이 다른 길을 통해서 집에 갔다거나, 그 집에 가보니 목표물이 시내에 내려가 있었다거나, 목표물이 밖에 있는 줄 알았는데 사실은 집 안에 머물러 있었던 일이 얼마나 많았는지 떠오를 것이다. 그것은 다 내가 한 일이지."

"이 배신자!"

맥긴티가 이를 갈며 외쳤다.

"맥긴티, 그것으로 화가 풀린다면 그렇게 불러도 좋다. 나와 너희 일당은 하느님의 원수이며 또 이 지방 사람들의 원수였다. 너에게 시달리고 있는 사람들을 구해내는 일은 진정한 남자가 할 일이었다. 거기에는 오직 한 가지 방법밖에 없었고, 내가 그 일을 해냈다. 너는 나를 배신자라고 했지만 사람들을 구하기 위해 지옥까지 뛰어든 나를 구세주라고 부르는 사람이 수천 명이나 될 거다. 나는 지옥에 석 달 동안 머물렀다. 워싱턴의 재무부에 있는 돈을 다 준다고 해도 그런 일을 다시는 하지 않을 것이다. 나는 네놈들과 관련된 모든 정보가 내 손에 들어오기 전까지는 여기를 떠날 수 없었다. 내 비밀이 새어나갔다는 사실을 몰랐다면 나는 좀 더 오래 이 상태로 있었을 것이다. 그런데 네놈들이 내 정체를 알아차릴 수 있는 편지가 이곳으로 날아들었다. 그래서 나는 신속하게 행동할 수밖에 없었다. 네놈들에게 더 이상 할 말은 없다. 다만 하느님이 나를 부르실 때 이 계곡에서 내가 한 일을 생각하며 좀 더 편안한 마음으로 저세상으로 떠날 수 있을 것이다. 자, 마빈 경감! 더 이상 당신을 붙잡아두지 않겠소. 부하들을 불러 이자들을 데리고 가십시오."

그 뒷이야기는 다음과 같다. 스캔런은 맥머도의 부탁으로 에티 샤프터의 집에 편지 한 통을 전달했다. 그리고 다음날 아침 일찍, 한 아름다운 아가씨가 얼굴을 가린 건장한 남자와 함께 철도회사에서 마련한 특별 열차를 탔다. 열차는 어느 곳에서도 멈추지 않고 위험한 땅을 벗어나 빠르게 내달렸다. 에티와 그녀의 연인이 공포의 계곡을 떠나는 마지막 순간이었다. 열흘 뒤 그들은 시카고에서 결혼식을 올렸는데 제이콥 샤프터 노인이 결혼식의 증인으로 참석했다.

스코러즈의 재판은 그들 일당이 법관들을 위협할 수 없도록 공포의 계곡에서 멀리 떨어진 곳에서 행해졌다. 그들은 최후의 발악을 했으나 모두 헛일이었다. 이들은 조직의 돈, 지역 전체에서 공갈과 협박으로 짜낸 돈을 물 쓰듯이 쏟아부으며 빠져나가려고 했지만 소용없는 일이었다. 이들의 생활, 조직, 범죄 행위를 낱낱이 꿰차고 있는 한 사나이의 명확한 진술 앞에서 이들을 옹호하는 자들의 계책은 무력해졌다. 오랜 세월이 흐른 뒤, 조직은 결국 와해되고 이들은 뿔뿔이 흩어져버렸다. 마침내 골짜기를 뒤덮은 구름은 깨끗이 걷혔다.

맥긴티는 교수대에서 최후를 맞았고, 마지막 순간에 그는 소리 내어 울부짖으며 목숨을 구걸했다. 핵심단원 여덟 명이 그와 같은 운명을 맞았다. 쉰 명가량의 단원은 다양한 수준의 징역형을 선고받았다. 버디 에드워즈는 임무를 완수했다.

그러나 그가 예상했던 것처럼 승부는 완전히 끝난 것이 아니었다. 승부는 계속되었다. 예를 들어, 테드 볼드윈은 교수형을 면했다. 윌라비 형제도 마찬가지였고, 그 밖에도 흉악한 프리맨 단원 몇 명이 교수형을 면했다. 10년 동안 그들은 세상과 격리되어 있었지만, 이윽고 그들은 자유의 몸이 되었다. 상대를 훤히 파악하고 있는 버디 에드워즈는 자신의 평화로운 나날은 끝났다고 확신했다. 이들은 동지들에 대한 복수로 버디 에드워즈의 피를 보고야 말겠다고 굳게 맹세했다. 그리고 그 맹세를 지키기 위해 나섰다.

그는 시카고에서부터 쫓겼다. 죽을 뻔한 고비를 두 번 넘기자 다음번에는 절대로 무사하지 못할 것 같은 생각이 들었다. 시카고에서 그는 이름을 바꾼 다음 캘리포니아로 갔다. 한동안 그의 삶을 비춰주었던 빛이 꺼진 것이 바로 그곳 캘리포니아에서였다. 에티 에드워즈가 죽은 것이다. 다시 한번 놈들의 습격을 받아 죽을 고비를 넘긴 그는 이름을 더글라스라고 바꾸고 외딴 협곡에 들어가 일했다. 거기서 그는 바커라는 영국인 동업자와 함께 큰 재산을 모았다. 그러나 뒤를 쫓는 개들이 냄새를 맡았다는 경고를 받고 아슬아슬하게 영국으로 도망쳤다. 그리고 거기서 훌륭한 아내를 얻어 재혼하고, 서섹스의 시골 신사로 5년의 세월을 보낸 존 더글라스가 된 것이다.

에필로그

경찰의 심리가 끝나고 존 더글라스 사건은 고등법원으로 회부되었다. 그는 순회재판을 받았는데, 정당방위를 인정받아 석방되었다. 홈즈는 더글라스 부인에게 편지를 썼다.

무슨 일이 있어도 남편을 영국에 머물게 해서는 안 됩니다. 지금까지 피해온 것보다 더 큰 위험이 닥쳐오고 있습니다. 영국은 당신 남편에게 안전한 땅이 되지 못합니다.

그로부터 2개월 뒤, 그 사건은 우리의 뇌리에서 점점 잊혀졌다. 그런데 어느 날 아침, 우편함에 이상한 편지 한 통이 꽂혀 있었다.

이런 홈즈! 이런.

수수께끼의 편지에는 이 한 줄의 말뿐이었다. 제목도 서명도 없었다. 나는 그 이상한 편지를 보고 웃었는데, 홈즈는 전에 없이 진지한 표정이 되었다.

"악마의 짓이야. 왓슨!"

그는 오랫동안 눈썹을 찌푸리고 앉아 있었다.

그날 밤 늦게 하숙집 주인 허드슨 부인이 찾아와서는 한 신사가 중대한 용건으로 홈즈 씨를 만나고 싶어 한다고 알렸다. 그리고 부인의 바로 뒤를 바짝 따라온 것은 벌스톤 저택 주인의 친구인 세실 바커였다. 그의 얼굴은 긴장되고 초췌했다.

"나쁜 소식이 있습니다. 무서운 소식입니다, 홈즈 씨."

그가 말했다.

"나도 걱정하고 있었습니다.

홈즈가 말했다.

"전보를 받으신 건 아니겠지요?"

"전보를 받은 누군가가 제게 편지를 보냈습니다."

"가엾은 더글라스의 소식이오. 사람들은 그를 에드워즈라 부르지만 내게는 언제나 베니토 캐넌의 존 더글라스입니다. 전에도 얘기했지만 더글라스 부부는 3주

전에 팔마이라호를 타고 남아프리카로 떠났습니다."

"그랬지요."

"배는 어젯밤 케이프타운에 닿았습니다. 그런데 오늘 아침 더글라스 부인으로부터 전보를 받았습니다."

그는 전보의 내용을 읽어 내려갔다.

세인트헬레나에서 폭풍을 만난 존은 갑판 너머로 떨어져 실종되었음. 사고를 목격한 사람은 아무도 없음.

아이비 더글라스

"아, 그런 전보가 왔습니까?"

홈즈는 골똘히 생각하며 말했다.

"흠, 확실히 연출을 잘했어."

"그게 사고가 아니란 말입니까?"

"절대로 사고가 아닙니다."

"살해된 겁니까?"

"틀림없습니다."

"나도 그렇게 생각합니다. 저 악마와 같은 스코러즈가, 복수심에 불타난 악당들이…."

"아닙니다. 그렇지 않습니다."

홈즈가 말했다.

"이 일에는 그 방면의 대가가 손을 대고 있습니다. 총신을 자른 엽총이나 서투른 6연발총 따위를 상대하는 것이 아닙니다. 그림 전문가는 붓 터치만 보고도 대가의 작품임을 알 수 있지요. 나는 이 사건에서 모리아티의 존재를 감지해냈어요. 이 범죄는 런던에 있는 사람의 소행이 분명합니다. 미국에서 온 사람의 짓이 아닙니다."

"하지만 어떤 증거로 그렇게 말씀하시지요?"

"왜냐하면 이 일은 실패하면 안 되는 사람, 다시 말해 모든 일을 반드시 성공해야만 하는 미묘한 입장에 있는 사람이 저질렀기 때문입니다. 그러한 신화 때문이라도 그자는 절대로 실수할 수가 없습니다. 뛰어난 두뇌와 거대한 조직이 한 사란의 목숨을 빼앗는 일에 집중되었지요. 그것은 거대한 해머로 호두 한 알을 내리치는 것과 같았습니다. 어리석기 짝이 없는 정력의 낭비지요. 하지만 그 한 호두는 아주 효과적으로 으스러졌습니다."

"그자가 이 문제와 어떤 연관이 있습니까?"

"나는 우리에게 배달된 그 외마디 편지가 그의 부하가 보낸 것이라고 분명히 말할 수 있을 뿐입니다. 스코러즈 정보원들은 많은 정보를 가지고 있었습니다. 영국에서 처리해야 할 일이 생기자 그들은 다른 모든 범죄자가 그랬듯이 이 위대한 범죄 상담가에게 자문을 받았습니다. 처음에 그들은 목표물의 소재를 찾아내기 위해 모리아티의 조직을 이용하는 데 만족했을 겁니다. 그는 일을 어떻게 처리해야 할지 지시해주었겠지요. 하지만 모리아티는 신문에서 행동대원이 대상자를 제거하는 데 실패했다는 기사를 보자 거장의 솜씨로 일을 마무리하려고 했을 겁니다. 나는 벌스톤 저택에서 더글라스 부부에게 과거보다 더 큰 위험이 닥쳐올 거라고 경고했습니다. 내 말이 맞았지요?"

바커는 어찌할 도리 없는 분노에 주먹을 쥐고 자신의 머리를 쿵쿵 쥐어박았다.

"우리가 이렇게 앉아서 당하고만 있어야 한단 말입니까? 이 악의 지배자에게 보복할 사람이 아무도 없단 말입니까?"

"아니, 그런 건 아닙니다."

홈즈는 말했다. 그의 눈은 먼 미래를 응시하는 듯했다.

"그자를 쓰러뜨릴 수 없는 건 아닙니다. 하지만 내겐 시간이 필요합니다. 시간이."

잠시 침묵이 흘렀다. 그리고 홈즈는 여전히 이글거리

는 눈으로 암흑의 장막을 꿰뚫으려는 듯 앞을 응시하고 있었다.

작품 해설

1915년에 발표한 코난 도일의 셜록 홈즈 시리즈 장편 중 하나로 마지막 장편이다.

작중 시간상 셜록 홈즈 시리즈 중 최초로 모리아티와 세바스찬 모런 대령이 언급된다. 초장부터 홈즈가 모리아티 쪽에 심어둔 스파이인 프레드 포록의 편지를 통해 모리아티의 조직이 등장하며, 경찰이나 사회에게 유명하고 덕망 있는 교수로 알려진 모리아티의 이면을 까발린다.

셜록 홈즈의 숙적인 제임스 모리아티 교수가 작중 시간상 처음으로 언급되는 작품이지만, 정작 비중은 그리 크지 않다. 사건의 흑막으로 등장하기에 정체가 크게 드러나는 건 아니지만, 처음과 끝 모두 모리아티를 직접적으로 언급하는 것만 봐도 그 존재감만큼은 강렬

하다.

실제로 작품 마지막을 보면 홈즈는 이때부터 모리아티의 조직에 깊은 관심을 보이고 있고, 이 조직의 잔인함과 교묘함에 치를 떨면서 앞으로의 대응을 준비하고 있음을 시사한다.

다만 내용 전개 소재로 사용한 '20세기 초반 미국 노동운동'을 부정적으로 묘사하는 점은 비판적인 자세로 읽어야 할 필요성이 있다.

2부 과거편의 내용은 실제로 핑커톤 전미탐정사무소에서 펜실베이니아 주 광부들의 비밀 조직인 몰리 맥과이어스(Molly Maguires)에 자기네 요원인 제임스 맥팔런드(James McParland)[11]를 투입해 와해시킨 사례를 모티프로 한 것이다. 즉 공포의 계곡의 프리맨은 몰리 맥과이어스이고 보디마스터 맥긴티는 이때 사형당한 지부장 존 블랙잭 케호(John Black Jack Kehoe)를 모델로 하였다. 재미있는 점은 실제 사례를 바탕으로 과거편을 해석한다면 홈즈와 모리아티의 포지션이 뒤바뀐다는 것이다.

몰리 맥과이어스 사건은 미국의 노동자와 노동조합 대접이 처참했고 핑커톤 탐정사무소가 '노조 브레이커'로 악명이 높았다는 사실을 감안하면, 핑커톤 탐정사무소는 악당이고 지부장은 노동운동의 희생자라고 보는 견해가 지배적이다. 이에 따라 1979년 펜실베이니아 주지사 밀턴 샤프(Milton Shapp)는 지부장을 복권시켰다. 이 시각을 소설에도 적용한다면 홈즈와 모리아티는 전혀 엉뚱한 편을 든 것이 된다.

작품의 구조는 『진홍빛 연구』, 『네 사람의 서명』과 비슷하게 전반부는 현재 발생한 사건 추리, 후반부는 범인의 과거 회상이라는 형태로 구성된다.

미국 하드보일드물의 영향으로 전작들에 비해 폭력성이 두드러진다. 따라서 역대 셜록 홈즈 시리즈 장편 중에서 호불호가 강한 작품에 해당하지만 전반적인 완성도는 상당하며 이전 작품들과 확실하게 구별되는 개성이 있다.

작가 연보

1859년 스코틀랜드 에든버러시의 피카디 플레이스에서 왕립 건설원 관리인이던 아버지 찰스와 어머니 메어리 사이에서 넷째로 태어남.

1871년 스토니 허스트에 있는 예수회 칼리지 예비교 호더 학원에서 3년간 수학 후 그해에 칼리지에 입학.

1875년 가을에 스토니허스트 학교 교장의 권유로 오스트리아의 페르트키르히 학교로 유학.

1876년 뛰어난 성적으로 페르트키르히를 졸업한 후 에든버러 대학 의과에 입학. 가계를 돕기 위해 의사의 조수로 일함. 은사였던 조셉 벨 교수는 독특한 유머와 날카로운 관찰력을 지닌 사람으로, 후에 홈즈의 모델이 된다.

1881년 대학을 졸업함. 의사 자격을 획득한 뒤 아프리카

서해안을 항해하는 화물선의 선의(船醫)로 승선함.

1882년 포츠머스시 교외에 위치한 사우스시에서 병원을 개업.

1885년 의학 박사 학위를 획득. 8월 6일에 루이즈 호키스와 결혼.

1886년 전부터 동경해오던 포와 가보리오의 영향으로 탐정 소설을 쓰기로 결심함. 홈즈 시리즈 최초의 작품 〈진홍빛 연구〉를 완성하지만, 출판사에서 출판을 원하지 않아 이듬해에 발표됨.

1889년 역사소설인 『마이커 클라크』가 출간되어 인기를 얻음.

1891년 런던에서 안과 전문의로 개업했지만 뜻대로 되지 않자, 의사생활을 정리하고 전업 작가가 되기로 함. 〈스트랜드〉지에 홈즈 시리즈의 단편들을 차례로 발표함.

1892년 〈스트랜드〉지에 발표되었던 열두 개의 단편들을 모아 『셜록 홈즈의 모험』이라는 단편집을 출간.

1893년 〈스트랜드〉지 12월호에 발표되었던 〈마지막 사건〉을 끝으로 홈즈 시리즈를 끝냄.

1894년 두 번째 단편집인 『셜록 홈즈의 추억』을 출간.

1899년 보어 전쟁이 일어나자 군의관으로 남아프리카

전선에서 종군함.

1900년 애국적인 작품 『대보어 전쟁』을 출간.

1902년 독자들의 요청으로 다시 홈즈 시리즈를 집필.

1905년 세 번째 단편집 『셜록 홈즈의 귀환』을 출간.

1906년 아내 루이즈가 사망함.

1907년 제인 레키와 재혼. 서식스주로 이주함.

1912년 SF 소설 『잃어버린 세계』를 출간.

1917년 〈스트랜드〉지에 단문 〈셜록 홈즈 씨의 성격에 대한 소고〉를 발표. 네 번째 단편집인 『셜록 홈즈의 마지막 인사』를 출간.

1927년 다섯 번째 단편집 『셜록 홈즈의 사건집』을 출간.

1930년 7월 7일. 윈돌 섬의 자택에서 사망.